Editora
Charme

Felicidade

Encont

BJ Harvey

1ª Impressão 2021
Produção Editorial - Editora Charme
Capa e projeto gráfico - Verônica Góes
Tradutora - Laís Medeiros
Revisão - Equipe Charme

FICHA CATALOGRÁFICA ELABORADA POR
Bibliotecária: Priscila Gomes Cruz CRB-8/8207

H341f	Harvey, BJ
	Felicidade Encontrada/ BJ Harvey; Tradução: Laís Medeiros; Revisão: Equipe Charme; Capa e produção gráfica: Verônica Góes Campinas, SP: Editora Charme, 2021. 256 p. il. (Série: Bliss; 4;).
	Título original: Finding Bliss.
	ISBN: 978-65-5933-022-5
	1. Ficção norte-americana | 2. Romance Estrangeiro - I. Harvey, BJ. II. Medeiros, Laís. III. Equipe Charme. IV. Góes, Verônica. VII. Título.
	CDD - 813

Editora
Charme

www.editoracharme.com.br

Felicidade Encontrada

BJ Harvey

Tradutora – Laís Medeiros

Editora Charme

DEDICATÓRIA

Para Simone e Tami.

Vocês sabem por quê.

Prólogo
Memórias da meia-noite

Noah

Então, o impossível aconteceu, e a Mac finalmente se casou.

Milagres acontecem!

A cerimônia foi incrível, épica à maneira de Mac e Daniel, apesar de Riley e Jared terem decidido dar uma incrementada e causar um tumulto quando começaram a brigar pela cestinha de pétalas de rosas que Riley segurava. Foi uma guerrinha dos sexos, com Jared por cima e pétalas de rosas espalhadas por todo canto. Mas, mesmo com esse pequeno interlúdio, a cerimônia foi perfeita.

Houve discursos e essas merdas todas, e até eu fiz um discurso sincero para Mac e Daniel sobre as virtudes do casamento e como amor e amizade são os pilares para que qualquer relacionamento seja bem-sucedido. Se, ao menos, eu acreditasse nisso em relação à minha própria vida...

Se isso fosse verdade, eu não estaria correndo atrás da mesma mulher por quinze anos, e definitivamente não estaria me agarrando à esperança de que ela sinta ao menos uma coisinha por mim. Mas, diante do jeito que ela agiu hoje, durante a cerimônia e agora na festa de casamento, estou me perguntando por que diabos me dei ao trabalho de convidá-la. É por isso que já bebi um pouco além da conta e estou quase nem ligando mais.

Ah, sim, é mesmo! Foi porque ela disse que queria ser a minha acompanhante. Em público. Na frente de pessoas que conhecemos. Na frente dos nossos pais, que também foram convidados como amigos da família do Dan. Mas, considerando que durante a maior parte da noite eu mal tive uma acompanhante ao meu lado, não tenho mais certeza de quais são as reais intenções de Nikki para hoje.

Sentado à mesa principal próximo a Daniel e Mac, que estão delirantemente felizes e aconchegados conversando baixinho, olho para todo o salão, absorvendo a cena completa. O pai e a mãe de Mac dançando alegremente, rindo e sorrindo um para o outro. Por que parece que, quanto mais perto de fazer trinta anos eu fico — daqui a três meses — , mais penso nesse tipo de merda? A mulher para amar, o lar para onde voltar, os filhos de quem se orgulhar...

Eu quero uma vida feliz e completa, com algo além da minha carreira.

Vejo um lampejo de cabelo loiro platinado pela visão periférica e viro para ver Nikki caminhar na minha direção, salientando seus quadris com um rebolado muito sedutor e os olhos envoltos em um calor sombrio até me alcançar. Ergo uma sobrancelha para ela e levo meu copo de uísque aos lábios, apreciando a queimação que ele oferece aos meus sentidos ao rolar em minha boca antes de eu engolir com cautela.

Viro-me na cadeira assim que Nikki se curva, dando-me uma visão incrível de seus peitos, e passa o nariz pelo meu pescoço antes de chupar o lóbulo da minha orelha.

— Eu quero você, gato.

— Uhum — murmuro, tentando esconder o quanto me afeta, mas a quem estou querendo enganar? Já bebi além da conta para conseguir pensar logicamente e ser capaz de dizer não para o meu pau, que agora está duro pra caramba.

— Encontre-me no campo de golfe. Te deixo acertar no meu buraco.

Sinto sua mão correr por minha coxa antes de agarrar meu pau e apertar com força. Começo a tossir de repente, tentando conter a luxúria e o choque repentinos. Na verdade, engasgar seria uma descrição mais precisa. Nikki solta meu pau antes de voltar a ficar ereta, e com um sorriso malicioso e uma piscadela, ela gira em seus saltos pretos sensuais e sai desfilando.

Foda.

E é o que realmente vai acontecer, assim que eu conseguir sair daqui discretamente.

Termino o resto da minha bebida e inclino-me na direção de Daniel.

— Ei, cara, vou dar um pulo lá fora. Pegar um pouco de ar fresco.

— Beleza. Obrigado pelo discurso. Não sabia que você era capaz disso.

— É, bom, eu sou mais do que apenas um rostinho bonito — digo. Mal sabe ele que há mais significado por trás da minha frase do que sou capaz de admitir. Ou, para combinar melhor, eu deveria ter dito que há mais em mim do que apenas um pau grande e um rosto bonito.

Dou um tapinha camarada no ombro de Daniel e me curvo para dar um beijo desajeitado no topo da cabeça de Mac antes de sair de perto deles. Minha cabeça está leve e meu humor está tão para cima quanto meu pau conforme sigo na direção pela qual Nikki desapareceu. Bêbado e mais excitado do que nunca, acabo esbarrando em alguém e, por instinto, seguro a pessoa quando a vejo ir em direção ao chão.

— Calma, meu bem, não foi nada — falo ao ajudar a mulher a se equilibrar, segurando-a com firmeza até senti-la se recompor.

— Estou bem. Obrigada por esbarrar em mim e, sabe, me segurar.

A voz dela soa como mel quentinho, do tipo que você quer espalhar por todo o seu corpo e envolver-se nele. Olho para seu rosto e me perco nos olhos azuis mais sensuais que já vi na vida. Mas isso apenas começa a descrever a linda mulher que ainda seguro. Como um cervo encarando faróis, continuo fitando-a, incapaz de desviar o olhar ao tentar gravar seu rosto na memória.

Nunca fiquei sem palavras antes.

O doutor Noah Taylor, conhecido por muitas como Vibrador Ambulante — por experiência, fofoca e insinuações —, é convencido e confiante. Estou sempre pronto para dar respostas espertinhas ou fazer brincadeiras cheias de flerte. Mas, nesse momento, com tanto álcool no organismo, tanta testosterona pulsando em minhas veias, e a promessa de sexo quente no campo de golfe dominando meus pensamentos, faço a primeira coisa que me vem à cabeça.

Envolvo um braço ao redor da sua cintura e serpenteio a outra mão por suas costas até a nuca, mergulhando os dedos nos cabelos castanhos mais macios que já senti, antes de inclinar a cabeça e esmagar minha boca contra a dela.

Capítulo 1
Problema

Noah

— Tire as suas mãos de cima da minha irmã!

Sou puxado para trás e meus braços são obrigados a soltar a mulher deliciosa que eu estava saboreando. Meu corpo dá um giro, o que só faz com que meu estômago revire. Engulo em seco quando fico frente a frente com Zander e acabo percebendo tarde demais o que está acontecendo, pois logo seu punho encontra meu rosto, fazendo minha cabeça tombar para trás e dor atingir minha mandíbula, conforme meu corpo tromba com alguém atrás de mim.

— Que porra é essa, Taylor? — ele pergunta.

Olho para a morena gostosa que está sob seu braço, desgrenhada de uma maneira satisfatória. Seus dedos tocam os lábios inchados enquanto ela mantém os olhos arregalados grudados em mim. Retiro minha atenção dela e absorvo a visão do homem que a segura: um Zander muito irritado. Alterno olhares entre eles, sentindo que meu cérebro cheio de álcool não está funcionando direito.

— Irmã?

— Sim, cara — ele diz com raiva. — Minha irmã. Então mantenha suas mãos e essa boca suja longe dela.

Esfrego o rosto com uma mão e viro-me para Daniel, que está franzindo a testa.

— Dan? — pergunto, com a visão embaçada por uma névoa turva, momentos antes de sentir o ardor da bile na minha garganta. Sem prévio aviso, curvo-me rapidamente sobre uma lata de lixo que está em frente ao bar, felizmente, e coloco para fora todo o álcool e a comida que ingeri esta noite.

— Merda! — Daniel xinga.

Uma voz feminina sexy murmura ao fundo e, por mais que eu queira erguer a cabeça para olhar para ela novamente, as ondas de náusea continuam a destruir meu corpo e a sessão de vômito se recusa a cessar.

— Porra, Zan, você não precisava ter socado o cara! Credo. Eu sei me cuidar, sabia?

— Ele colocou as mãos sujas em você. Porra, a boca dele, Zo!

— E estava tudo sob controle. Eu não tenho mais dezesseis anos, cacete. Sou uma mulher bem crescida que é capaz de decidir se quer ou não socar um cara gostoso bêbado! — A voz dela continua a aumentar, até chegar ao volume de gritos.

— Você não o estava impedindo. A menos que considere agarrar a bunda e engolir a língua dele um instinto de autodefesa.

— Ugh — gemo conforme o fluxo de vômito finalmente para e me deparo com um copo de água sendo enfiado na minha cara.

— Beba isso, Taylor, e se recomponha, porra — Daniel diz, soando extremamente zangado. Pego o copo cautelosamente e endireito as costas, engolindo toda a água em poucos goles antes de devolvê-lo.

Olho ao redor e encontro Kate me encarando, com o braço envolvendo a linda estranha, a mulher com uma boca extraordinária e olhos sedutores que estão brilhando de raiva enquanto ela grita com Zander.

Minha atenção volta para Dan conforme ele continua a falar comigo.

— Que porra foi aquela? Você me diz que vai pegar um pouco de ar fresco e logo depois está enfiando a língua na boca da Zoe...

Mal consigo registrar suas palavras. O barulho ao meu redor se reduz a um zumbido em meus ouvidos enquanto o latejar na minha mandíbula se intensifica e minha cabeça flutua.

Zoe. Que nome lindo. Consigo imaginá-lo rolando pela minha língua em um gemido enquanto ela envolve meu pau com aqueles lábios vermelhos e me engole profundamente. Um nome lindo para uma mulher de tirar o fôlego. A mulher que me deixou ansiando por mais com seu corpo irresistível.

— Noah, você tem pelo menos noção do que acabou de fazer?

Olho para ele e meu corpo balança para lá e para cá. Tudo parece começar a girar cada vez mais rápido, fazendo meu estômago revirar mais uma vez.

— Porra, você está bebaço. Vamos pegar um pouco de ar fresco.

Daniel envolve a mão no meu braço e me arrasta para longe da mulher cuja boca deliciosa acabei de violar. Tento memorizá-la, mas, quando ela está fora de vista, pego-me incapaz de focar em qualquer coisa além da mudança repentina de temperatura conforme saímos pela porta dos fundos do salão em direção ao campo de golfe.

— Para onde vamos? — pergunto, com a língua embolada, sentindo minhas pernas pesarem mais a cada passo que dou.

— Para longe do Zander. Tenho a impressão de que ele não vai esquecer isso tão facilmente.

Paro e puxo meu braço para livrar-me do aperto do meu melhor amigo antes de olhá-lo.

— Esquecer o quê? — pergunto com um meio sorriso.

— Sério?

— O quê?

Cambaleio para trás e caio de bunda no chão, sentindo minha cabeça reclamar devido à queda, mas não me importo. Deito de costas e encaro o céu, vendo as estrelas girarem tão rápido que fecho os olhos para evitar que a vertigem me deixe de estômago embrulhado de novo. Fecho os dedos contra o chão, sentindo a maciez e a umidade do que quer que eu esteja agarrando na minha pele.

Ao abrir os olhos novamente, minha visão é preenchida por Nikki curvada sobre mim, fitando-me com os olhos estreitos.

— Noah, o que você está fazendo?

Ela está franzindo a testa, e encaro o rosto perfeito que desejei por tanto tempo. No entanto, não é tão incrivelmente lindo quanto o de *Zoe*.

— Ele está bêbado pra caralho e causando problemas. Eu gostaria de voltar para a minha *esposa*, já que este é o meu casamento, e não estou a fim de ficar de babá do meu melhor amigo bêbado logo hoje. Agora é com você, Nikki — Daniel responde. Não deixei de perceber o jeito como Nikki vacilou quando ele disse "esposa".

Daniel fica fora da minha linha de visão e ouço seus passos desaparecerem aos poucos.

— Tchau, Dan, meu mano! — grito, escolhendo ignorar a reação de Nikki. Viro a cabeça para vê-lo de costas e recebo um aceno antes que ele desapareça de vista.

— Noah, dá para você levantar da grama? — Nikki exige, com um grito agudo que irrita meus ouvidos.

— Eu estou na grama? — pergunto, tentando entender qual é a dela.

— Hã, sim. Você está deitado no gramado em frente ao clube. Nem ouse pensar que vou te carregar até o táxi.

Dou uma risada ao imaginar Nikki, magra e elegante, tentando me erguer.

— E sobre aquela história de me deixar acertar no seu buraco? — questiono sugestivamente, tentando soar sedutor, mas minha língua embolada deixa isso muito difícil.

— Já era. Agora, levante-se para que eu te coloque em um táxi.

— Você não vem comigo?

— Eu não acho que você sirva para alguma coisa nessas condições. Eu deveria ter ido embora há horas.

Bem no coração. Bêbado ou não, essa doeu.

— Valeu, Nikki.

— Só estou falando a verdade — ela retruca, impassível. — Agora, me dê seu braço e levante-se. — Ela estende a mão e, após algumas tentativas e muito esforço, consigo me erguer e fico de quatro antes que a próxima rodada de vômito comece.

— Eca! — ela guincha ao ver seus sapatos cor-de-rosa ficarem cobertos de respingos. — Esses sapatos custam mil e duzentos dólares, porra!

— Foda-se. É só lavar.

Ela resmunga, mas não tenho forças para dar a mínima. Minha cabeça está pulsando, minha mandíbula, latejando e meu estômago não para de revirar. Eu só queria que o mundo parasse de girar por um segundo para que eu possa descer.

Consigo ficar de pé e me jogo contra Nikki, que fica parada, com as mãos nos quadris e me encarando com raiva. Ela cambaleia para trás, mas, milagrosamente, consegue segurar meu peso antes que eu me endireite.

Faço uma expressão de "vem cá".

— Vamos, amor. Me leve para casa e me cavalgue.

Rolando os olhos, ela olha para a recepção por cima do meu ombro antes de tornar a olhar para mim.

— Tanto faz. Depois desse dia, eu só quero ir para a cama, mesmo.

— Isso nós podemos fazer, amor.

— Não me chame de amor. Eu não sou seu amor. Entendeu?

Ela se vira e começa a andar de volta em direção ao clube. Não estou inebriado o suficiente para deixar passar despercebido o fato de que Nikki está sendo mais cretina do que o normal, mas, já que eu sou eu — e estou bêbado e com tesão — , tudo o que quero fazer é ir para casa, afogar o ganso e apagar.

Amanhã eu posso limpar a sujeira que fiz, literal e figurativamente falando.

Infelizmente, eu estava bêbado demais para perceber que a noite é uma criança e ainda havia muita merda a ser jogada no ventilador.

Capítulo 2
Gente descolada

Zoe

O que começou como um dia agradável, prazeroso e sem grandes intercorrências terminou de um jeito bem fodido. E não no bom sentido — teria sido bem mais aproveitável se alguém tivesse me fodido.

De modo geral, o casamento de Mac e Daniel foi incrível. Mac estava linda, Daniel estava lindo como sempre, e aquele casalzinho de gêmeos deles fizeram meus ovários doerem. Sério, se não fosse pelas estrias, seios enormes e a privação de sono que se passa quando se tem gêmeos, eu sem dúvida me atreveria a tê-los, se eles fossem como Riley e Jared.

A cerimônia foi divertida, doce e absolutamente perfeita. A recepção, até agora, contou com uma comida deliciosa, discursos divertidos e a primeira dança de Mac e Daniel, com Riley e Jared entre os dois. Com bebidas liberadas e uma quantidade generosa de colírios para os olhos, estava sendo um ótimo dia.

Então, o homem que eu vinha admirando o dia inteiro — Noah Taylor, o padrinho mais gostoso que eu já vi na vida — esbarrou em mim. Em um minuto, estávamos apenas parados, nos encarando, e no seguinte ele puxou meu corpo com força contra o seu, emaranhou seus dedos nos meus cabelos e enfiou a língua na minha boca, dando-me o Melhor. Beijo. Da. Minha. Vida. Sem exagero.

Derreti-me contra ele, sentindo o champanhe que bebi a noite inteira me deixando mais ousada do que o normal, mesmo que eu não seja nem um pouco puritana enquanto sóbria, imagine um pouco bêbada. Ele tinha um sabor divino, e o toque de uísque, misturado ao cheiro de sua colônia, estava me fazendo perder a cabeça. Correspondi à altura, nossas línguas duelando em uma batalha que nós dois queríamos vencer, mesmo que soubéssemos que perder seria tão bom quanto.

Até sermos abruptamente separados. Meu corpo foi girado até eu estar diante da minha cunhada, Kate, que estava me encarando com os olhos arregalados e uma expressão bastante chocada.

Meu irmão decidiu dar uma de machão e socou Noah, o que me enfureceu. Zander e eu nunca nos damos bem quando estamos zangados um com o outro, então eu soltei os cachorros nele, gritando com todas as letras que eu era uma adulta capaz de tomar minhas próprias decisões e me defender.

Durante esse tempo, Noah vomitou em uma lata de lixo e Daniel teve que intervir e arrastá-lo para longe dali, enquanto Kate e Mac me trouxeram para a direção oposta.

— Zoe, você está bem? Eu sinto muito — Mac diz, aparecendo ao meu lado.

— Não foi sua culpa, Mac — começo a explicar antes de Kate chegar até nós.

— Noah vai ouvir *poucas e boas* quando eu conseguir colocar as mãos nele. — Ela aponta para a direção pela qual Noah e Daniel desapareceram. — O casamento do melhor amigo dele não é o lugar para tentar pegar alguém. Especialmente diante de toda a merda que ele já causou ao trazer aquela *vaca*.

Mac sorri para Kate, olhando-a como se quisesse explodir em gargalhadas.

— Sério, está tudo bem. Ela manteve distância de mim, felizmente. Mas eu estava cansada dos olhares perfurantes que ela me lançava toda vez que Daniel e eu nos tocávamos.

— Vocês sempre estão juntos. É o dia do seu casamento, pelo amor de Deus!

Solto uma risada e assinto em concordância, minha raiva se dissipando conforme as brincadeiras de Mac e Kate me distraem dos pensamentos homicidas em relação ao meu irmão.

— Esse é o meu ponto. Ela pode até ter ficado longe de mim, mas, se olhares pudessem matar, eu estaria enterrada a sete palmos nesse momento.

— Bem, eu preciso de álcool — anuncio para ninguém em particular.

Elas me observam ir em direção ao bar e acenar para o barman, e enquanto os olhos de Mac estão cheios de orgulho, os de Kate estão mais cautelosos. E então, como se eu fosse uma flautista encantadora do consumo de álcool, elas se juntam a mim.

— Se serve como ajuda, tenho certeza de que o Daniel está dando esporro nele nesse momento. — O olhar de Mac está cheio de compreensão. — E sinto muito por ele ter feito aquilo. Aposto que era a última coisa pela qual você esperava quando acordou esta manhã.

— Eu não estou com raiva do Noah. — Suspiro, desanimada, quando três bebidas são postas diante de nós. — Na verdade, estou com raiva do idiota do meu irmão por ter nos interrompido.

Olho para cima bem a tempo de ver Kate cuspir sua bebida e o queixo de Mac cair, enquanto as duas me olham como se eu tivesse duas cabeças.

Kate ergue uma mão para me interromper.

— Espere aí. Você queria beijar o Noah?

Dou de ombros e abro um sorriso capcioso.

— Ele é gostoso, ele estava lá, *ele* me beijou, e ele é bom com a boca. Por que não?

— Não é só nisso que ele é bom — Mac murmura baixinho, o que arranca uma risada de Kate.

— O que você quer dizer?

Vejo a boca de Kate abrir para dizer algo antes de fechar novamente. Após um minuto de silêncio, Mac se manifesta.

— Bem... — ela começa com uma risada. — Uma coisa é certa: vocês dois definitivamente animaram as coisas por aqui. — Ela balança as sobrancelhas para mim, agora com um sorriso enorme no rosto. — Pelo menos, agora as pessoas vão ter sobre o que falar, considerando que todas acharam que teria um arranca-rabo entre mim e uma certa Satã loira. Um drama é sempre necessário em uma festa de casamento. Pessoalmente, eu pensei que essa parte ficaria para o meu pai quando ficasse bêbado e começasse a dançar em cima das mesas. — Ela olha em direção à pista de dança, onde sua mãe e seu pai estão dançando com os pais de Daniel, fazendo a coreografia de *YMCA* com perfeição. Nós começamos a rir enquanto os observamos.

— Vamos pegar outra bebida. Acho que vou precisar de toda a ajuda possível para conseguir fazer o Zander se acalmar — Kate anuncia ao acenar para o barman.

— Bom, você já conhece um método infalível para fazer isso. E eu prometo que não vou dar uma de empata-foda, dessa vez. — Mac ri novamente, e as bochechas de Kate ficam vermelhas diante do que é obviamente uma piada interna entre elas. Tapo meus ouvidos com os dedos.

— Quê? — pergunto, perplexa.

— Empatar a foda. Ou talvez devesse se chamar "impedir o pau de entrar".

— Lá, lá, lá! É do meu irmão que você está falando. Já é ruim o suficiente saber que vocês duas já o pegaram.

Kate começa a tossir, e Mac intervém.

— Ah, não se preocupe, nós não falamos sobre isso. É uma regra implícita. Além disso, sou uma mulher casada agora. Só há um pênis para mim pelo resto dos meus dias. É uma condição crônica chamada "doença do único pau". É terminal. Só que eu tenho sorte por ele ser um super-herói. Ele pode escalar prédios altos de primeira e me dar orgasmos múltiplos noite e dia. As duas coisas me fazem feliz.

Olho em direção às portas duplas do fundo do salão, tentando pegar algum vislumbre de Noah, mas tudo o que vejo é vidro embaçado e nada mais. Suspirando desapontada, viro de volta para o bar e vejo *shots* de tequila alinhados diante de nós.

Pelo menos, posso ficar bêbada e esquecer do complexo paternal do meu irmão. Se existisse uma definição para um irmão que empata a foda da irmã, seria esta noite. Ele tem boas intenções, mas me tratar como uma criança que precisa ser salva me irrita demais.

Dez minutos depois, Daniel se aproxima e se aconchega a Mac, murmurando em sua orelha algo, sem dúvida, obsceno, dada a maneira como ela ruboriza e abre um sorrisinho.

— Não posso dizer que sinto muito por interromper, moças, porque, se a minha esposa continuar a tomar *shots*, vai ficar muito perigosa no quarto hoje, e eu já tenho um dente falso devido aos esforços bêbados da Mac. Não preciso de mais algo assim.

— Daniel! — ela exclama, dando-lhe um tapinha no braço que a envolve pela cintura.

— Estou apenas comentando um fato, linda. Agora, a nossa carruagem nos espera. — Ele dá um passo e segura a mão dela, entrelaçando seus dedos. O corpo inteiro de Mac suaviza e sei que nada poderia tirar o sorriso do seu rosto conforme ele a puxa junto com ele. — É hora de sair daqui com a minha esposa.

— Eu amo essa palavra. Diga mais uma vez — ela pede baixinho.

— Esposa — ele sussurra contra os lábios dela antes de beijá-la suavemente, com reverência e doçura.

O amor nos olhos deles é inconfundível, o que me deixa com inveja, mas, olhando para esses dois, qualquer um ficaria. Além de Kate e do meu irmão, eu nunca conheci duas pessoas tão perfeitas uma para a outra.

Pouco tempo depois, formamos duas filas, fazendo um corredor para Mac e Daniel, jogando confetes enquanto eles correm em direção a um carro preto. Depois que a porta se fecha e acenamos para eles, Kate se inclina na minha direção.

— Eles vão para o Havaí amanhã. Uma semana na praia com nada além de areia, sol e sexo. Felicidade total, na minha opinião.

Agora sim estou com ainda mais inveja. Eu daria meu seio direito por uma semana na praia com uma cara gostoso e nada para fazer além de dormir, comer e transar o dia inteiro.

Estou prestes a responder quando um táxi amarelo estaciona diante do clube e eu vejo Nikki empurrando um Noah cambaleante em direção ao carro. Ele faz uma breve pausa, olhando em direção à reunião de pessoas, e meu coração para, com a esperança de que ele talvez venha atrás de mim.

Uma esperança que é esmagada como um inseto momentos depois, quando ele vira de volta para a vadia e tenta puxá-la para um beijo, em uma cena muito parecida com a qual participei com ele trinta minutos atrás. Ela o empurra antes que seus lábios façam contato, abrindo a porta do carro em seguida e o empurrando para dentro antes de entrar também. Ele ia beijá-la bem ali, na frente de todo mundo. Na minha frente.

É só então que percebo que serei apenas o erro que ele cometeu enquanto bêbado e do qual nem se lembrará na manhã seguinte. Ele será o padrinho que bebeu demais na festa de casamento e fez papel de idiota, e eu serei a mulher aleatória com quem ele se agarrou de maneira inapropriada.

Um pontinho em seu radar que não fará a mínima diferença pela manhã.

Ele provavelmente estava procurando apenas uma emoção. E foi o que me deu, só que breve demais para o meu gosto.

Noah Taylor. Mais um nome adicionado à minha lista "Homens Que Não Merecem Nem Mais um Minuto do Meu Tempo".

Só Deus sabe como já tive problemas suficientes com o último homem que deixei entrar no meu coração. Acho que está na hora de desistir e apenas aproveitar a vida de solteira.

Melhor ideia que já tive.

Capítulo 3
Chapados

Noah

Viro meu corpo em direção a Nikki, querendo tirar a carranca do seu rosto. Na minha mente enevoada pela bebida, deduzo que o melhor jeito de fazer isso é dar a ela meu pau.

Bom, isso e tentar fazê-la admitir que há mais entre nós do que apenas sexo.

A primeira coisa será fácil — só não no banco de trás de um táxi. A segunda, não tão fácil assim.

— Você se divertiu, amor? — Pouso a mão em seu joelho descoberto pelo vestido cor de creme que está erguido em sua perna, mostrando a pele que quero desesperadamente lamber.

— O que você acha? Eu acabei de assistir ao amor da... ao meu ex-namorado casar com uma mulher que não o merece. Estou bem pra caralho.

Que maravilha.

— Ele escolheu a Mac. Ele ama a Mac. A Mac é demais. — Ouço um sorriso de escárnio nada elegante escapar de sua boca quando começo a defender meus melhores amigos. — Agora, você... você precisa seguir em frente.

Passeio a mão pela parte interna da sua coxa, torcendo para que ela não esteja usando calcinha. Ela interrompe o avanço da minha mão e me encara.

— Noah, você pode estar acostumado com mulheres que o deixam apalpá-las no banco de trás de táxis, mas eu não sou uma delas. Ou você espera até chegarmos à sua casa, ou eu vou simplesmente te jogar lá e ir para a minha casa dormir na minha cama.

Não tem como não sentir o rancor em sua voz, com um toque vingativo que me irrita da maneira errada — ou assim seria se eu não estivesse bêbado.

Inclino-me e descanso o queixo em seu ombro, encolhendo-me quando uma dor irradia por minha mandíbula devido ao gancho de esquerda poderoso de Zander.

— Eu quero mais, Nik.

— Então espere até chegarmos à sua casa.

— Não, não isso. — Suspiro. — E se eu quiser mais? — Minhas palavras saem arrastadas conforme os acontecimentos do dia, além do álcool, cobram seu preço.

— Você precisa dormir para melhorar.

— Eu preciso de mais... — Fecho os olhos e viro a cabeça para recostar-me nela.

— Eu preciso de mais do que você — ela diz, sem emoção.

Não registro bem suas palavras e, conforme o sono toma conta de mim, dou boas-vindas à escuridão e me pergunto se, algum dia, Nikki pensará em mim como mais do que apenas uma foda rápida na hora que quer.

O latejar da minha cabeça me desperta. Quando abro um olho, encolho-me diante da luz forte que entra pela janela do quarto e amaldiçoo por não ter tido noção suficiente — mesmo no meu estado bêbado — para fechar as cortinas ontem à noite.

Estico um braço para o outro lado da cama e sinto um corpo nu e quente. Viro a cabeça e encontro Nikki espreguiçando-se e sorrindo para mim.

— Por que estamos pelados? Duvido que eu tenha conseguido fazer qualquer coisa ontem à noite naquele estado.

Ela abre um sorriso malicioso.

— Você não conseguiu mesmo. Mas as suas roupas estavam fedendo a vômito e, depois que eu tomei um banho, só caí na cama e dormi.

— Hum — murmuro, sentindo a pulsação nas minhas têmporas ficar mais forte.

— Aposto que você está se sentindo na merda. — Ela sorri.

— Como se uma horda de bateristas iniciantes estivesse praticando em um auditório, e o auditório é a minha cabeça.

— Bem feito pra você.

Ela bufa e senta, jogando as pernas para a beira da cama. Incapaz de resistir, percorro sua pele com a mão a fim de convencê-la a ficar comigo.

— Eu preciso ir para casa, Noah.

— Achei que poderíamos conversar.

Ela vira o corpo para me olhar, e acho adorável o jeito que ela não liga para o fato de estar com o corpo exposto. Erguendo uma sobrancelha, ela cruza os braços e espera que eu continue. Ergo-me e também me sento, recostando-me contra a cabeceira de ferro.

— Meus pais convidaram você para a festa que eles dão todo Quatro de Julho. Recebi o convite pelo correio. Eu adoraria que você fosse comigo. Também vai ter um evento do hospital para arrecadação de fundos que me disseram que eu poderia levar uma acompanhante. — Observo quando ela desvia o olhar do meu, como se não quisesse revelar sua reação às minhas palavras.

— Noah, eu não posso fazer isso — ela diz com um suspiro ao se curvar para frente, dando-me uma visão incrível da sua bunda. Ela puxa a calcinha para vesti-la de modo abrupto, como se houvesse um incêndio e ela tivesse que sair daqui imediatamente.

Rolo pela cama e estico minha mão para tocar seu antebraço.

— Nik, por que você está indo embora? Por que a pressa repentina?

Ela dá um passo para trás, desvencilhando-se do meu toque. Após fechar seu sutiã preto de renda, ela veste seu vestido jogando-o pela cabeça como se não valesse nada, mas, conhecendo bem Nikki e seus gostos, aposto que custa caro pra cacete. Quando olha novamente para mim, ela coloca as mãos na cintura, estreitando os olhos ao soltar um suspiro alto.

— Olha, Noah, tem sido divertido e tal, mas não posso mais fazer isso.

Agora, estou confuso, e um pouco perdido. Talvez eu tenha bebido mais do que pensei — ou não tenha bebido o suficiente.

— O que quer dizer?

— Eu não posso ir para eventos de arrecadação de fundos do hospital com você, ou para uma festa que os seus pais dão todo ano, há dez anos, para comemorar um feriado. — Ela joga as mãos para o ar, como se isso não significasse nada para ela. — Não estou interessada em nada além de ir para a cama com você, e, para ser honesta, no seu pau grande.

— Pesado, Nik. — Coço minha mandíbula, sem palavras ao observá-la com total descrença.

Ela gesticula entre nós dois.

— *Isso* eu posso fazer. Nos encontramos e transamos. É incrível. É bom. Nós dois nos satisfazemos e depois seguimos nossos caminhos.

Ergo uma sobrancelha diante de sua descrição indelicada dos últimos dezoito meses em que dormimos juntos. Eu esperaria uma definição dessas de um dos meus amigos, nunca de uma mulher de classe como Nikki.

— Noah, se nós fizéssemos coisas além disso juntos, isso só alimentaria em você a falsa esperança de que podemos nos tornar algo mais.

Espere aí. Quando foi que me tornei a garota da porra desse relacionamento, arranjo, ou seja lá que merda for? Cruzo os braços no peito, e os olhos dela cintilam com interesse. Que pena que estou muito zangado para ver além da névoa vermelha de raiva e deixar qualquer outra coisa além de suas baboseiras chegar até mim. Então, nem tento. Simplesmente explodo. Estou cansado de ser usado pelo meu pau, um fato que, nesse momento, é notoriamente óbvio. Endireito as costas e a encaro.

— Deixa eu ver se entendi. Nós somos amigos há, sei lá, quase quinze anos, e durante a maior parte desse tempo eu te quis, mas não podia te ter. E então, durante o último ano e meio, temos fodido como coelhos chapados de Viagra, e quando eu finalmente deixo claro que quero mais do que apenas sexo, você me dispensa e me transforma na mulherzinha da relação, porra? Eu? — A essa altura, já estou gritando, sentindo a raiva correr em mim e aumentar cada vez mais conforme cai a ficha do quão idiota eu tenho sido.

Ela dá de ombros, indiferente, quase como se essa conversa fosse tediosa para ela.

Porra, o Winters tinha razão.

Eu não fazia ideia durante todo esse tempo. Dan me alertou, e Mac definitivamente me alertou também. Fazer parte do casamento ontem, ver meus amigos tão felizes e realizados, me ajudou a enxergar o que quero para o meu futuro. Agora, está dolorosamente óbvio que Nikki *não* é a mulher que estará nesse futuro.

Você é só um pau para ela, apenas um brinquedo sexual humano. Você é o tapa-buraco. Aquele que ela chama quando falha em sua busca pelo Marido Rico Número Um.

Conforme essa percepção me atinge na cara, cedo à falta de controle das minhas emoções.

— Eu não sou um tapa-buraco — digo com firmeza, olhando bem nos olhos de Nikki. — Eu não sou um brinquedo. Não sou apenas um pau sobre pernas que obedece sempre que você estala os dedos. — Sua falta de reação me irrita. Ela nem titubeia. — Eu sou um homem. Sou um cirurgião traumatológico foda pra caralho que salva vidas todos os dias. Eu sou um bom homem, um homem que merece mais do que alguém como você, que acha que o cabelo loiro, o corpo sensual e os olhos que dizem "vem cá" te dão o direito de usar qualquer homem apenas pelo pau. Eu sou bom demais para... — Gesticulo entre nós. — ... isso. Sei o que quero para a minha vida daqui pra frente, e agora vejo como eu estava enganado por achar que queria que você fizesse parte dela.

Seus olhos se arregalam brevemente, mas ela não diz nada. Nenhum pedido de desculpas, nenhum remorso. Ela apenas fica ali, mais impassível do que nunca.

— Vá embora, Nik, mas vou te dizer uma coisa: obrigado pelas lembranças. Pelo que achei que era bom, pelo que sabia que era ruim, e pelo que agora sei que é o seu lado *feio*. Eu te desejo toda a felicidade que você merece, o que, nesse momento, não é muita coisa.

Gesticulo em direção à porta, observando-a franzir as sobrancelhas brevemente antes de recolher seus sapatos de salto alto do chão . Mas eu preciso de um ponto final; eu preciso deixar meu ponto claro e cristalino, só para o caso de não ter ficado claro o suficiente na cabecinha narcisista dela.

Depois de querer mais de Nikki por tanto tempo e ter que aguentar não ser correspondido, sinto-me aliviado por estar tudo acabado. Tenho agido como um idiota enfeitiçado por uma boceta, mas já chega.

— Você conhece a saída. E faça o favor de esquecer de mim na próxima vez que quiser uma foda rápida, Nik, porque eu com certeza não vou mais colocar meu pau pra fora por você.

Capítulo 4
Não me importo mesmo

Zoe

Duas semanas depois

Essa foi a minha primeira semana trabalhando como técnica de ressonância magnética no hospital, e eu estava indo bem na minha missão de evitar o meu objeto de desejo — e irritação.

Até agora.

Por algum motivo, o universo decidiu que eu não tinha coisas suficientes para lidar e achou que estava na hora de adicionar mais um peso à pilha de merdas que estou tentando dar conta na minha vida. De pé, diante do posto de enfermagem no fim do corredor, está o dr. Noah Taylor, inclinando-se sobre o balcão e direcionando seu sorriso sexy a duas enfermeiras, que dão risadinhas nervosas e parecem mosquinhas indefesas que ficaram presas em sua teia de piranhagem.

Eu estava bem, até vê-lo. Acabei me distraindo totalmente e não ouvi uma palavra do que a minha supervisora, Greta, estava me dizendo. Tudo o que eu conseguia ouvir era um zunido alto na minha cabeça enquanto focava toda a atenção no homem das minhas fantasias noturnas recentes e a inspiração para as sessões solo com a minha mão.

Não é que eu esteja correndo atrás dele — longe disso — , mas não significa que, quando eu deito na cama à noite e a minha mente não sossega, eu não imagino o que poderia ter acontecido se ele não estivesse bêbado — ou comprometido — e tivesse se imposto e me levado para casa com ele.

Imagino que ele está dando uns amassos *comigo* no táxi no caminho até sua casa. Que perdemos o controle no minuto em que fechamos sua porta da frente e damos início à primeira rodada em seu sofá, ou nas escadas, ou no chão da sala, ou...

O que posso fazer? Eu tenho uma imaginação *muito* fértil.

Mas não era para ser. E ver aquele espécime delicioso de homem diante de mim agora me faz sentir uma pontada de decepção, um pouco de alívio, e uma boa quantidade de algo que me recuso a admitir que é luxúria.

O problema é: ele não é apenas lindo. Ele é pecaminosamente sexy. E parece um modelo de capa da *Men's Health* com uma postura convencida e arrogante que, com certeza, usa a seu favor sempre que possível. Somente seu sorriso — o que ele está, nesse momento, direcionando a profissionais de saúde que estão mexendo sedutoramente nos cabelos — tem o poder de iluminar a cidade. Seu corpo carrega a promessa silenciosa de que ele poderia ser, ou talvez já seja, alimento de fantasia para toda a população feminina.

Greta limpa a garganta ao meu lado, interrompendo meus pensamentos irrefreáveis. Ela solta uma risadinha compreensiva.

— Vejo que o dr. Taylor já capturou a sua atenção.

Tento disfarçar meu comportamento óbvio, virando o corpo e o olhar para ela.

— Eu não... quer dizer, eu não... desculpe. Eu... — Minha resposta gaguejada faz seu sorriso aumentar e seus olhos brilharem de diversão.

Ela põe uma mão no meu braço.

— Ele tem esse efeito sobre a maioria das pessoas, Zoe, incluindo a mim. A palavra que vem à mente é "charmoso".

— É um jeito de descrevê-lo. — *Além de convencido, provavelmente arrogante, definitivamente sexy pra caramba, beija muito bem, um corpo de matar, um pegador, sem dúvida. Ah, eu disse convencido?*

— Eu te apresentaria, mas ele parece meio ocupado agora. — Ela pisca para mim antes de baixar o olhar de volta ao prontuário diante dela. — Além disso, temos um médico atendente para encontrar.

— Ei! — Ouço a voz detrás de mim, e passos rápidos que se aproximam. Olho para Greta, que arregala os olhos de surpresa antes de abrir um sorriso simpático.

— Dr. Taylor. Posso ajudá-lo? — ela pergunta.

— Eu te conheço. — Ele abre um sorriso devagar, ignorando a pergunta de Greta.

É isso. Tenho que pedir demissão. Novo emprego, nova vida. Acabei de me mudar para cá, mas foda-se. Encontrarei uma nova cidade que não tenha médicos deliciosos que eu queira montar como uma cadela no cio.

Viro-me para ele e encontro seu olhar. Olhos azuis profundos que derreteriam a mais gelada das geleiras — ou a calcinha de qualquer mulher dentro de um raio de dez quilômetros.

— Oi — respondo, em uma voz surpreendentemente firme. Dou um tapinha mental nas minhas costas por parecer inalterada.

— Você é a irmã do Zander. Zoe, certo? — Ele estende a mão como se eu fosse apenas mais uma colega de trabalho; uma que *não* enfiou a língua em sua boca.

Invoco toda a minha maturidade e resisto à vontade de dar um tapa em sua mão para afastá-la. Em vez disso, faço o que é educado e coloco a mão na dele antes de puxar rapidamente de volta.

— Sim, sou eu.

— Estive procurando por você. Mac me disse que você ia trabalhar aqui.

Nota mental: lembrar de agradecer a Mac por fazer a minha vida ficar bem mais interessante.

— Ah, ok. Nos vemos por aí, sem dúvida. — Olho para Greta, implorando com o olhar para que ela me tire daqui. Ela estreita os olhos, confusa, e torna a sorrir para Noah.

— Você estava no casamento? Eu me lembro de te ver durante o dia, mas, depois dos discursos, a minha memória está um pouco... nublada. — Ele leva uma mão à nuca, um gesto nervoso do qual tomo nota para referências futuras.

Não, Zoe. Futuras referências dos tiques nervosos fofos do Noah não serão necessárias.

Nesse momento, pareço esquecer completamente que a minha chefe está logo ao meu lado e aproveito a oportunidade para confirmar minha suspeita de uma vez por todas.

— Então, você não se lembra da festa?

Ele parece desconfiado, quase constrangido, e meu coração aperta diante da incerteza em sua expressão.

— Bem, aparentemente, eu acabei bebendo além da conta naquela noite e, pelo que algumas pessoas me contaram, as coisas saíram um pouco do controle.

Meu queixo cai, e fico mais grata do que nunca quando Greta intervém.

— Como sempre acontece em casamentos — ela diz com uma risada. — É algo obrigatório mesmo. Sempre há aquele convidado que bebe demais e faz algo inapropriado.

Observo o rosto dele, esperando por algum sinal de que se lembra que o algo inapropriado que ele fez — ou melhor, beijou — fui *eu*, mas fico desapontada quando ele apenas dá de ombros e, se não me engano, ruboriza um pouco. Assisto, então, maravilhada, aos seus ombros voltarem para o lugar e seu olhar cravar em mim, inclinando um pouco a cabeça para o lado enquanto me estuda com atenção. Minha pele esquenta e resisto à vontade de me contorcer ali mesmo.

— Mas eu me lembro de você. Nunca esqueço de um rosto lindo assim.

Como se um balde de água gelada fosse jogado sobre mim, meu corpo congela no lugar. Ele voltou à sua persona convencida — pela qual é conhecido, sobre a qual Zander e Kate me alertaram repetidamente na volta para casa do casamento. E no dia seguinte. E no dia antes de eu começar a trabalhar no NorthWestern.

Aff! Alguém ensine uma cantada nova para esse cara!

— Certo. Bem, foi bom vê-lo novamente, dr. Taylor. Greta estava me levando para conhecer um atendente novo, então é melhor irmos.

Os olhos de Greta passeiam de Noah até mim antes de suavizarem diante da compreensão, sabendo muito bem que estou blefando. Sem perder mais tempo, ela apenas assente e sorri para ele.

— Sim. É melhor irmos. Tenha um bom dia, dr. Taylor.

Ela passa por ele, esperando que eu a siga. Dou um passo para o lado para passar por Noah, mas ele me para, colocando a mão no meu braço e queimando minha pele.

— Espero te ver por aí, Zoe. Algo me diz que nos encontraremos bastante. Em breve, eu espero.

Paro de respirar, grata quando ouço Greta chamar meu nome. Ando em direção a ela, sem olhar para trás, por medo de perder a luta para não deixá-lo me afetar ou, pior ainda, flagrá-lo olhando para a minha bunda conforme saio dali.

No entanto, uma parte de mim torce para que ele esteja olhando porque: A) a calça que estou usando valoriza muito meu traseiro, e B) talvez, só talvez, ele lembre de ter me apalpado bem ali quando, bêbado, me beijou.

Dedos cruzados pela opção B.

Felizmente, termino meu dia sem esbarrar com Noah. Já foi constrangedor o suficiente saber que ele não lembrava do fato de que nossas bocas já se conheceram em um nível carnal, mas, quando ele disse a Greta que "ficaria de olho em mim", prendi minha respiração, esperando a ficha cair. Estou quase feliz que ele tenha feito aquele comentário depois que saí, porque se eu tivesse sentido essa vibe "irmão mais velho", passaria a ser bem estranho imaginá-lo pelado.

O buquê de flores misterioso que chegou para mim foi definitivamente uma surpresa. Os olhos de Greta ficaram cheios de emoção quando ela as viu. Eu a deixei levá-las para casa para que eu não tivesse que carregá-las no metrô.

Pego o metrô para ir para casa e, ao chegar, solto um suspiro de alívio quando vejo um bilhete do Zander sobre o balcão da cozinha, dizendo que ele levou Kate para jantar fora. Jogo minha bolsa no sofá e vou direto até o armário de bebidas para me servir com um gin tônica bem forte — e sem a água tônica.

Não me entenda mal; eu amo o meu novo emprego. Amo o trabalho, e a variedade de casos que pude ver ao andar na sombra de Greta nessa última semana foi uma experiência inestimável. É o meu primeiro emprego desde que terminei minha formação, e estou como uma esponja, desesperada por conhecimento e ávida para aprender tudo. Ela fez o meu dia esta tarde quando me disse que eu estaria liberada para fazer exames sozinha a partir da semana que vem. Estou tão nervosa quanto empolgada pela oportunidade de praticar o que me foi ensinado. Depois de tudo na minha vida ter dado tão errado nos últimos seis meses, finalmente sinto que as coisas estão a meu favor.

Todas, exceto por uma complicação chamada Noah Taylor. Uma

complicação que eu não quero, nem preciso, nesse momento.

Não acredito que ele não lembra do nosso beijo. Aquele beijo alucinante e transformador. Por mais que eu não estivesse cem por cento sóbria, estava totalmente coerente e ciente do que estava acontecendo comigo, ao que correspondi de muito bom grado até o idiota do meu irmão decidir agir como um protetor e me salvar, quando eu queria qualquer coisa, *menos* ser salva das graças de Noah Taylor. Ele me deixou tão excitada que eu o deixaria me arrastar em um piscar de olhos para o armário de casacos mais próximo e fazer o que quisesse comigo.

Depois de descobrir hoje que ele não faz a menor ideia do que fez e com quem fez, além do fato de ele ter ido embora com outra pessoa no fim da festa, talvez eu deva me sentir grata por Zander ter interferido. Faço uma nota mental para me lembrar de comprar um engradado de cerveja para ele como agradecimento.

Na verdade, estou feliz por ter visto Noah hoje. Estou feliz por ter conversado com ele, e estou *muito* feliz por ter percebido que está na hora de focar no meu trabalho, no meu novo começo na minha nova cidade.

Sem distrações. Sem complicações. Apenas eu, meu emprego, minha família e meus amigos.

Nada de médicos convencidos, lindos e com línguas talentosas.

Nada de Noah.

Esse mantra durou cinco dias, e dois deles foram o fim de semana. Ao esperar o elevador para ir para casa, grunho internamente quando as portas se abrem e vejo quem está diante de mim. Ele está encostado no corrimão do fundo, com as pernas longas esticadas como um convite aberto. Ele está sem seu jaleco branco, e no lugar dele usa uma calça cinza-carvão feita sob medida e uma camisa de botões azul-marinho que valoriza seus olhos de uma maneira inacreditável.

É claro que ele é a única pessoa ali, e por estarmos em um andar muito alto, não tenho como escapar dessa situação, a não ser que me atreva a descer múltiplos lances de escadas até poder correr feito uma louca até a estação de trem. Decido fazer de conta que estou ali só de passagem, e pressionar o botão novamente depois que as portas se fecharem se torna o meu melhor plano de ataque.

— Zoe — ele fala naquela voz baixa, que parece mergulhada em chocolate. — Vai entrar?

Eu que pergunto, dr. Taylor.

Soltando um suspiro de derrota, atravesso as portas um segundo antes de elas fecharem atrás de mim, e, de repente, estou em um espaço fechado com o médico esquecido, só nós dois.

— Que surpresa ver você aqui.

— É um elevador público, dr. Taylor.

— Você pode me chamar de Noah, sabe?

— Posso, mas dr. Taylor é mais profissional.

Ele inclina um pouco a cabeça e me estuda antes de deixar para lá.

— Isso é verdade. Está gostando do novo emprego?

— Imensamente — respondo sem hesitar, porque é a verdade.

— E quanto à equipe? Estão te tratando bem? Algum residente fazendo visitas pessoais à radiologia? — ele pergunta, com a voz ainda mais baixa, profunda, no exato tom que o Noah dos meus sonhos usa.

Viro a cabeça para ele e o encaro, arregalando os olhos diante de sua falta desrespeitosa de limites profissionais.

— Dr. Taylor — digo, de forma direta e sem paciência. — Embora nos conheçamos fora do ambiente de trabalho e compartilhemos o mesmo círculo social...

— Sim...? — ele replica, com os olhos brilhando de diversão, combinados ao sorrisinho maroto e compreensivo em sua expressão. *Deus, é um rosto tão lindo...*

— Eu acho que seria melhor se mantivéssemos a postura profissional dentro do hospital.

— Concordo, srta. Roberts. — Ele assente, mas seus olhos dizem o completo oposto. Não deixo passar despercebido sua olhada rápida de cima a baixo no meu corpo. Esse médico grita "problema" por todas as partes. Infelizmente, é o tipo de problema pelo qual, geralmente, eu me atraio.

Ele sorri para mim, um sorriso de lado que grita "orgasmo instantâneo" se você não estiver preparada. Mas não consigo resistir a sorrir de volta para ele. Tem algo nessa interação aparentemente formal que é sensual de várias maneiras. O ar entre nós está pesado de tensão — do melhor tipo — e é difícil lembrar que ele é o cara que "esquece" que beija estranhas em casamentos.

— Ótimo. Isso é ótimo. Então, vamos apenas esquecer o que quer que tenha acontecido no passado. — As palavras fortalecem minha determinação em esquecer aquela noite e seguir em frente.

Ele franze as sobrancelhas, obviamente confuso, mas assente mesmo assim.

Felizmente, o elevador apita e as portas se abrem para o saguão.

— Até a próxima, Zoe.

Eu me afasto, escolhendo ignorar as borboletas na minha barriga diante da promessa nessa despedida. Um sentimento que se transforma em inquietação, conforme sigo em direção à estação de trem. Fico grata por ver que a plataforma está cheia de pessoas indo para casa, mas não consigo ignorar a sensação insistente de que estou sendo observada por alguém.

Olho ao redor na plataforma, escaneando a multidão por algum rosto familiar — desejado ou não — , mas minha busca não dá em nada.

Devo estar ficando paranoica com a idade. Minha irmã Mia estaria se divertindo muito às minhas custas se estivesse aqui agora.

Felizmente, meu trem chega e eu entro, pegando um assento. Meu coração disparado se acalma e eu solto um suspiro de alívio.

Vim para Chicago para fugir do drama. Espero que fique mesmo longe de mim.

Capítulo 5
Bêbado

Noah

É sábado à tarde, meu primeiro dia de folga depois de algumas semanas e, ao invés de estar descansando por horas ininterruptas — algo que ansiei a semana toda —, estou na companhia do meu irmão mais novo, Matt.

Ele tem vinte e sete anos, mas age como se tivesse dezoito. Talvez ele tenha caído de cabeça quando era bebê, mas tudo que ele parece pensar é em viver a vida ao máximo e o mais rápido que puder. Ele é tranquilo e tende a gostar de mulheres fáceis. Ou talvez ele seja fácil e as mulheres façam fila para terem sua vez com o pau dele, por terem ouvido falar sobre o quão abençoados os garotos Taylor são nesse departamento.

Não me entenda mal. Eu não seria o homem que sou se não apreciasse o tamanho do meu pau, mas, quanto mais velho e — assim espero — sábio eu fico, mais compreendo que isso não é o mais essencial de tudo. Infelizmente, existem algumas pessoas nesse mundo que acreditam que o tamanho do pau é o que faz o homem.

— O que rolou entre você e a gostosa com quem estava se agarrando no casamento do Dan? — ele pergunta e se senta na poltrona ao meu lado.

Viro a cabeça para olhá-lo.

— Nikki?

— Não a Nikki, seu idiota. Nikki pode até ser bonita, mas não é *gostosa*. A personalidade dela cancela qualquer sensualidade que ela possa ter.

— *Touché.*

— Então, você traçou a gostosa?

Dessa vez, eu sento e olho para ele, completamente perdido em relação ao que quer que ele esteja falando.

— De que porra você está falando, Matt?

— Sobre você e a morena gostosa dos peitos matadores e curvas incríveis se beijando no casamento, que terminou com Zander te tirando de cima dela e te dando um soco na cara. O. Que. Rolou? — ele pergunta devagar, mas, mesmo que eu revire minhas lembranças mais profundas, não consigo entender do que ele está falando.

Penso sobre o casamento e tento me lembrar do que aconteceu.

Me arrumar para o casamento? Confere.

Assistir ao meu melhor amigo se derreter todo quando a Mac entrou na igreja em direção a ele? Confere.

Fazer um discurso foda na recepção do casamento e ingerir quantidades absurdas de álcool para lidar com o fato de que minha *acompanhante* usou meu pau para conseguir um convite para o casamento do seu ex-namorado? As coisas a partir daí estão um pouco borradas, mas ainda me lembro disso.

Beijar uma morena linda e levar um soco na cara por isso? Negativo. Bem que queria conseguir me lembrar disso, mas não lembro.

E, antes que eu possa ao menos tentar pensar em quem era, ou me punir por não lembrar como, quando ou mesmo por quê — se bem que, se ela era mesmo tão gostosa como o meu irmão diz, isso já explica tudo — , Matt continua:

— Você esbarrou nela, deu uma olhada e aí tascou um beijão. Foi hilário e até meio excitante, como o começo de um show pornô da vida real. Aí o Zander atravessou o salão e enfiou o punho na sua cara — ele conta com uma risada. — Você deveria ter visto a expressão dele. Aquele cara é assustador pra caralho quando está com raiva. Eu quase pensei que ele ia virar O Incrível Hulk. — Ele continua a falar, mas paro de escutá-lo.

Pouso minha cerveja no chão ao meu lado e passo as mãos pelos cabelos, tentando me lembrar de alguma coisa, *qualquer coisa*, sobre beijar uma estranha no casamento. Eu estava bêbado. Chapado. Fora de mim. Lembro de Nikki ir até a mesa onde eu estava para falar comigo. De contemplar o que Mac e Daniel tinham e pensar que aquilo era algo que eu gostaria de ter. De acabar com o resto da minha bebida e sair da mesa para encontrar Nikki do lado de fora. E é isso. Nem mesmo aqueles flashes bêbados que costumam vir à mente depois de alguns dias surgem para mim. Já faz algumas semanas, então qualquer chance de eu me lembrar de quem beijei, o quão bom deve ter sido, ou mesmo do motivo que fez Zander querer me...

Oh, porra.

Porra! Droga! Merda! Eu sou idiota pra caralho.

Zoe.

Era a Zoe. Linda e gostosa, com uma bunda macia e empinada, e lábios vermelhos como cereja que qualquer cara desejaria beijar.

E fui eu que a beijei. Se eu fosse o Zander, teria socado a minha cara também.

— Porra, eu sou um idiota!

— Bom, você é mesmo, se não tiver traçado ela. Muito mais sexy do que a Nikki. E mais legal, também.

Viro a cabeça e o encaro.

— Cara, cala a boca. Você não está ajudando.

— O que eu fiz?

— Era a irmã do Zander, imbecil.

— Caaaaara! Bate aqui! — Ele ergue a mão no ar, mas eu o deixo no vácuo.

Isso não é algo para celebrar. Na verdade, estou feliz que Mac e Daniel viajaram no dia seguinte, senão eu tenho certeza de que o meu amigo teria me dado uma surra. Jesus, estou surpreso por Mac não ter me acertado na cabeça antes de cortar meu pau fora.

Pego minha garrafa esquecida de cerveja e termino de bebê-la em alguns goles antes de levantar e ir buscar mais uma — ou dez.

— Você não lembra disso?

— Não! — grito da cozinha.

— Pelo menos, agora você sabe quem é ela. Pode ir atrás de mais.

— Só por cima do cadáver do Zander.

— É, tem isso, mas até parece que isso já te impediu alguma vez. Teve aquela vez que você deu em cima da irmã do Daniel, lembra?

— É melhor você levar esse segredo para o túmulo, Matt. Isso nunca pode vir à tona.

Volto para a sala e encontro um sorriso enorme no rosto dele.

— Olha, isso acontece, às vezes. Não comigo, é claro. Mulheres mais velhas me *adoram*. Mas não é nada do que se envergonhar. — Ele luta para conter a risada, o que acaba me fazendo rir, e assim como sempre foi durante toda a nossa vida, acabamos os dois caindo na gargalhada.

Entrego-lhe uma cerveja e empurro seu braço antes de sentar novamente no sofá com um engradado de seis cervejas ao meu lado. Ele ergue uma sobrancelha e olha para as bebidas.

— Grandes planos para essa noite, hein?

— Sim, de afogar as mágoas e torcer para que minha memória reacenda com a ajuda da substância que a apagou.

— Deve estar difícil mesmo, para você estar falando como um médico.

Tento me concentrar no jogo de basquete que está passando na tela de sessenta e cinco polegadas diante de mim, mas tudo o que consigo ver em minha mente é a expressão de Zoe ontem quando falei com ela. Ela deve pensar que sou apenas mais um médico babaca que sai traçando tudo o que se move, dentro e fora do hospital. Para falar a verdade, depois de Mac e antes de Nikki, eu *era mesmo* esse tipo de cara. Mas não sou mais.

Mesmo assim, aquele olhar dela que eu não conseguia decifrar agora faz muito mais sentido.

Minha boca estava dolorida na manhã seguinte, mas terminar tudo com a Nikki era minha prioridade, o que não me fez imaginar por que a minha mandíbula estava doendo pra cacete. Estou surpreso por não ter ficado com um hematoma.

A melhor decisão que já tomei foi a de terminar o nosso "arranjo".

Eu nunca fui contra relacionamentos. Acontece que era raro encontrar uma mulher que me fizesse considerar isso. E, recentemente, minha residência e as horas que ela exige — principalmente com as provas finais chegando — basicamente eliminam a minha oportunidade de conhecer pessoas novas.

Antes de Nikki, eu saía com mulheres que me interessavam, e eu tinha a

Mac para fazer sexo sem compromisso, então estava tudo certo.

Minha mente volta a pensar na Zoe.

Ela é linda pra caramba, com um corpo que dá vontade de devorar. Nas duas vezes que a vi, senti algo em seu olhar que dizia que ela é forte e determinada — algo que sempre achei extremamente atraente em uma mulher.

Ela é atrevida e sexy, com um ótimo senso de humor, e uma bunda que tem o tamanho perfeito para eu segurar enquanto enfio a cara entre suas pernas. Até agora, ela atende a todos os meus requisitos.

Aqueles olhos azuis me atraíram quando falei com ela pela primeira vez no trabalho. Felizmente, Greta, a "Bruxa da Ressonância Magnética", estava lá, ou então eu provavelmente teria soltado alguma cantada idiota para convidar Zoe para sair.

Consigo até imaginar o que o Zander acharia disso. Ele me caçaria e me daria um tiro, *depois* de me espancar com o cacetete até eu sangrar. *Má ideia, Taylor.*

Se eu fosse um homem melhor, um homem mais inteligente, eu procuraria uma mulher que atendesse a todos os meus requisitos em outro lugar. Eu não deveria foder a irmã de um dos meus amigos.

— Então, o que você vai fazer em relação a ela? — Matt pergunta com curiosidade, interrompendo a minha linha de pensamento.

— Eu vou pedir desculpas.

Agora eu definitivamente estou ansioso para ver a srta. Roberts de novo.

Desperto na manhã de domingo com a cabeça latejando e meu celular tocando. Pego o aparelho e vejo o nome de Daniel na tela.

— Alô — respondo, grogue.

— Bom dia, raio de sol — Daniel fala alegremente. Feliz demais para as nove da manhã de um domingo. Filho da puta sortudo.

— Oi, Noah. Ligamos em uma hora ruim? — Mac pergunta no viva-voz.

— Sempre é ruim ser acordado cedo no meu dia de folga, Mac. Diferente de você, eu não tenho duas criancinhas para me acordar. — Posso estar ranzinza, mas não consigo esconder a diversão na minha voz. — Onde vocês estão, afinal?

— Estamos indo buscar os gêmeos. Pousamos há algumas horas — Mac explica.

— E a que devo o prazer desta ligação?

— Porque você é um babaca — Daniel afirma.

— Eu também te amo. Como foi a lua de mel?

— Eu mal consigo andar, então deve ter sido boa. Estou indo para casa para descansar um pouco da arma do Superman.

— O martelo do Thor faria mais estrago — eu digo.

— Foda-se. Eu prefiro o Superman ao Thor, sempre.

— E o Capitão América? — pergunto com uma risada.

— Não — ela nega enfaticamente antes de Daniel se meter.

— Talvez eu que esteja precisando de uma folga da minha esposa.

Rindo ao telefone, percebo como isso soa estranho. Marido e esposa. Meus dois melhores amigos agora são casados.

— Deus, como isso soa estranho.

— Eu que o diga! — Mac retruca.

— Agora, pare de tentar evitar o inevitável, Taylor. Que merda foi aquela que você fez com a Zoe no casamento?

Esse é o Daniel. Direto ao ponto. Ele tem que ser mesmo para ser capaz de lidar com a Mac, então é meio que um pré-requisito.

Rolo e deito de costas, levando o celular comigo.

— Desculpa, gente. Eu não me lembro de nada. Matt que me contou sobre isso ontem.

Mac arfa.

— Você enfiou a língua na boca dela na frente de todo mundo, Noah. Esbarrou nela, parou para olhá-la e mandou ver. Como não se lembra disso?

Estou quase impressionado com o meu eu bêbado ao ouvir essa descrição do momento.

— Ótima explicação, Mac — brinco. — Eu obviamente bebi mais do que deveria.

— Espero que a sua mandíbula tenha doído no dia seguinte — Daniel diz com uma risada.

— Então, você não está zangado comigo?

— Noah, eu te conheço há quase vinte anos. Eu sei como você é, e também sei como é quando está bêbado. Mas na nossa festa de casamento? Não achei que você faria isso com a gente.

Consigo sentir a decepção em sua voz. Ele deve ter ficado com raiva de mim depois do casamento. Agora, a raiva deu lugar à decepção, algo que eu nunca quis que ele sentisse por mim.

— Olha, eu sinto muito mesmo. Não sei onde estava com a cabeça. Nem mesmo me lembro de tê-la beijado.

— Você não se lembra de absolutamente nada? — Mac parece surpresa.

— Não depois dos discursos.

— Você pediu desculpas a ela? — ela pergunta.

— Eu a vi no hospital na sexta-feira, mas eu não fazia a menor ideia, então vou encontrá-la na terça quando eu voltar ao trabalho.

— É melhor você se arrastar pelo perdão dela, cara. Você atacou a coitada e ela já passou por coisas ruins o suficiente. — O aviso severo na voz de Mac faria o homem mais forte do mundo se encolher.

— O que você quer dizer?

— Não cabe a mim contar nada, mas, por favor, acerte as coisas — ela insiste.

Daniel se manifesta:

— Talvez você queira ficar longe do Zander por um tempo, também.

— Ok, gente. Eu entendi. Ferrei tudo e tenho que acertar as coisas. E eu vou. Tudo bem? Sinto muito mesmo.

— Ok — Mac fala suavemente.

Espero Daniel dizer alguma coisa.

— Estamos de boa, Noah. Vamos nos encontrar para tomar uma cerveja semana que vem?

— Boa ideia, cara. Agora, vão lá buscar os monstrinhos.

— Tchau, Noah — eles se despedem em uníssono.

Finalizo a ligação e jogo o celular na cama, sabendo que preciso consertar isso.

Com Nikki fora da minha vida, estou livre para ir atrás de algo novo, com um novo alguém.

Aí tem a Zoe, que parece ter caído magicamente no meu colo, por assim dizer.

Posso mostrar a ela que não sou mais definido pelo apelido que a Mac inventou anos atrás. Com um pau grande ou não, normalmente não sou um babaca arrogante que enfia a língua na boca de uma mulher e não se lembra depois.

Foda-se. Na terça-feira de manhã, vou procurar aquela mulher e me desculpar. E então, chamá-la para jantar. Devo pelo menos isso a ela.

Conseguir fazê-la dizer "sim" vai ser outro desafio.

E eu sempre adorei um desafio.

Capítulo 6
Complicado

Zoe

É hora do almoço no refeitório e, após pegar um sanduíche e um suco, avisto minha amiga Stacey em uma mesa com algumas outras enfermeiras. Ela acena para mim, movendo-se quando as alcanço para abrir espaço onde eu possa sentar.

— Oi, gente. Como vão?

Recebo várias respostas com "Oi" e "Bem" antes de Stacey olhar para mim com os olhos brilhando de diversão.

— Quem te enviou essas flores? Seu admirador secreto? — ela pergunta com uma sobrancelha erguida e, depois que sento, entrego o buquê para ela.

— Feliz dia dos namorados, Stacey.

Ela me olha de um jeito estranho antes de sacudir a cabeça.

— Você é doida, mas eu te amo. E estamos em maio, não em fevereiro.

— Me agradeça mesmo assim — replico.

— Nós estávamos falando sobre o dr. Taylor. Você o conheceu, não é, *Zoe?* — Ela ergue uma sobrancelha, e quase engasgo com a boca cheia. Ela tem sorte por nos conhecermos desde o ensino médio, ou eu ficaria tentada a usar o garfo que está sobre a mesa.

Eu precisava falar com alguém sobre Noah e minha situação com ele, e a Stacey — que vem trabalhando com ele na sala de operação nos últimos seis meses — era a escolha óbvia. Algo que já estou me arrependendo.

Mordo meu sanduíche e murmuro uma resposta que parece algo entre um rosnado e um "ah, merda, onde ela está querendo chegar com isso?". Estreito os olhos para ela, e encontro seu sorriso doce que diz "me aguarde", um no qual ela é assustadoramente boa.

— Jessica estava me contando que o VA está de volta ao mercado. É uma notícia e tanto para a comunidade de enfermeiras solteiras desse hospital.

— Uhum.

Demoro o máximo possível para mastigar meu sanduíche, por não confiar em mim mesma para lhe dar uma resposta sem demonstrar um pingo de interesse — mesmo que eu esteja morrendo para saber mais. *Zoe Desesperada, ala cinco.*

— É — Jennifer se manifesta. — Não me entenda mal, ele é gostoso e definitivamente dá conta do recado, mas parece que está tentando provar alguma coisa.

Sentindo-me intrigada, decido que essa talvez seja a oportunidade perfeita para conseguir alguma informação útil à minha missão de evitar tudo relacionado ao médico gostoso.

— Então, ele não é um pegador, normalmente?

As cinco mulheres à mesa explodem em gargalhadas e eu sinto meus olhos se arregalarem enquanto elas me encaram como se eu tivesse três cabeças.

— Ele é o Vibrador Ambulante, amada. Sabemos a reputação, ouvimos os rumores relacionados ao que ele guarda nas calças, e as mulheres nunca estiveram dispostas a ir para a cama com ele só pelo bem da pesquisa, se é que você me entende. — Uma enfermeira loira para a qual ainda não fui apresentada, mas cuja honestidade eu meio que aprecio, me informa.

— Ele esteve fora do mercado por tanto tempo que é quase como se estivesse exagerando na tentativa de provar algo para si mesmo — Jessica diz.

Algo na maneira como elas falam dele me irrita. Ele pode ser lindo e ter sua cota de autoconfiança, charme e sorrisos diabólicos, mas, ainda assim, é só um homem. Elas estão falando dele como se fosse um pedaço de carne e elas fossem um bando de carnívoras em uma convenção vegetariana. *Estão com fome, hein?*

— Ele não deve ter tanto tempo livre, com as horas que passa na sala de operação e fazendo consultas.

— Ele costumava arranjar tempo. Se você quisesse ir "dar uma volta com o doutor" e riscar isso da sua lista, o dr. Taylor era o cara a se chamar — Jennifer adiciona.

— Talvez ele tenha mudado. — Essa sou eu, sempre a otimista, com a certeza no tom de voz de que elas devem estar falando de algum outro cara.

O problema é que agora a minha mente está acelerada pensando sobre: A) onde a boca dele esteve antes da minha, B) se ele tem o hábito de beijar mulheres aleatórias, seja bêbado ou não, e C) o quão fácil será evitá-lo por todo o tempo em que eu trabalhar no NorthWestern e parar de imaginar como seria "dar uma volta com o doutor" com ele.

— Você está bem, Zoe? Parece um pouco *distraída...* — Stacey não vai deixar para lá. Se você pesquisar "cachorro com um osso", encontrará uma foto sorridente da minha amiga.

— Você gosta de ver o circo pegar fogo, né? Por favor, me diga que pelo menos você não foi vítima do charme Taylor — sussurro.

— Claro que não. Eu odeio pegadores, e aquele cara é expert nisso.

— Era isso que eu temia.

E, instantaneamente, meu voto de me manter longe de Noah, que estava se desmanchando, recebe um impulso necessário. *Beijar uma estranha no casamento do seu melhor amigo era a confirmação de que eu precisava nesse departamento.*

Talvez eu acerte as coisas com ele. Explique que podemos ser amigos, mas *apenas* amigos. Podemos ser amigáveis e cordiais, mas explicarei que não poderá haver flertes e cantadas bregas, e de jeito nenhum repetiremos *aquele* beijo. Na verdade, nem irei tocar no assunto. Ele não se lembra, então eu posso facilmente esquecer e apenas seguir em frente.

E com certeza também vou parar de pensar em Noah e suas mãos ou sua boca ou coisas inimagináveis que o fantasio fazendo comigo.

Estou escondida em uma sala de exames vazia estudando quando ouço uma batida na porta. Ela se abre, e eu ergo a cabeça para ver Noah entrar, fechar a porta e se recostar nela.

Ele está usando uniforme azul-escuro coberto por seu jaleco branco. Seu cabelo está levemente bagunçado, como se ele tivesse passado as mãos pelos fios muitas vezes, o que só faz com que eu queira passar as *minhas* mãos por seus fios. De preferência, enquanto fazemos outra coisa em vez de apenas ficarmos parados na sala de exame.

Não, eu não vou deixar médicos arrogantes me distraírem.

— Oi — ele diz, confiante.

— Ah, oi. Posso ajudá-lo em algo, Noah... quero dizer, dr. Taylor?

— Tenho certeza de que te pedi para me chamar de Noah, Zoe. — Sua voz suave está fazendo coisas perigosamente boas comigo. *Mantenha-se firme, Zoe.*

— Ok.

— Como está o seu dia? — ele pergunta casualmente.

Bem, isso foi inesperado.

— Bom. Ótimo, na verdade. — Não consigo evitar sorrir para ele.

— Ótimo...

— Você precisa falar comigo sobre algum paciente, ou...?

Ele faz uma careta antes de se recompor e enquadrar os ombros.

— Olha, eu queria falar sobre o que aconteceu no casamento.

Oh, então *agora* ele quer falar sobre o casamento.

— Você não tem que... não precisamos... vamos apenas esquecer isso, pode ser?

— Eu queria pedir desculpas. Só fui descobrir o que fiz esse fim de semana, e...

Endireito as costas conforme absorvo suas palavras.

— O que você quer dizer? — pergunto, curiosa.

Ele agarra a nuca, visivelmente desconfortável, mas, se minhas suspeitas estão corretas, parece que Noah não se lembra de nada em relação ao nosso beijo.

— Eu estava muito... bêbado... e eu, hã, não me lembro do que aconteceu depois dos discursos.

Puta merda. Eu estava certa.

Um silêncio desconfortável se instala entre nós. Ele inclina um pouco a cabeça e me observa enquanto eu o encaro com total descrença.

Então, ele balança a cabeça e caminha devagar na minha direção. Nunca me senti tão grata pela maneira como as coisas estão dispostas nessa sala de exame quanto agora. Ele para no lado oposto da mesa e apoia as mãos sobre a madeira conforme se inclina para a frente, com os olhos ainda cravados nos meus.

— Quer sair comigo?

— Você está brincando, né?

— Estou falando muito sério. Vamos sair, no sábado à noite? — Ele endireita as costas, sua expressão sem o usual sorriso convencido.

Balanço a cabeça.

— Eu não vou sair com você, Noah.

— Por que não? Nós já nos beijamos...

Agora *isso*, sim, me deixa zangada. No começo, fiquei um pouco magoada por ele não lembrar de nada daquela noite, mas agora estou puta da vida.

— Você não se lembra daquele beijo, Noah. — Levanto da cadeira e me inclino sobre a mesa, em direção a ele. — Você não se lembra de ter emaranhado a mão nos meus cabelos, inclinado o meu corpo contra o seu braço e me beijado até faltar o fôlego. Você não se lembra de ter me deixado excitada de um segundo para outro. Ou de como eu agarrei os seus braços para me segurar enquanto me perdia no melhor beijo da minha vida.

Estou prestes a cuspir fogo quando termino meu pequeno discurso. Se eu fosse um dragão, ele seria uma pilha de cinzas no chão nesse exato momento. Ele e seu ego gigante.

Noah arregala os olhos, mas não deixo de perceber a indício de calor brilhando em seu olhar enquanto ele me encara.

— Você se lembra disso, Noah? Porque eu me lembro. De cada segundo. Eu havia bebido também, mas aquele momento ainda está claro na minha mente. — Respiro de forma pesada. — E agora, eu acho que será melhor para todos os envolvidos se nós apenas esquecermos que aquilo aconteceu e seguirmos em frente.

— Eu queria mesmo, sabe? — ele murmura, arrependido, com o olhar grudado no meu.

— O quê? — Minha voz está trêmula, entregando o choque e a mágoa que estou sentindo.

— Me lembrar.

Seus olhos estão cheios de arrependimento, compaixão e culpa, e tudo isso me irrita. Se é para ser um pegador, então que aja como tal, porra.

— Mas você não lembra. — Minha voz suaviza. — Desculpe, Noah, se você está procurando mais uma foda fácil entre as mulheres desse hospital, eu não sirvo pra isso. Principalmente diante de todas as complicações que isso poderia trazer para nós. Tipo, *alô*? Mac e Zander?

— Eu não quero nada fácil. Estou farto de coisas fáceis.

— É o que estão dizendo por aí — murmuro baixinho.

— Eu não quero isso. Quero alguém que me desafie, me deixe perplexo, intrigado. Eu quero uma pessoa que queira ser vista comigo, que se orgulhe de si mesma e se sinta feliz por ser minha, e somente minha. — Sua respiração fica mais acelerada e sua voz aumenta antes de eu assistir, fascinada, ao jeito como ele me olha de cima a baixo. — Além disso, algo me diz que você é tudo, menos fácil. Só te chamar para jantar já parece ser um desafio.

Espera aí.

— O quê? — pergunto, em choque, absorvendo a mudança abrupta de rumo. Definitivamente, eu não esperava isso dele. Pensei que ele fosse rir da situação e esquecer que aconteceu. *Lembra do casamento do Daniel, quando eu enchi a cara e dei uns amassos com aquela morena lá?*

— Vamos sair para jantar. Considere como um pedido de desculpas culinário. Assim poderemos nos conhecer sem álcool atrapalhando e sem as emoções que casamentos causam.

— Emoções que casamentos causam? Isso é algum comentário machista sobre mulheres solteiras que se sentem desesperadas em casamentos porque, de repente, acham que vão ficar para titia?

Ok, calma aí, garota. Respire fundo e se acalme, porra.

— Não foi isso que eu quis dizer. Eu...

Fico de pé com as costas eretas, chocada com o rumo que essa conversa está tomando. Foi de estranha para desconfortável para totalmente confusa em questão de minutos.

— Por que eu deveria sair com você? O que te faz ser diferente de qualquer outro cara super confiante por aí? Já ouvi as histórias, Noah. Hoje mesmo, durante o almoço, me passaram um resumo de como funcionam as jogadas do grande Noah Taylor.

Abram alas para a srta. Amargura.

Observo o momento em que o canto de sua boca se ergue em um sorriso convencido e compreensivo, como se ele entendesse a minha jogada e pretendesse entrar nela. Abusado convencido.

— Porque eu gostaria de te mostrar como sou de verdade, fora do hospital. Sem rumores, sem reputações, e sem as calúnias que foram colocadas na sua cabeça pelo seu irmão ou meus amigos, apesar do meu comportamento no passado. Eu quero tentar, Zoe.

Mal consigo raciocinar depois de ele se abrir desse jeito comigo. Acabo respondendo sem pensar — principalmente no fato de ele ser um pegador, ou estar se esforçando demais, ou ter ido embora do casamento com outra pessoa depois de ter me beijado. *Mas, talvez, eu devesse pensar sim.*

— Ok — respondo baixinho, cedendo, porque, sério, quando um cirurgião foda como o dr. Noah Taylor te chama para um encontro e você já sabe como ele beija, você aceita.

— Sim? — ele pergunta, soando surpreso. — Você aceita sair comigo?

— Sim, droga — repito, com os dentes cerrados, antes de liberar a respiração que estive segurando por tempo demais, aliviando a tensão do meu corpo antes de lhe oferecer um sorriso pequeno.

— Você acaba de fazer o meu dia, srta. Roberts. — Ele dá um passo para trás e me lança um sorriso enorme. Ele pega meu celular sobre a mesa e digita alguma coisa antes de me devolver. — Entrarei em contato, linda.

Ele abre a porta e me deixa ali sozinha, com meu cérebro disperso.

E então, algo me atinge.

Ah, meu Deus, Zander vai ter um troço.

Capítulo 7
Não estava esperando por isso

Noah

Porra, ela é linda.

Atrevida e linda.

Totalmente inesperada, mas é isso que me faz apreciá-la ainda mais.

Havia algo na maneira como Zoe tentou se convencer a não sair comigo que me fez sentir ainda mais determinado a insistir.

Isso pode soar pretensioso, mas as mulheres não costumam dizer não para mim, nem ao menos tentam resistir às minhas tentativas de chamá-las para sair. Mesmo com as idas e vindas entre mim e Nikki nos últimos dezoito meses, isso não quer dizer que eu estava de olhos fechados para outras mulheres. Eu só não estava ativamente tentando conhecer alguém com intenções de firmar um relacionamento.

O que começou como um simples pedido de desculpas e um jantar para nos conhecermos melhor agora me deixou determinado.

Como parte da minha nova e melhorada versão, decidi que Zoe merece tudo quando se trata desse nosso encontro. Ela não estava exatamente pulando de alegria quando a chamei para sair, então tomei a liberdade de ser proativo para fazê-la me compreender melhor. Se, para isso, é necessário um pouco do bom e velho charme Taylor, então que seja.

Portanto, durante uma inesperada calmaria entre casos em uma quinta-feira, tarde da noite, decido enviar uma mensagem para Zoe a fim de combinarmos nosso encontro para o sábado à noite. Enviei uma mensagem para mim do celular dela quando a chamei para sair, para poder entrar contato com ela.

Noah: Oi, Zoe. Só queria confirmar o agendamento para a repetição do nosso beijo para o sábado.

Zoe: Hum, quem tá falando?

Noah: O homem dos seus sonhos?

Zoe: Ou dos meus pesadelos. Quem tá falando, droga?

Noah: É o Noah.

Após uns cinco minutos, ela finalmente responde.

Zoe: Ah, oi. Você tá brincando, né?

Noah: Eu tava, mas não foi muito engraçado. Desculpe.

Isso vai me ensinar a ser mais suave.

Zoe: Tudo bem. Só um pouco estranho para uma mensagem enviada por um número desconhecido. Pensei que você fosse outra pessoa.

Noah: Parece que tem uma história aí.

Zoe: Ah, sim, mas deixa pra lá. Você ainda quer sair no sábado, então?

Noah: Claro. Eu não teria te convidado se não quisesse.

Zoe: Achei que só tivesse feito isso para ser gentil.

Noah: Eu nunca faço o que não quero, Zoe. E eu quero te ver no sábado.

Noah: Pensei que, visto que já enfiamos a língua na boca um do outro, deveríamos ao menos nos conhecer melhor.

Zoe: Hahaha Bom ponto. Então, aonde está pensando em ir?

Noah: Talvez seja uma boa tomarmos alguma coisa e jantarmos em algum lugar sossegado. Prometo não exagerar dessa vez.

Zoe: Você me pareceu bem divertido quando exagera.

Ela está flertando comigo agora. Isso é bom. Os muros estão caindo aos poucos.

Noah: Aposto que nós dois somos. Mas eu estava falando sério sobre querer te conhecer melhor, Zoe.

Zoe: É disso que eu tenho medo.

Noah: Só mordo quando me pedem, prometo.

Zoe: Certo. Então, quer que eu vá te encontrar em algum lugar, ou...

Noah: Eu vou te buscar. Fui criado para ser um cavalheiro.

Zoe: Um cavalheiro que beija mulheres aleatórias em casamentos?

Noah: Não foi o meu melhor momento.

Zoe: Você tem certeza de que quer vir me buscar? Sabe com quem eu moro, não sabe?

Ah, merda. De repente, a ficha cai.

Noah: Não estou muito a fim de me deparar com a força do punho do seu irmão de novo.

Zoe: É, não foi o melhor momento dele também, te garanto. Que tal eu te ir te encontrar?

Noah: Tudo bem. Conheço um bar tranquilo que acho ótimo para nos encontrarmos. Te mando o endereço por mensagem.

Zoe: Ok.

Noah: Te vejo lá pelas sete, então.

Noah: E, Zoe, eu estou mesmo ansioso para te ver de novo.

Sim, eu estou. Conhecer uma nova pessoa é revigorante. Mesmo que ela seja parente de um amigo meu.

Se tem algo que gosto em relacionamentos é do estágio inicial. Os primeiros encontros, quando o casal está se conhecendo melhor. É divertido apenas conversar com uma pessoa, se abrir e aprender coisas sobre ela.

Diante da minha recente decisão de olhar para o futuro, agora estou ansioso para conhecer melhor a intrigante Zoe Roberts.

E se eu conseguir repetir aquele beijo no fim do encontro — principalmente se for tão bom quanto ela descreveu — , terá sido uma noite muito boa.

Zoe

Minha conversa por mensagens com Noah me deixou animada por um lado, mas receosa por outro.

A parte excitante é o que Noah está prometendo. Não sua reputação, apesar de que, se ele for mesmo bem-dotado como dizem, será bem excitante. É o seu lado mais suave e atencioso que estou vendo. Confuso, levemente preocupante, mas intrigante, e como citado anteriormente, um pouco perturbador.

Mas isso tudo é coisa da minha cabeça. Meus problemas vêm do que meu ex-namorado me fez passar nos últimos meses.

Conheci Justin há alguns anos, quando fui fazer a minha primeira tatuagem. Entrei no estúdio e ele tinha um tempinho de sobra antes do próximo cliente. Uma hora e meia de dor mais tarde, saí de lá com uma borboleta na minha lombar e um encontro marcado.

Durante o primeiro ano do nosso relacionamento, ele era incrível. Atencioso e carinhoso, parecia venerar o chão que eu pisava, mas de uma maneira muito cativante. Eu era a garota jovem e burra que achava que o namorado andava sobre as águas. Tão ingênua que acreditei que seu interesse intenso em mim era um claro sinal de que eu havia encontrado a pessoa certa para mim.

Apesar de estar encantada e do sexo ser ótimo, eu comecei a me sentir sufocada pela atenção dele. Conversei sobre isso com a minha mãe, compartilhei com ela minhas preocupações, e fiquei surpresa por descobrir que ela já vinha se sentindo preocupada comigo há um tempo em relação a isso. Zander até sugeriu que eu me afastasse dele um pouco para acalmar as coisas estre nós.

Mas Justin não queria saber disso. Ele ignorou minhas preocupações, dizendo que a minha família estava tentando me colocar contra ele. Aquilo foi a gota d'água. Minha família e eu passamos por tanta coisa juntos que de jeito nenhum eu deixaria alguém ficar no meio disso. Mesmo que Zander morasse em Chicago enquanto eu e minhas outras irmãs, Danika e Mia, morássemos em Indiana, nós éramos muito próximos.

Eu tinha vinte e três anos e um namorado que queria que passássemos o tempo inteiro juntos, e sempre queria saber onde eu estava e com quem eu estava. Ele começou a até mesmo fuçar meu celular quando eu não estava por perto. Esse tipo de relacionamento não valia a pena.

Então, eu terminei com ele.

Dizer que ele não aceitou bem é um eufemismo.

Aquele lunático começou a me esperar depois das aulas, a estacionar do lado de fora da minha casa o tempo inteiro, sem contar as ligações e mensagens constantes. Cheguei a descobrir que ele hackeou meu e-mail meses atrás e enviou mensagens para os meus amigos perguntando sobre mim.

Zander e Kate vinham me incentivando a voltar para Chicago e morar com eles. Pensei que Zander já estava cansado de viver com as irmãs, considerando que ele havia acabado de se livrar da Mia, mas ele insistiu. Eles até pediram a Mac que descobrisse se havia algum emprego disponível no hospital. Eu estava um pouco em cima do muro quanto a isso, mas, quando as coisas começaram a piorar com Justin, um novo começo na minha cidade natal parecia cada vez mais atrativo.

Depois disso, de alguma maneira, Justin descobriu que eu iria me mudar e invadiu meu quarto no meio da noite para implorar que eu ficasse com ele. Quando surtei e pedi que ele fosse embora, ele ameaçou fazer algo contra si mesmo.

Então, depois de chamar a polícia e me acalmar, fugi logo de uma vez, aparecendo na porta do Zander na noite seguinte com duas malas e um sorriso. A partir daí, acabei ficando um pouco louca e fiz uma nova tatuagem no quadril, tingi o cabelo de castanho-chocolate, e parti para um novo e positivo jeito de olhar para a vida.

Isso foi uma semana antes do casamento de Mac e Daniel; uma semana antes do beijo bêbado que me arruinou para qualquer outro homem.

Avance para o presente, e agora Noah está me mandando mensagens para planejarmos nosso encontro no sábado à noite. Apesar do que as enfermeiras disseram naquele dia, eu preciso confirmar que ele está, de fato, solteiro. Ele foi embora do casamento com a vaca daquela loira. Mas, se ele não estivesse disponível, não me chamaria para sair, com certeza.

Ele disse que queria me conhecer melhor, me mostrar quem ele é de verdade, mas e se ele só estiver querendo que sejamos somente amigos, também? Levanto da cama e vejo a tela do meu celular acender, anunciando uma chamada. O aparelho toca por uma eternidade antes de parar, caindo na caixa postal.

Encaro a tela agora escura e torço para que não toque novamente. Imploro mentalmente para que a tela continue no modo descanso. Conforme os segundos passam e a ligação não vem, os batimentos acelerados do meu coração começam a acalmar.

Essa merda está começando a me afetar. Preciso controlar minhas reações a certas coisas quando estou perto da minha família e dos meus amigos. Quando meu celular vibra no bolso durante o trabalho, forço-me a não me encolher. Quando recebo uma carta sem remetente, escondo o leve tremor em minhas mãos quando Kate ou Zander me entregam.

Às vezes, me pergunto se estou começando a perder a cabeça.

Noah tem sido meio que uma distração bem-vinda — e surpreendente.

Preciso conversar com alguém sobre minha situação com Noah. Sou do tipo que sempre conversa. Preciso analisar todos os ângulos em voz alta. Normalmente, faço isso com Zander ou Mia, às vezes com a minha mãe, e se todo o resto falhar, com Danika. Ela já tem dezessete anos, mas, mesmo assim, que adolescente dessa idade quer ficar ouvindo sobre os desastres da vida amorosa da irmã mais velha?

Com todas essas opções indisponíveis para mim, especialmente com Zander disposto a caçar Noah se ele ao menos respirar o mesmo ar que eu, minha futura cunhada, Kate, é a minha melhor aposta.

— Kate, você tem um minuto? — pergunto ao entrar na sala de estar e cair no sofá, ao lado dela.

— Claro, querida. O que houve? — Ela vira o corpo para me olhar e franze as sobrancelhas. — Espere! Sua cara me diz que precisamos de vinho para essa conversa. Precisamos mesmo? Porque eu acho que já acabou. — Ela pisca para mim, sorrindo ao encher sua taça e esvaziar a garrafa de vinho que está na mesinha de centro.

— Bem observado.

Levanto em um pulo e vou até a cozinha, voltando com uma taça vazia para lhe entregar. Assim que ela serve minha taça, recosto-me no sofá e tomo um longo gole da bebida favorita de Kate: Moscatel.

— Então, você está com problemas com um cara, o trabalho, ou seu irmão? — ela começa.

Caio na risada.

— Uau, você vai direto ao ponto, não é?

— Não estou para brincadeiras. Precisamos resolver seja lá qual for o problema que está te mantendo tão pensativa. Zander e eu percebemos que você não está no seu normal essa semana. Então, me diz: porta um, dois ou três?

— Você tem irmãs?

— Dois irmãos mais velhos. Eu sou a caçula. — Ela dá de ombros e sorri. — Agora, pare de desviar da pergunta e desembuche, Zoe.

— Você é mandona assim com o meu irmão? — Ela ergue uma sobrancelha para mim e abre um sorriso malicioso. — Ah, droga, não! Não quis dizer desse jeito. Que mente suja, Kate!

Isso faz com que ela comece a rir e ruborizar loucamente, o que me faz rir junto com ela.

— Zoe, me diga logo o que eu preciso saber.

— É meio que as três coisas. Noah meio que me chamou para sair e eu aceitei.

No segundo seguinte, estou coberta pelo vinho de Kate quando ela cospe tudo em mim.

— Ah, meu Deus! Me desculpe! Ai, merda. — Ela corre até a cozinha para pegar um pano e me entrega para que eu possa me secar. — Eu não estava mesmo esperando que você fosse dizer isso.

— Acredite em mim, eu também não esperava por isso. Em um momento, eu estava no refeitório ouvindo sobre sua fama de Vibrador Ambulante e, no outro, ele estava me procurando para se desculpar por ter me beijado e, logo em seguida, me convidando para um encontro tranquilo com drinques e jantar no sábado.

Ela começa a rir descontroladamente e eu olho ao redor à procura de outra garrafa de vinho vazia — ou cinco.

— O que foi?

— O seu irmão... vai pirar pra caralho! — Ela se recompõe aos poucos, mas continua dando risadinhas quando continuo a falar.

— É com isso que estou preocupada. E, tipo... Noah é ao menos solteiro mesmo?

Sua expressão muda quando ela se acomoda melhor no sofá, colocando as pernas sobre o assento.

— Mac o conhece há muito tempo, mais de seis anos, na verdade, e mesmo que ela tenha tido seus momentos de pura estupidez, ele é um ótimo cara. Ele não é do tipo que trai. Mesmo com o arranjo que ele tinha com a Mac naquele tempo, se ele conhecesse alguma mulher que gostasse, eles se afastavam para que ele pudesse investir no relacionamento. Quando não dava certo, eles começavam de novo.

Isso é uma coisa a favor dele, eu acho.

— Mas ele foi embora do casamento com a Nikki.

Os olhos dela suavizam e ela pousa uma mão na minha perna.

— Querida, não entenda mal, mas ele estava bêbado. E não era pouco, era muito. Nikki estava lá, ele a levou para o casamento, então esperava-se que fossem embora juntos, também.

— É, acho que sim. É só que... não, esquece. Deixa pra lá.

— O que, Zo?

— Ele admitiu que não se lembra de ter me beijado — confesso, fazendo uma careta quando Kate arfa em choque. Continuo falando, como se sentisse que deveria defendê-lo. — Ele só descobriu o que aconteceu quando o irmão dele lhe contou, no fim de semana passado. Deve ser por isso que ele me procurou no trabalho.

— Eu sabia que ele estava bêbado, mas não se lembrar de nada? Jesus! A dor no rosto com que ele deve ter acordado no dia seguinte deveria ser ao menos um sinal de que algo tinha acontecido.

Dou de ombros, incerta do que dizer. Ainda é difícil acreditar que ele não se lembra de nada.

— Como você se sente quanto a isso?

— Ele não fez aquilo sozinho, Kate. Eu fui uma participante bem ativa. Posso não ter começado, mas com certeza ajudei a continuar.

— Verdade. Então, um encontro? Ou não é um encontro? Chamada para sexo? Repeteco daquela performance?

— Calma, mulher. Você deveria estar me ajudando a arrumar a bagunça na minha cabeça, e não enfiando mais confusão nela!

— Desculpe, é só que... bem, com o que você passou recentemente, está ao menos aberta à possibilidade de conhecer uma nova pessoa?

— Eu não estou magoada por causa do Justin, Kate. Ele me fez surtar com toda aquela perseguição e a invasão do meu quarto enquanto eu dormia. Noah não é o Justin. Pelo menos, não diante de tudo que você está me contando.

Ela sorri e balança a cabeça.

— Não é mesmo, querida. Ele é um bom homem. Daniel o conhece há uns vinte anos, e já que ele casou com a minha melhor amiga, eu o considero tanto um ótimo julgador de caráter quanto um operador de milagres.

— Certo. Então... quem não arrisca, não petisca?

— Por aí. Se estiver tudo bem pra você, é tudo o que importa. Mesmo que o seu irmão dê um chilique e tente bancar o machão para cima de vocês, a vida é sua.

Termino de tomar meu vinho e sorrio para ela, muito feliz por saber que poderei chamá-la de irmã daqui a poucos meses.

— Além disso, deixe Zander comigo. Se ele se tornar um problema, é só eu distraí-lo com sexo.

— Querida, eu te amo, mas se você falar sobre fazer sexo com o meu irmão de novo, eu vou ter que te matar.

Levanto-me e vou até a cozinha para colocar minha taça vazia no balcão. Kate sorri para mim, olhando-me sobre o encosto do sofá.

— Alguém tem que fazer isso e, pelo bem da sua vida amorosa, eu farei, Zoe. Só por você.

Capítulo 8
Um novo alguém

Zoe

É sábado à noite, e estou uma pilha de nervos. Já troquei de roupa pelo menos umas cinco vezes, e mesmo com a ajuda de Kate, estou um desastre.

Não deveria ser difícil assim. É só uma saída para beber e jantar com um amigo. Um colega de trabalho. Tudo bem que venho tendo sonhos *bem* sacanas com o cara, mas ele não precisa saber disso. É totalmente normal uma mulher fantasiar com um homem fazendo coisas inexplicáveis com ela, não é? Não é estranho.

Como um homem que eu mal conheço — mas sobre o qual eu sei muitas coisas — consegue fazer meu estômago se retorcer antes mesmo de sairmos juntos? Eu não sou assim normalmente.

Sou confiante, direta, e geralmente sou o tipo de mulher despreocupada, lidando com as coisas conforme acontecem. Definitivamente não sou do tipo que fica estressada pra cacete antes de sair para beber com um homem. Um homem muito sexy, charmoso e confiante, que, para todos os efeitos, é um cara legal, embora também seja um cara que no passado foi amigo com benefícios da minha amiga por anos — mas o Zander também era — e que é conhecido por ser uma máquina de flertes bem-sucedida.

— Gata, você está linda! Precisa passar logo um batom e dar o fora daqui. Não quer deixá-lo esperando, quer? — Viro-me para ver Kate parada na porta do meu quarto, com as mãos na cintura e uma expressão de quem está pronta para me chutar porta afora se for preciso. — A sua carona já chegou, mesmo.

— O que quer dizer?

— Só vá logo, tá bom? — Ela está repentinamente muito ansiosa para que eu saia.

Olho de novo para o espelho, encarando-a pelo reflexo.

— Eu não sou uma idiota, né? Quer dizer, isso é uma loucura, né?

Sua expressão suaviza.

— Você gosta dele?

— Eu não o conheço o suficiente para gostar dele.

Só constatando um fato.

— Mas você gosta da possibilidade de gostar dele...

— Talvez — respondo timidamente. Ela ergue uma sobrancelha e me encara com um olhar que diz "não me vem com essa". — Ok, sim, eu gosto. Por que parece que estou pulando da panela quente em direção ao fogo?

— Porque Noah é o tipo de inferno flamejante no qual você gosta de se queimar — ela afirma com um sorriso. — E, pelo que já ouvi, ele é mesmo escaldante.

— Ok.

Eu me recomponho ao me olhar no espelho mais uma vez. Estou usando uma calça jeans escura e justa e sapatos de salto marrons. Para completar o visual, estou com uma blusa de alças preta com decote em V e recortes transparentes na frente e nas laterais, e um blazer bege por cima. Borrifo um pouco do meu perfume *Dior Addict* e passo nos lábios meu gloss favorito na cor vermelho-vinho. Sejamos sinceros, de jeito nenhum eu vou acabar beijando o cara, então não preciso me preocupar com a transferência de batom.

Abaixo-me e pego minha bolsa, que combina com os sapatos, e me dirijo à porta.

— E o Zander sabe? — pergunto enquanto Kate e eu seguimos pelo corredor.

— Ele sabe que você vai sair, só não sabe com quem. Acho que essa é uma batalha para outro dia, e com certeza uma na qual não quero me meter.

Assinto, concordando. Talvez acabe nem tendo nada que valha a pena contar a ele mesmo.

— Te vejo mais tarde, então. — Respiro fundo.

— Mantenha a mente e olhos abertos, querida. Quem não arrisca, não petisca. E, vamos encarar, a conversa sobre aquele primeiro beijo estranho não vai mais atrapalhar.

— Eu sou a única que lembra dele.

— Mas talvez você tenha mostrado a ele que vale a pena repetir a performance.

A tensão se esvai do meu corpo.

— Razão número sessenta e nove pela qual meu irmão vai casar com você — afirmo com uma risada.

— Ah, não, querida. A razão número sessenta e nove é bem mais divertida do que isso.

— Eca, não! Não, não, não, não, não. Informação demais. Essa é definitivamente a minha deixa para sair.

Saio enquanto Kate fica para trás, rindo, e viro-me para encontrar o que eu esperava ser um táxi. Mas minha respiração fica presa quando me deparo com a visão fervente que é Noah Taylor, recostado contra um SUV preto estacionado no meio-fio.

— Oi. — A voz dele soa como a mais macia das camurças, com o toque grave mais sensual que já ouvi. Ele tem o tipo de voz que eu poderia ficar ouvindo por horas.

— Ah... oi.

— Você está linda pra caralho.

Oh, uau. Minhas bochechas esquentam e me sinto tímida, de repente.

Olho para ele, de cima a baixo. Ele está usando jeans escuros que lhe vestem como se tivessem sido feitos sob medida, e uma blusa de botões azul-escura que não ajuda em nada a dissuadir a minha imaginação de todas as noites.

— Você também não está tão ruim, Noah. Mas talvez eu prefira você de uniforme. — Pisco para ele, que ri. *Ponto para mim!*

— Precisa de uma carona?

— Acho que essa é uma pergunta retórica, não? — Inclino um pouco a cabeça para o lado e abro um sorriso maroto, que ele corresponde, e, porra, isso faz meu corpo inteiro estremecer. *Ele é bom.*

Dou um passo para me aproximar dele, me perguntando se existe alguma coisa que poderia abalar a autoconfiança desse homem. Fito seus olhos azuis profundos e contemplo tudo o que acontece por trás deles, torcendo para que me dê a chance de descobrir.

— Bem, você está aqui, algo pelo qual eu não esperava, mas que gostei, e nós vamos para o mesmo lugar, então acho que posso deixar você me levar.

— A sua gentileza não tem limites, srta. Roberts.

Uma risadinha escapa dos meus lábios e o sorriso de Noah aumenta enquanto ele abre a porta do passageiro para mim.

— Um cavalheiro?

— Pelo menos em público.

— E quando não está em público?

O que diabos há de errado comigo? Estou há poucos minutos com o cara e já pulei de cabeça no meu modo flerte, deixando-o no piloto automático.

Seus olhos escurecem e ele abre um sorriso sexy. *Sorriso de derreter calcinhas? Confere!*

— Acho que ainda temos alguns encontros e uma longa conversa pela frente antes de partirmos para esse tipo de pensamento.

— Boa resposta — murmuro suavemente conforme ele fecha a porta e dá a volta no carro antes de sentar no banco do motorista.

— Você não se importa por eu ter vindo te buscar?

— Foi uma surpresa muito agradável, na verdade. Mas você está brincando com o perigo.

Ele ri.

— Se está falando sobre o seu irmão, fiz algumas investigações e descobri que ele está trabalhando esta noite, então decidi que era seguro vir te buscar.

— Corajoso e esperto. Uma combinação perigosa.

Sério, Zoe. Cale a boca e pare logo com esses elogios.

— Vindo de você, vou considerar isso uma coisa boa. Agora, vamos tomar aqueles drinques.

— O que posso trazer para vocês? — a garçonete pergunta momentos depois de Noah me guiar até um canto mais isolado do bar tranquilo e sofisticado no coração da cidade.

Noah me olha com uma sobrancelha erguida. Droga, ele fica tão sexy quando faz isso. Vejo algo em seus olhos que não consigo determinar bem, mas é definitivamente um olhar diferente do que ele ostentava no dia que me chamou para sair.

— Você escolhe — digo, para ele após analisar o cardápio de bebidas, que consiste em cervejas artesanais, Bourbon e uísque. — Não há nada no cardápio que eu não goste, então me surpreenda.

Sempre achei que o tipo de bebida que um homem pede para uma mulher pode dizer muito sobre ele, e estou muito interessada no que o grande Noah Taylor poderá escolher.

— Hummm... — ele murmura, colocando um polegar no queixo enquanto contempla o que pedir. — Tem uma ótima opção de Bourbon... — Ele olha para mim e abre um sorriso malicioso antes de voltar a encarar o cardápio. — Mas que tal começarmos devagar? — Ele fecha o cardápio e pede uma Pilsner para ele e um Prosecco para mim.

E então, ficamos sozinhos de novo.

— Boa escolha. Incrivelmente certeira. Se eu não tivesse escolhido isso, teria sido o Pinot Grigio.

— Uma mulher com bom gosto. — Ele se reclina contra o encosto de couro do assento, do outro lado da mesa.

— Um homem que parece ter um bom instinto sobre o jeito de pensar de uma mulher.

Mais uma vez, falando o que não deveria.

Os olhos de Noah se arregalam antes de ele soltar uma risada.

— Talvez...

— Oh! Eu não quis dizer que... oh, merda. Me desculpe. — Essa é a minha tentativa de fazer com que ele não leve a minha diarreia verbal para o lado pessoal, e logo percebo que ele acha isso engraçado, quando fica ali com a cabeça inclinada para o lado, apenas me observando tentar abrir um buraco onde possa me enterrar.

— Eu sei o que você quis dizer, Zoe. Relaxa. Não sou tão assustador assim, sou?

— Bem... ouvi muita coisa sobre você, e talvez eu saiba coisas que uma mulher normalmente não precisaria saber em um primeiro encontro. Então, não tenho muita certeza do que dizer.

Ele se recosta e abre os braços, descansando-os sobre o encosto do assento de couro. Está completamente confiante e relaxado, enquanto eu estou imaginando se a minha blusa é muito transparente, principalmente devido ao número de vezes que já o flagrei conferindo a minha comissão de frente.

— Conte-me mais sobre você. Tudo o que sei é que é irmã do Zander, técnica de ressonância magnética, teimosa às vezes, e difícil de conhecer. Isso é tudo? — Ele abre um sorriso maroto, mas percebo que seus olhos nunca desviam dos meus. Há muitas pessoas começando a chegar e encher o bar, mas todo o seu foco está em mim.

— Você basicamente me resumiu em poucas frases. Que encontro legal. Te vejo no trabalho — provoco e faço menção de levantar. Os olhos dele se arregalam e seus ombros ficam visivelmente mais tensos, relaxando apenas quando começo a rir dele. — Sério? Pensou que eu ia facilitar para você assim?

Ele começa a rir junto comigo, uma risada intensa que alcança até as áreas mais remotas das minhas partes íntimas. Daquelas que fazem você desejar poder gravar e tocar repetidamente quando o momento for oportuno.

— Bem, já que estamos fazendo mesmo isso de primeiro encontro, vou resumir tudo sobre mim para você. Duas irmãs, Mia com vinte e dois anos e Danika com quase dezoito, e um irmão, Zander, a quem você já conhece, obviamente.

— Conheço o punho dele, também. — Ele assente e passa a mão no queixo, o que me faz sorrir de novo.

Minhas bochechas queimam.

— É, ele é um pouco... hum... protetor, por assim dizer.

— Só um pouco. Mas eu também seria assim se tivesse uma irmã.

— Você não tem?

— Tenho só um irmão mais novo irritante que tem vinte e sete anos, mas age como um adolescente que acabou de descobrir o sexo feminino.

Uau. Tem outro Taylor fazendo ronda em Chicago. *Protejam-se, garotas!*

— Então, você está gostando da cidade grande? — Antes que eu possa responder, o celular dele apita sobre a mesa, onde ele o deixou. Noah me olha com cautela. — Desculpe, eu preciso atender. Pode ser do hospital.

— Vá em frente. — Aceno para o aparelho.

Ele pega o celular, move o dedo sobre a tela e lê a mensagem. Uma carranca macula seu rosto delicioso antes de ele digitar algo rapidamente e colocá-lo de volta sobre a mesa.

— Onde estávamos? Ah, sim. Então, você é de Chicago, mas se mudou?

A garçonete chega com as bebidas e não deixo de perceber o olhar faminto e o sorriso provocante que ela lança para ele, além da maneira como joga o cabelo preso em um rabo de cavalo, que a entrega completamente. Chega a ser tentadora a vontade de chamar sua atenção para que aprenda a arte da sutileza, mas não me dou ao trabalho, porque Noah não olha para ela sequer uma vez. Sua atenção continua solenemente toda em mim.

Isso é até empolgante, para ser honesta. Ao analisar a linguagem corporal dele — um mau hábito meu que não consigo largar — , dá para ver que está relaxado e agindo com interesse, apenas pela maneira como seu corpo está aberto ao meu e como ele se inclina para frente toda vez que falo. De maneira geral, o encontro está indo bem, até agora. A melhor parte? Somos só nós dois. Sem hospital, sem irmãos autoritários e sem amigos impertinentes.

— Nós todos nascemos aqui, mas, depois que o nosso pai morreu, nos mudamos com a nossa mãe para Indiana, onde ela arrumou um novo emprego. Lá é ótimo e tal, mas eu precisava de uma mudança. Basicamente bati na porta do Zander pedindo um lugar para ficar.

— Por que a mudança? — ele pergunta, os olhos nunca desviando dos meus enquanto toma um gole de sua cerveja pela primeira vez.

— Mac mencionou que havia uma vaga no hospital. Me inscrevi e, felizmente, a Greta gostou de mim. — Dou de ombros.

— Greta não é uma pessoa que gosta de qualquer um, Zoe. Você deve tê-la impressionado. Mas isso não me surpreende.

Está ficando quente aqui? Por que parece que há um holofote brilhando sobre mim agora?

— E por quê? — Estou intrigada.

— Porque médicos falam por aí, principalmente residentes. Eles parecem não ter nada melhor para fazer além de fofocar sobre quem vai e vem naquele hospital. Claro que eles não deixaram de falar sobre a nova e linda técnica de ressonância magnética na Radiologia — ele explica antes de piscar para mim. Remexo-me no assento, nervosa e incomodada diante da ideia de ser o assunto atual no hospital.

— E você? Me conte algo sobre você que eu não saiba, Noah.

Ele fica quieto por um minuto, mudando a expressão para algo mais contemplativo antes de me impressionar com sua resposta.

— Recentemente, tomei a decisão de começar a seguir em frente e desapegar do passado.

De todas as coisas que se pode esperar que o doutor arrogante diga, a maneira completamente honesta com a qual ele acaba de responder a minha pergunta altamente pessoal abriu um buraco na parede que tenho mantido erguida até agora. *Caramba, homem!*

Decido que é válido insistir mais um pouco. É aceitável para um primeiro encontro, não é? Discutir pontos de virada transformadores da vida um do outro?

— Aconteceu algo que te fez tomar essa decisão?

Ele coloca a cerveja sobre a mesa e se inclina para a frente.

— Pode-se dizer que foi porque fiquei muito bêbado no casamento dos meus melhores amigos. Ou porque percebi que estava sendo manipulado com sexo por uma mulher que eu achava sentir algo a mais por mim. Pode escolher.

Há um toque de amargura em seu tom. Acredito que a mulher a quem ele se refere é a loira com quem foi embora da festa de casamento. Aquela que virou-se e abriu um sorriso malicioso em direção à multidão enquanto ia embora com o cara que, agora, está sentado na minha frente.

Nem conheço a vadia, mas já a odeio. Como isso é possível?

— É aquela com quem você estava no casamento? — pergunto, apertando as mãos sem perceber.

Um sorriso pequeno surge em seu rosto.

— Aquela era a Nikki, e é dela mesmo que estou falando. E antes que você pergunte: não. Não quero mais nada com ela, e não a vejo desde aquele dia. Prefiro mil vezes uma mulher sem toda aquela bagagem.

Paro de respirar. Acaba de surgir uma pedra enorme no caminho. Eu tenho uma bagagem e tanto. Eu e a minha bagagem somos amigas íntimas. Tanto que ela nunca me deixa em paz.

Expiro devagar e olho para Noah, enxergando um brilho em seus olhos que me relaxa instantaneamente.

— Certo. — Olho para o chão, mas não consigo esconder meu sorriso.

— Parece que você gostou de saber disso.

— Bem, se você ainda estivesse com ela, seria bem estranho sair comigo para beber, não acha?

Apesar da garantia que ele acaba de me dar, o jeito como ele fala sobre ela dispara alarmes altos e claros na minha mente. Amargo? Talvez. Não julgo, também passei por isso. Arrependido? Sim. Conheço bem o sentimento.

Mesmo assim, acabo tocando no assunto do casamento da Mac, porque eu sou uma mulher que precisa saber de tudo e sei que não serei capaz de deixar nada para trás até entender o que aconteceu.

— Então, aquele beijo...

— Merda — ele grunhe, passando uma mão pelos cabelos. — Aquele beijo vai me assombrar para sempre, eu acho. Você disse que foi o melhor da sua vida e, mais do que tudo, eu quero me lembrar dele. *Especialmente* se foi tão bom quanto você disse.

— Noah, tudo bem. Muita coisa aconteceu aquela noite. Um beijinho não foi nada, no fim das contas.

— Zoe, eu quero muito...

— Noah? Noah Taylor? É você? — Um homem de terno vem até nós e estende a mão para Noah.

Ele fica de pé e sorri para o estranho.

— Greg Thompson! Como vai, cara?

Eles se cumprimentam com aquele abraço de homens que envolve tapinhas nas costas — nunca entendi a necessidade disso — e depois se afastam, sorrindo um para o outro.

— Como vai você? — Greg pergunta, olhando para mim e sorrindo antes de voltar sua atenção para Noah.

Acabo meio que abafando a conversa deles, tentando desacelerar meus pensamentos. Meu celular vibra dentro da bolsa e, quando vejo que Greg e Noah ainda estão ocupados, pego o aparelho. O nome de Justin surge na tela, e eu fecho os olhos imediatamente.

Não é que ele me dê medo. O problema é que ele é imprevisível. E está ficando pior. Ele está ficando mais persistente, mais irracional; algo que é difícil de combater quando não se sabe o que vai acontecer a seguir. Ignoro a ligação e guardo o celular, percebendo que faz quase uma hora desde que encontrei Noah esperando por mim do lado de fora da minha casa.

— Olha, Greg, me ligue durante a semana para combinarmos uma partida de golfe ou algo assim.

— Ora, agora ele é um médico chique — Greg replica e os dois riem. Deus, a risada de Noah é quase tão sexy quanto sua voz.

— Ainda sou residente. Mas estou chegando lá. Ah, Greg, esta é a Zoe. Estamos em um encontro.

— Oi, Zoe — Greg diz alegremente antes de voltar-se para Noah. — Colocaremos o papo em dia em breve, ok? Tenham uma boa noite — ele deseja ao se distanciar da mesa.

— Desculpe. Ele é um velho amigo da faculdade. Não o vejo há anos.

— Tudo bem — respondo, assentindo e sorrindo.

— Então, onde estávamos?

— Você estava me contando sobre a sua decisão transformadora...

— Chega de falar de mim. Eu quero saber mais sobre você, Zoe. Me conte sobre a sua família, a sua vida antes de vir para Chicago, seu trabalho. Eu quero saber o que te faz feliz e o que te frustra. Eu quero saber tudo.

Uau! Isso é mais do que uma cantada. É mais até do que um "vem aqui e vamos transar". Isso é *épico*. As meninas não estavam mentindo quando disseram que ele tem jeito na paquera.

— É muita informação para um primeiro encontro.

— Então, vamos planejar o segundo e garantir que tenhamos tempo suficiente para passarmos por todas as bases.

Bases. Ele poderia marcar um ponto comigo apenas com um olhar e um aceno de mão. Bom, talvez mais do que um aceno, mas dá no mesmo. O que ele tem que faz eu me tornar uma vadia devassa?

— Noah, eu não acho que...

Agora, a garçonete vem à nossa mesa, lançando um olhar caloroso para Noah. Reviro os olhos conforme ela se inclina e apoia a mão na mesa, enfiando o decote bem diante da visão dele.

— Está pronto para pedir algum aperitivo? Tenho certeza de que irá encontrar algo de que irá gostar.

Aposto que você acha isso também!

Felizmente, Noah não reage ao convite dela, ou melhor, sua insinuação nada sutil. Em vez disso, ele olha para mim e sorri, com cautela, antes de suavizar ao perceber que não estou incomodada com a garçonete. Pelo menos, não perceptivelmente.

— Zoe, você quer pedir algo para comer? — A voz dele é como chocolate derretido, do tipo que dá vontade de se lambuzar nele.

— Estou bem — respondo com a voz rouca, ainda sofrendo os efeitos da imagem mental envolvendo chocolate.

Imagine só Noah coberto de chocolate e todas as maneiras que eu poderia limpá-lo.

— Vamos esperar mais um pouco.

— Claro. É só vir me procurar quando estiver pronto para mim.

Que sutil, moça. Muito sutil.

Noah traz sua atenção de volta para mim, dispensando efetivamente a piranha — o que me diverte muito.

— Então, o que você estava dizendo?

— Me fale sobre você, dr. Taylor. — Lanço-lhe um sorriso conhecedor e tomo um gole de vinho.

Ele estreita os olhos ao me analisar, beliscando o queixo com o polegar e o indicador.

— Você é meio reservada.

— Não tem nada muito empolgante para contar.

— Você, srta. Roberts, é uma charada envolvida por mistério dentro de um enigma, e eu sempre gostei de um bom quebra-cabeças.

Meu Jesus Cristinho. Alguém jogue um balde de água em mim imediatamente!

— Churchill?

— O próprio e único. — Ele dá um sorrisinho.

— Noah! Não te vejo há eras!

Noah vira a cabeça no momento em que uma ruiva estonteante senta à mesa próxima à nossa. Ela me analisa educadamente antes de dar atenção total a ele.

— Lisa, não é?

— Lauren. — A voz dela já não está mais tão simpática.

— Lauren, sim, é isso. Você me lembra a minha amiga Lisa. Como vai?

Bela escapada.

Desculpe, ele move a boca para dizer isso para mim, sem som, antes de virar-se para a mulher e, mais uma vez, estou em um encontro sozinha. Uma interrupção, tudo bem, mas agora, com uma mulher linda exigindo e recebendo seu foco — uma mulher que não sou eu — é demais.

Por mais que eu queira continuar conversando e descobrindo mais sobre ele, talvez seja hora de cantar derrota nesse encontro. Ele não me apresentou dessa vez.

Meu celular acende novamente. Cansada de ver Noah se distrair com alguém e de Justin bombardeando meu celular, pego o aparelho e pressiono o botão para desligá-lo antes de enfiá-lo de volta na bolsa. O que os olhos não veem, espero que o coração não sinta.

Pego minha taça, tomo de uma vez o resto do vinho e balanço o braço para chamar a atenção do cara que deveria estar em um encontro comigo.

— Ei, Noah, escute. Eu vou embora. Tenho... que ir provar vestidos amanhã com a Kate, então é melhor ir para casa.

De fato, irei provar vestidos com a Kate amanhã, mas só à tarde. O que ele não precisa saber.

Ele diz algo para a tal Lauren e levanta para vir até mim. Sentando-se ao meu lado, ele segura minha mão e entrelaça nossos dedos. Seu toque me traz lembranças da última vez que ele me tocou, e como aquilo me fez sentir. Não é nisso que eu deveria estar pensando enquanto planejo minha fuga.

— Zoe, me desculpe. Estou sendo mal educado. Pensei que esse seria um lugar perfeito para te trazer.

Sua voz é suave e cheia de remorso, o que só piora toda a situação. Ele não fez nada de errado — não realmente — , e estou começando a pensar que simplesmente não era para ser.

— Tudo bem — respondo. — Você pode ficar aqui e bater papo com os seus amigos. Vou pegar um táxi para ir embora.

— Podemos ir para outro lugar, se você quiser. Nós nem comemos ainda...

— Acho que prefiro ir para casa.

— Posso te levar — ele oferece rapidamente, quase como se estivesse no piloto automático.

— Noah... — Ok, Zoe, pensa! Você precisa dar a ele um motivo decente pelo qual ele *não deveria* te levar. — Zander já deve estar em casa, e essa é uma dor de cabeça da qual não precisamos agora.

— Eu sinto muito. Mais do que você imagina.

Assinto para ele, tentando não entregar mais nada, porque há uma miríade de emoções me inundando nesse momento, e nem todas são boas. Fico de pé e, como esperado, ele me segue.

Coloco a mão em seu bíceps e fico nas pontas dos pés para dar um beijo muito leve em sua bochecha.

— Obrigada pelo vinho — sussurro. — Tchau, Noah.

Há um peso nessa despedida que não passa despercebido por ele. Sei disso porque ele serpenteia o braço para envolver minha cintura e me puxa com força, fazendo nossos corpos se tocarem das coxas até os ombros, e meus olhos ficam presos nos seus.

— Fica para a próxima? — ele pergunta suavemente. Há um toque de incerteza em sua voz que faz meu coração doer.

— Te vejo por aí. — É tudo o que consigo dizer com a voz rouca.

Meu coração está batendo furioso, e seja lá o que significa esse maremoto de emoções, sei que está perto de vir à tona em mim. Ele me olha por um tempo que parece infinito antes de me soltar aos poucos e se afastar.

— Tchau, Zoe. — Ele parece conformado com o fato de que este é provavelmente nosso último encontro.

— Tchau, Noah.

Viro-me e saio dali, resistindo à vontade de fugir para as montanhas — ou de volta para Indiana.

No caminho até a saída, sinto o cheiro da minha colônia masculina favorita, o cheiro que costumava despertar todos os meus sentidos de todas as maneiras certas, e que agora me deixa enjoada, porque comprei um para Justin. Devo mesmo estar perdendo a cabeça, se um cheiro tão simples como esse está me causando repulsa. Saio rapidamente dali e entro no primeiro táxi livre que encontro.

Olá, Universo. Obrigada pelo fracasso épico desse encontro. Nem precisa se incomodar da próxima vez.

Capítulo 9
Vida boa

Noah

Se teve uma vez que desejei não conhecer tantas pessoas em Chicago foi no sábado à noite. Eu senti que o encontro estava indo bem. Zoe estava linda pra caralho. Estava usando saltos altos que faziam suas pernas parecerem ainda mais compridas. Seus cabelos estavam presos, caindo lisos em um rabo de cavalo por suas costas, o que não ajudou em nada na ereção que parecia me importunar durante a maior parte da noite enquanto eu estava com ela. Cabelos lindos são meu fraco. Cabelos longos e macios que permitem imaginá-los deslizando sobre o meu abdômen enquanto a mulher está me fazendo um boquete é algo que, com certeza, deixa meu pau se contorcendo.

Então, quando estávamos finalmente nos conhecendo melhor, recebi uma mensagem de Nikki me perguntando o que eu estava fazendo e se queria companhia, agindo como se nada tivesse mudado entre nós.

Minha resposta foi curta e direta ao ponto, porque, honestamente, não havia necessidade de dizer mais nada além de "Estou em um encontro. Estou seguindo em frente, e você deveria fazer o mesmo".

Não consigo dizer com exatidão o momento em que a noite virou uma droga. Teve a garçonete ousada que ignorou Zoe descaradamente, depois meu amigo da faculdade, Greg, chegou e começou a conversar comigo. Mas a gota d'água foi quando uma mulher com quem dormi uma vez sentou-se perto da gente. Àquela altura, acho que Zoe já estava de saco cheio.

Ela usou a desculpa de ter coisas para fazer no domingo e que deveria ir para casa, recusando-se a me deixar levá-la, e me deu um beijo aparentemente inocente na bochecha, que significou muito mais para mim do que provavelmente significou para ela.

Agora, estou ainda mais determinado a levá-la para sair novamente. Sentir seu corpo contra o meu enquanto ela se despedia me deixou ainda mais decidido quanto ao meu desejo de beijá-la de novo. A sentir o que ela sentiu na primeira vez que nos beijamos. Porra, o beijo do qual eu ainda não consigo me lembrar.

Depois das rondas de visitas aos pacientes na segunda-feira de manhã, adoto como missão procurá-la e pedir desculpas de novo. Não demoro muito até encontrá-la em uma sala pequena terminando uma ressonância magnética.

— Café? — pergunto, vendo seu corpo tensionar.

Com os olhos arregalados, ela se vira para mim.

— Oi... você comprou café para mim?

Coloco o copo de café sobre a mesa atrás dela.

— Bem, já que o pedido de desculpas culinário não deu certo, pensei em tentar um pedido de desculpas com cafeína.

Ela solta uma risada zombeteira, mas percebo com interesse como ela pega o copo e toma um longo gole do latte.

— Só faltou um pouco de creme de avelã para você se safar — ela provoca.

— Vou me certificar de me lembrar disso da próxima vez.

Estou lutando para avaliar seu humor, assim como sua conduta em relação a mim. Eu ferrei tudo no sábado, mas quero consertar as coisas. Ela permeou meus pensamentos durante todo o fim de semana, e está na hora de fazer algo a respeito disso.

Bem no momento em que estou prestes a apresentar meus argumentos, Greta entra na sala.

— Dr. Taylor, que surpresa agradável encontrá-lo aqui com a Zoe... sem um paciente... ou prontuários... posso ajudá-lo com alguma coisa?

— Ah, Greta, você é sempre esse raio de sol quando te vejo. Eu vim apenas trazer um café para a minha amiga Zoe, mas agora já estou indo embora. Tenha um bom dia.

Olho sobre seu ombro para encarar Zoe e pisco para ela, ganhando uma risada não muito discreta e um sorriso enorme, seus olhos quentes e cheios de diversão.

Missão cumprida.

Depois disso, meu pager começa a apitar e meu dia fica completamente ocupado.

Estou no último ano de residência cirúrgica, trabalhando e estudando para passar nas provas finais e me tornar médico atendente. Assim que eu conseguir isso, estarei na reta final. E então, terei que começar a me inscrever em programas de treinamento em traumatologia em hospitais de todo o país. No entanto, minha escolha definitivamente será Chicago, porque é o meu lar.

Na manhã de terça-feira, encontro Zoe no saguão quando estou indo embora. Apesar de estar com os olhos turvos e completamente esgotado depois do meu turno, não consigo deixar passar a oportunidade de falar com ela.

— Oi.

— Ah, oi. — Ela olha para cima, tirando sua atenção do celular, e desfaz a testa franzida, abrindo um sorriso simpático. — Nossa, você parece exausto.

— Está tentando dizer que estou um lixo?

— Eu, hã... — ela gagueja, e abro um sorriso sugestivo.

— Estou brincando, Zo. — Coloco a mão em seu antebraço. — Estou aqui há vinte e quatro horas, sei que não devo estar com a minha melhor aparência.

— Não está tão ruim — ela diz com um sorriso.

— Você é uma ótima mentirosa. Mas aposto que já sabe disso.

Ela me olha com uma expressão meio inapropriada, mas se recupera rapidamente.

— Você precisa do seu sono de beleza, dr. Taylor.

— Alguns de nós não temos a sorte de sermos tão lindos como você.

— Que sutil, Noah. Muito sutil.

— Só falo a verdade.

— Aposto que sim. — Ela olha para seu celular. — Merda, é melhor eu ir, senão vou perder meu trem.

— Quer uma carona?

Ela me encara e seus olhos suavizam.

— Estou bem. Mas obrigada pela oferta.

— Disponha, Zoe — murmuro quando ela se afasta, e a minha linha de visão vai caindo aos poucos até sua nova atração favorita.

— E pare de olhar para a minha bunda, dr. Taylor! — ela grita por cima do ombro, interrompendo minha apreciação visual.

— Nunca.

Dez horas depois, eu estava de volta ao hospital.

E esse cenário se repetiu pelo resto da semana, mas, felizmente, em uma mistura de turnos de doze a dezesseis horas. Isso me rendeu muitas horas na sala de cirurgia também, então me mantive ocupado e fora de encrencas — sem inventar desculpas para visitar a radiologia.

Infelizmente, isso significou ficar longe de Zoe, e eu sabia que isso dificultaria ainda mais derrubar suas barreiras. Qualquer intervalo que eu tinha, pensava nela — em sua bunda, sim, mas principalmente em quem ela é como pessoa. Nas poucas vezes que tentei ir até a radiologia para vê-la, meu pager tocava para que eu fosse até o pronto-socorro para uma consulta ou para a sala de cirurgia.

É sexta-feira à noite e eu tenho vinte e quatro horas de folga, então combino de encontrar Daniel em um bar na rua 42. Decidi que valia a pena pedir conselhos ao Mestre dos Milagres, porque ele conseguiu alcançar o impossível ao domar a indomável Mac, não só ao fazê-la sossegar, mas também casar com ele.

Não é que eu queira uma casa com cerquinha branca no subúrbio e filhos na próxima semana. Mas eu já tenho a casa no subúrbio. Foi a primeira coisa que adquiri quando recebi o dinheiro do fundo fiduciário que meus avós ricaços deixaram para mim e que recebi quando completei vinte e um anos.

Não posso afirmar se a Zoe é a mulher dos meus sonhos — bem, ultimamente, ela tem sido, mas isso é uma outra história — , mas ela é a primeira mulher, depois de muito tempo, que me faz querer enfrentar esse desafio.

— Pedi uma cerveja para você. Achei que precisaria depois de uma semana longa. — Daniel me entrega uma garrafa de Millers quando me sento de frente para ele.

— Saúde, irmão — eu digo ao erguer minha garrafa e bater na dele.

— Talvez Zander venha mais tarde. Ele queria ir para a academia primeiro. — *Merda.* — Por que esse olhar? — Daniel pergunta, com a testa franzida. Tento me recompor rapidamente.

— Nada. Não é nada.

— Mentira. Desembucha logo, ou eu vou chamar as meninas para te importunarem até você ceder.

— Eu saí com a Zoe na semana passada.

Daniel engasga com seu gole de cerveja, mas logo se recupera.

— Como é?

— Eu a chamei para um encontro, e saímos no fim de semana passado.

— Você a chamou para sair para se desculpar?

— Sim, isso também. — Tomo mais um gole de cerveja. — Mas também era pra ser tipo um encontro.

— E Nikki?

— O que tem ela? — Estreito os olhos para ele, me perguntando onde diabos ele quer chegar com isso.

— Você ainda está saindo com ela? — Ele inclina a cabeça e ergue uma sobrancelha.

— Não, porra. Ali já era. Terminei com ela na manhã após o casamento, depois de ter me agarrado com outra pessoa.

— E de ter vomitado nos sapatos caros dela. Mac achou aquilo hilário. Eu teria morrido de rir se não estivesse tão zangado com você.

— Ela já estava irada bem antes daquilo. Ela assistiu você casar com a Mac.

— Foi escolha dela. Bem, foi *sua* escolha, se estivermos falando em detalhes técnicos.

— Agora já era.

A expressão dele fica séria.

— Você não pode sacanear a Zoe, cara.

— Eu não estou pensando em sacanear ninguém. Estou solteiro. Ela está solteira. Que comecem os jogos.

Ele sacode a cabeça, desfazendo seu sorriso.

— Não se deve correr atrás das irmãs dos amigos. Você sabe disso. E se acha que o que sentiu na mandíbula depois do casamento foi dor, tenho certeza de que Zander pode fazer muito, *muito* pior se você tentar mesmo algo com a Zoe.

Estremeço.

— Não vou nem pensar em como seria isso.

— Então, como Zander reagiu?

— Hã?

Como quem reagiu a quê, mesmo?

— Zander... — Daniel diz, me apressando.

— Já que estou aqui tomando uma cerveja, em vez de estar respirando com a ajuda de aparelhos, acho que ele ainda não sabe.

— Você está fodido.

— Aham. Ele ainda não me ligou de volta para que eu possa me desculpar pelo que aconteceu no casamento. Mas não é com isso que preciso de ajuda.

Daniel me encara e estreita os olhos.

— Não vou te ajudar a fazer algo que só vai te levar a tomar uma surra do Zander.

— Você é o encantador de mulheres relutantes, o guardião de todos os segredos para vencer o desafio de domar mulheres inatingíveis. Zoe é muito parecida com a Mac, de certa forma.

— Isso é algo que não deixei de notar. Ela está fugindo de alguma coisa, e se o que ouvi Mac e Kate conversarem ainda estiver valendo, ela parece estar um pouco distraída no momento. Talvez por um certo cirurgião babaca que ela conhece?

Agora isso está ficando interessante. Eu nunca achei que existiam vantagens quanto a ser melhor amigo do marido da líder do grupo.

— E o que mais, por favor, me diga, você tem ouvido por aí a boca pequena?

— Desculpe, mas vamos mesmo começar a comparar menstruações e fazer os cabelos um do outro? Porque pensei que só iríamos tomar uma cerveja. Deixei meu vestido em casa.

— Cala a boca, espertinho. Eu preciso de alguma coisa que me diga que ela está interessada, porque pensei que ela estava, mas foi só merda atrás de merda durante o nosso encontro. E antes que eu pudesse conversar com ela direito, ela foi embora cedo.

— Você não pode tratá-la como mais uma de suas conquistas.

— Dan, de todas as pessoas, você sabe que não sou um babaca. Não saio mais pegando toda mulher que vejo pela frente. Eu flerto, e posso até me envolver aqui e ali, mas, quando estou realmente interessado em alguém, é só aquela pessoa e pronto. Todos temos que crescer em algum momento.

Ele solta uma risada debochada e descrente.

— E você está interessado na Zoe?

— Ela é uma pessoa nova, diferente. É como ar fresco depois de dois anos de fumaça tóxica.

— Não faz isso, cara. Acho que vocês dois deveriam ser apenas amigos e continuar solteiros por um tempo. Deus sabe que você precisa de um tempo para clarear a mente. Você disse que achou que Nikki queria algo sério com você, não foi?

— Eu estava enfeitiçado por uma boceta e pensando com a cabeça errada.

Ele cai na gargalhada e ergue sua garrafa de cerveja para batê-la na minha.

— Isso é verdade.

— Que ótimo melhor amigo você é — murmuro, acenando para o barman trazer mais uma rodada.

— Falando sério, Noah. Fique longe da Zoe. Ela já tem problemas suficientes sem ter que se preocupar com você.

— Eu sou um partidão. Qualquer mulher adoraria me ter.

— Vai acreditando nisso, Taylor. E me traga uma cerveja, enquanto isso.

Capítulo 10
Me ilumina

Zoe

No sábado de manhã, levanto cedo e decido que preciso de uma corrida bem longa para clarear a mente.

A ausência de Noah essa semana é notável. Por mais vergonhoso que seja admitir, peguei-me procurando por ele, com uma parte de mim desejando que ele me encurralasse em uma sala de exames novamente ou me arrastasse para um dos armários de materiais. Ok, essa última era só um devaneio mesmo — mas foi um bom alimento para os meus sonhos sexuais dessa semana.

Estou decidida a tentar uma amizade com ele. Amigos, *apenas* amigos. Aquele desastre de encontro do fim de semana passado só reiterou a minha necessidade de manter minhas defesas erguidas e minha calcinha no lugar quando se trata do dr. Taylor.

E esse é o mantra que estou repetindo para mim mesma quando vejo o próprio correndo na minha direção, usando bermuda de corrida e uma camiseta folgada que mostra *tudo* o que eu quero ver e um pouco mais. Ele parece estar se exercitando há um tempo, a julgar pelo suor que já está pingando de sua testa e do brilho que cobre seus braços. Ele é gostoso e duro em todos os lugares certos — bem, os lugares que podem ficar expostos em um lugar público.

Noah e *duro*. Duas palavras sobre as quais eu *não* deveria estar pensando agora. E, sim, meu olhar acaba descendo até seus quadris antes que eu desvie rapidamente.

Amigos. Só amigos.

Como uma mulher pode conseguir ser *apenas amiga* do homem que é a personificação de sexo sacana em um pacote perfeito?

Na minha cabeça, esse cara faz coisas comigo que devem ser ilegais em alguns estados. James Dean que se cuide, porque o Noah Taylor da minha imaginação é insaciável. A palavra "voraz" me vem à mente. O Noah dos meus sonhos é voraz *e* criativo — tão criativo que faz a cabeça do meu eu subconsciente girar, meu coração acelerar e minhas partes íntimas estremecerem.

Ele sorri ao me reconhecer e dá meia-volta para se juntar a mim. Nós dois diminuímos nosso ritmo.

— Você corre?

— Não, estou treinando a minha fuga do zoológico.

Ele joga a cabeça para trás e solta uma risada profunda. Uma risada que faz a minha espinha arrepiar e me deixa querendo dizer um monte de merda sem parar.

Ele começa a correr no mesmo ritmo que eu, ao meu lado.

— Eu não sabia que você gostava de correr.

— Clareia a minha mente — respondo com um dar de ombros. — E também ajuda a manter a minha bunda em forma, já que eu como chocolate até demais no meu tempo livre.

— Devo dizer que aprecio a sua dedicação.

Agora é a minha vez de rir.

— Essa foi boa, dr. Taylor.

— Eu me esforço. Então, chocolate, hein? Estava mesmo imaginando quais seriam os seus vícios.

— Quais são os seus? — Parece que não consigo resistir e acabo fazendo perguntas das quais talvez eu não goste da resposta ou acabe gostando até demais. Ainda estou em dúvida quanto a isso.

— Já estamos no ponto em que trocamos segredos?

Olho para o lado, encontrando seu rosto virado para mim, e enquanto nos olhamos ao continuarmos a corrida, tudo em que consigo pensar é: *aposto que vou cair primeiro*.

— Se você topar, eu topo. Você me conta e eu te conto.

Ele me lança um sorriso malicioso e começo a achar que essa pode não ser a melhor ideia que já tive. Começo a repetir meu mantra mentalmente: *amigos, apenas amigos. Amigos, apenas amigos.*

— Ok. Sendo bem honesto, meus vícios são cerveja, futebol americano, uma boa massagem nas costas, e sexo quente e suado, sem ordem de preferência.

Meus passos vacilam e preciso me concentrar para manter o equilíbrio no momento em que ouço essas palavras saírem de sua boca.

— Você disse mesmo isso.

— Eu disse mesmo. — Ele ostenta um sorriso conhecedor enorme. Droga, ele e seu sorriso sexy. Juro, ele é o rei dos sorrisinhos maliciosos. Ele tiraria de letra uma aula sobre como sorrir maliciosamente e de maneira sexy, e ainda gabaritaria as provas na matéria Arranca Calcinhas. — Então, você vai me dizer quais são os seus outros vícios agora?

— Bem, como disse antes, eu como mesmo mais chocolate do que meu médico recomendaria.

— Se eu fosse o seu médico, prescreveria maneiras de queimar as calorias. É uma solução fácil e bem mais divertida. — Ele aproxima a boca da minha orelha. Estou começando a me perguntar como ele ainda consegue colocar um pé depois do outro, enquanto estou aqui lutando para não cair de cara no chão. — Além disso, eu já estudei a sua bunda em várias ocasiões, e diria que você está indo muito bem.

Amigos. *Apenas* amigos.

Fico quieta por um momento, sentindo minha mente acelerar diante da direção dessa conversa. Está ficando cada vez mais "profunda", e me pergunto se devo levar essas confissões para esse lado também. Então decido: porra, por que não? O que eu tenho a perder, além da minha dignidade, qualquer respeito que ele possa ter por mim e, ah, a ilusão de que sou uma boa garota?

Quem liga para isso, afinal?

— Você quer mesmo saber quais são os meus vícios? — pergunto, com a voz ofegante, e isso não é por causa da corrida.

— Com certeza.

A voz dele é baixa e gutural, do jeito que deve soar quando ele rosna ao pé do seu ouvido enquanto fode com força. *Ou algo assim.*

— Ok, então. Meus vícios, sem ordem de preferência, são: carros velozes, uísque, pornô e sexo.

Acelero um pouco para me distrair do grunhido que ouço vir do meu parceiro de corrida inesperado.

— Você não vai facilitar para mim, não é?

Balanço a cabeça, mas não digo nada, deixando que meu sorriso astuto diga tudo. Essa conversa está boa demais para terminar agora.

— Eu disse ao Daniel que me comportaria e seria apenas seu amigo. Nosso grupo já tem incestos demais, mas, caramba, mulher, você acabou de dizer para um homem como eu que gosta de carros, uísque, pornô e sexo, e espera que eu não fique com a imagem mental de você nua sobre o capô de um *Charger* enquanto eu lambo uísque do seu corpo?

— Porra — murmuro baixinho, desviando o olhar para me impedir de dizer, ou fazer, algo do qual eu possa me arrepender depois.

— Pensei a mesma coisa. Então, vamos voltar a falar sobre tópicos mais seguros enquanto meu pau recebe a mensagem de que não vai poder brincar hoje.

Ok, isso foi engraçado. Tão engraçado que eu começo a dar risadinhas feito uma idiota.

— Que bom que acha isso engraçado. Quero ver você tentar correr com uma ereção — ele resmunga, e isso só me faz rir ainda mais.

Não olhe para baixo, Zo. Mesmo que você queira.

Preciso mudar de assunto urgente.

— Você foi convidado para a festa de despedida de solteiro conjunta no próximo fim de semana?

— Por incrível que pareça, sim. Achei mesmo que, a essa altura, Zander já teria me caçado.

— Eu daria uma surra nele antes de deixá-lo fazer isso. E ele sabe disso.

— Eu o entendo, sabe? Você é a irmã caçula. Ele foi o homem da casa por muito tempo. Só está cuidando de você.

— E ele acha que você é ruim para mim? Ele não pôde me proteger do Justin, então sei lá por que acha que deve se meter agora.

— Justin?

Nós nos aproximamos de um banco no parque e eu decido que é o lugar perfeito para parar e alongar meus tendões quando me sento. Noah faz o mesmo que eu, colocando uma das pernas sobre o assento, atraindo minha atenção para suas panturrilhas, suas coxas, seu...

— Quem é Justin? — ele insiste, e sua voz profunda me distrai mais uma vez.

— Meu ex. Ele ficou um tanto... apegado, digamos assim.

— Por que você precisava se proteger dele? Ele te machucou?

— Não, ele só não conseguia aceitar o término. É inofensivo, mas acabou me assustando o suficiente para fazer eu me mudar para cá. Foi melhor para todo mundo nos afastarmos.

— Ele te incomodou alguma vez desde que você veio embora?

Hesito, imaginando se ele vai direto ao Zander contar tudo.

— Só mandou algumas mensagens, fez algumas ligações, essas coisas. Eu decidi não interagir mais. Ele vai superar.

— E se não superar?

Fico de pé e o encaro. Ele está com a testa franzida, e seus olhos estão cheios de uma emoção indescritível.

— Eu moro com um policial. Ele não vai mais tentar nada.

Há um lampejo de raiva no olhar de Noah quando digo isso. Espero que ele não tente sondar mais. Não quero falar sobre Justin, porque falar sobre ele é o mesmo que reconhecer o incômodo que ele se tornou na minha vida. Estou feliz na minha bolha de negação porque, dentro dela, nada pode me atingir.

Pelo menos, é o que digo a mim mesma.

Ele coloca as mãos nos meus ombros, baixando a cabeça para me olhar.

— Você vai me dizer se precisar de ajuda, não é?

— Noah, não é nada de mais. Eu posso...

— Não, se essa situação piorar, você vai me dizer e eu vou dar um jeito.

Ele está me tocando, e nesse momento, eu concordaria com qualquer coisa que ele dissesse, então assinto e pisco para me livrar da ardência nos meus olhos.

— Certo, então. Já terminei de me alongar. Está pronta para mais cinco quilômetros? — Ele começa a correr e olha para mim sobre o ombro. — Vamos, molenga. Estou te deixando mal na fita.

Oh, merda. Esse homem quer mesmo me matar.

Mordo a língua, impedindo-me de deixar escapar que existem outras maneiras bem mais agradáveis de morrer. Decido apenas focar na recompensa que planejo dar a mim mesma quando chegar em casa. Porque Deus sabe que terei inspiração suficiente.

Noah

Estou soterrado por prontuários quando um rosto amigável surge na porta.

— Que surpresa te encontrar aqui.

Meu corpo inteiro parece relaxar no momento em que a vejo. Algo aconteceu durante a nossa corrida ontem. Não consigo precisar exatamente em que momento, só sei que o pouco autocontrole que eu tinha quando se trata dela já se esvaiu completamente. E também acho que qualquer determinação que ela tinha de me manter longe já era.

— Nós deveríamos mesmo parar de nos encontrar desse jeito. As pessoas podem começar a falar que a técnica de ressonância magnética está fazendo consultas em domicílio — provoco.

— Vai sonhando — ela responde com um sorriso largo.

Zoe Roberts é ainda melhor do que eu poderia querer. Ela é simpática e engraçada, te dá atenção total quando está com você, e é linda pra caralho. Seus cabelos castanhos brilham à luz de maneira que quase cintilam, e seus olhos azuis são tão profundos que tenho que lutar para não me perder neles. Ela pode ser seis anos mais nova do que eu, mas é tão inteligente que me dá o maior trabalho toda vez que tento dar uma de arrogante convencido para cima dela. Ela sempre me responde à altura.

É perfeita para mim em todos os sentidos. Ela só não admite ainda. Meus olhos descem até seus pés, que usam tênis, e subo o olhar por suas pernas longas e nuas. Esses são o tipo de pernas que todo homem fantasia em ter sobre os ombros ou envolvendo-o pela cintura, ou bem abertas sobre qualquer superfície disponível. Ela está usando uma saia azul justa, na altura dos joelhos, que me faz imaginar todas as maneiras que eu poderia arrancá-la. Passo o olhar rapidamente por sua blusa polo branca e, como sempre, fico preso nos seios perfeitos que venho admirando de longe há muito tempo.

Solto minha caneta e me recosto na cadeira.

— É, eu sonho mesmo, mas essa é outra história. Como vai o seu dia?

— Bem — ela diz ao entrar na sala, e percebo que deixa a porta aberta. — Como estão as suas pernas depois de ontem?

Meu corpo reage como se ela tivesse acabado de me perguntar como foi a minha sessão de masturbação de ontem à noite. Meu pau fica atento apenas por vê-la.

— Não estão tão ruins. Mas nós meio que nos forçamos demais.

Ela joga a cabeça para trás e ri.

— Você acha? Eu não me exercito daquele jeito há anos. Isso é o que eu chamo de uma boa distração.

Ela olha para mim e começa a ruborizar. Sendo quem sou, é óbvio que minha mente devaneia e foca em todas as maneiras que poderia fazê-la se exercitar e quão divertido seria...

— Então, eu estava pensando sobre o que conversamos outro dia relacionado Àquela Que Não Pode Ser Nomeada. Talvez você precise não dormir com ninguém por um tempo. Nada de sexo. Nada de pegação aleatória. — Seu rosto está muito sério, mas posso ver suas bochechas corando novamente, e nem tento esconder meu sorriso enorme. Ouvir a palavra *sexo* sair da boca de uma mulher linda faz certas coisas com um homem. — Eu não acho que sair fodendo por aí vai te fazer sentir melhor. Talvez você precise de um tempo, sabe, sem foder.

— Fala essa palavra de novo.

— Que palavra? — ela pergunta, parecendo adoravelmente perdida.

— Bom, te ouvir dizer "sexo" foi excitante, mas te ouvir dizer "foder" foi mil vezes melhor. Então, por que você não diz logo "sexo e foder" em um só fôlego e acaba de uma vez comigo?

— Você é tão pervertido. — Os lábios dela repuxam, como se tentasse segurar um sorriso.

— Fale mais, Zo. Estou quase lá.

— Ai, para!

— Você adora isso. — Sorrio para ela.

Ela olha para o chão e consigo ver que tenta manter o rosto sério, mas falha miseravelmente, incapaz de impedir seu sorriso.

— Viu? Eu te disse. Você não consegue resistir ao meu charme.

— Ok, você me pegou. Isso é demais para mim, dr. Taylor. Estou começando a sentir que vou desmaiar só por estar na sua presença. — Ela está zombando da minha reputação, mas logo me junto a ela quando começa a rir novamente. — Enfim, é melhor eu voltar ao trabalho. Continue sorrindo, Noah. Ouvi falar que isso faz calcinhas caírem. — Com uma piscadela, ela desaparece da minha vista e me deixa ali, balançando a cabeça. Mas pelo menos ninguém pode ver o sorriso boboca que tenho no rosto agora.

Essa mulher é única. Ela me lembra a Mac em muitas maneiras, mas para mim ela está em uma categoria diferente e toda dela. Um desafio, um enigma, um tesouro a ser degustado, em um pacote de um metro e setenta que me dá água na boca, faz meu coração bater mais forte e deixa meu pau mais duro do que nunca.

Foda-se tentar resistir à Zoe.

Talvez Zander me mate, mas eu prefiro me arriscar ou morrer tentando — o que é mesmo uma possibilidade por querer ganhar a irmã mais nova de um policial protetor.

Ela vale a pena.

Meu celular toca, anunciando uma mensagem, e tudo o que vejo são duas palavras.

Zoe: Sexo e foder. Minhas duas palavras favoritas ;)

Porra, sim, ela vale muito a pena.

Capítulo 11
Quero que me queira

Zoe

Estou começando a achar que deveria mudar meu telefone. Justin me liga pelo menos uma vez por dia, e as mensagens... meu Deus, as mensagens estão ficando fora de controle, e passei a deixar meu celular no silencioso para poder ignorá-las. Já mudei de número duas vezes nos últimos dois meses, e a última vez foi logo antes de me mudar para cá. De algum jeito, ele sempre consegue descobrir meu número novo.

Seria bem mais fácil se eu não ficasse espiando o celular na esperança de ver chegar uma mensagem de Noah. Mas isso não acontece.

Isso não me impede de ficar imaginando repetidas vezes a cena que ele citou quando estávamos no parque. Vê-lo imaginando que estou nua sobre o capô de um carro enquanto ele lambe uísque do meu corpo é a fantasia mais excitante que já ouvi, e foi definitivamente o destaque quando cheguei em casa, tirei a roupa e me masturbei.

Agora, estou usando o que chamo de vestido "me fode". Não estou querendo mesmo transar esta noite; só quero que pareça que quero. Sim, isso deve soar estranho, e sei que é a última coisa que preciso agora, mas eu quis ficar gostosa hoje. Me processe.

E o fato de que Noah Taylor, o superastro do meu banco de imagens mentais excitantes, estará lá não quer dizer nada.

Continue tentando se convencer disso, Zo.

Quando Kate e eu fomos fazer compras esta manhã, esse era o tipo de vestido que eu queria encontrar: um minivestido preto cujo comprimento vai até um palmo abaixo da minha bunda, com uma sobreposição de chiffon sobre o torso, que dá uma *vibe* de mistério que combina perfeitamente com o meu humor. Esse é um vestido que te faz emanar sexo. Ele mostra muito as minhas pernas, e quase deixa à mostra outras partes também. Mas já que não vou ficar de pernas para cima nem dançar sobre nenhuma mesa, acho que a minha dignidade — mesmo que pouca — vai permanecer intacta.

Estou terminando de passar uma última camada de rímel quando Kate entra no quarto e me analisa.

— Jesus! Esse vestido faria até um padre cometer pecado. *Muito* sexy!

Isso me faz rir.

— Não tem diferença de quando o provei mais cedo na loja, amiga.

— Me poupe. Lá na loja você não estava usando saltos altos que fazem as suas pernas ficarem matadoras assim. Estou com tanta inveja. Todos os Roberts são gigantes comparados a mim, tão pequenininha.

Vou até ela e apoio o cotovelo em seu ombro para zombar de sua pouca estatura.

— Você é um foguetinho. Zander que disse. E o que Zander diz...

— É verdade — meu irmão completa, entrando no quarto e envolvendo Kate com os braços. — Você tem o tamanho perfeito para mim. Posso te erguer e te jogar onde eu quiser, sempre que quiser.

Kate começa a dar risadinhas, e eu faço sons de vômito. Isso é algo que acontece com frequência quando seu irmão mais velho se torna meloso quando está perto da noiva e você tem que conviver com isso.

— Eu vou acabar vomitando se você continuar a fazer isso, Zan. Nada de sexo na frente da irmã. Lembra? Regra número um da casa.

— Isso também significa que você não pode fazer nada na minha frente, Zoe.

Há uma sugestão em sua voz, algo que não posso nem vou ignorar.

— O que isso quer dizer?

— Quer dizer que um certo médico estará lá esta noite, e você tem que me dizer caso ele tente alguma coisa. Já estou mais tranquilo agora, mas não vou hesitar em colocá-lo no lugar se ele passar dos limites.

Coloco as mãos na cintura e o encaro, vendo sem nenhuma surpresa que ele não vacila nem se prepara para se proteger do ataque de empoderamento feminino que está prestes a enfrentar.

— Me desculpe, sr. Todo Poderoso, mas você esqueceu de que A) eu sou uma adulta agora, que B) sou uma garota crescida que pode se cuidar e que C) se eu quiser beijar um cara, ou mesmo aquele certo médico, sou livre para fazer isso, já que estou solteira, sou adulta e uma *mulher* independente?

Os olhos do meu irmão suavizam e ele passa por Kate para vir até mim, pousando as mãos nos meus ombros. *Qual é a desses caras fazendo isso ultimamente?*

— Zo, eu sou seu irmão. Sou o único homem que resta em uma família com quatro mulheres. Se você acha por ao menos um minuto que não vou cuidar de você, obviamente não me conhece. E sei que me conhece, provavelmente melhor do que a maioria das pessoas. Me deixe ser seu irmão mais velho e tentar te proteger dessa vez.

Isso me atinge como uma bola de chumbo gigante. Ele se sente culpado por não ter me ajudado com Justin, então está tentando compensar ao ser um tanto superprotetor. Mesmo que seja totalmente desnecessário, isso é incrível, de certa forma.

— Ok, Zan. Vou te absolver dessa vez. — Envolvo-o com os braços e o aperto com força, mostrando minha apreciação da melhor maneira possível.

— Se ele ao menos olhar para você nesse vestido, vai se dar mal — ele rosna na minha orelha, e eu apoio o rosto em seu ombro, explodindo em gargalhadas.

— Se você fizer isso, eu te dou uma surra.

— Gostaria de te ver tentar, irmãzinha.

— Eu consigo acertar um tapa!

Ele se afasta e balança a cabeça, com um sorriso enorme.

— Certo, garotas, vamos começar essa festa. É a minha última noite de liberdade...

— E você escolheu passá-la com a sua noiva e as amigas dela. Own! — adiciono sarcasticamente.

— Só assim para poder ficar de olho em Tico e Teco. — Ele aponta para Kate com a cabeça, e ela o abraça pela cintura.

— Eu sou Tico. Mac pode ser o Teco. Agora ela vai te odiar — Kate diz com uma risadinha.

Zander ri, soando determinado.

— Melhor ainda.

Zander está com um braço dado comigo e o outro com Kate ao entrarmos na boate de Sean, a *Throb*. Somos recebidos com gritos altos do grupo de amigos deles, que ocupam um grande espaço na área VIP no primeiro andar. Me afasto e deixo que o casal prestes a se casar tome os holofotes ao subir as escadas em direção ao bar privativo. Fico no térreo e pego um atalho até o bar dali para pedir algo de que preciso muito agora: uma bebida.

Sean disse a Zander que não haveria limite na conta dele esta noite, e já que não tenho planos além de dormir no domingo, já decidi que vou aproveitar bem esta noite para celebrar tanto o casamento iminente do meu irmão como o meu novo apartamento.

Além de ter ido fazer compras hoje, também levei Kate para dar uma última olhada no meu novo apartamento de um quarto. Nem ela nem Zander queriam que eu me mudasse, e definitivamente não pediram isso, mas eles vão se casar e começar um novo capítulo em suas vidas, então é o momento certo. Estou pronta para experimentar o momento "sou uma adulta, quando isso aconteceu?" e morar sozinha, pagar minhas próprias dívidas e fazer de conta, nem que seja por pouco tempo, que eu realmente sou todas aquelas coisas que falei para Zander.

— Você vem sempre aqui?

O Babaca Número Um da noite se esgueira até o meu lado, com o corpo perto demais do meu, para o meu gosto. Desvencilho-me do otário superconfiante e viro-me para olhá-lo, reconhecendo o olhar revelador de um cara meia-boca que só quer sexo.

— Não. Eu só gosto de entrar em bares e experimentar a água por diversão — respondo, impassível, recebendo um olhar franzido do aspirante a Casanova.

— Posso te pagar uma bebida, então? — ele oferece, com a língua embolada, aproximando-se de mim novamente para encostar o corpo no meu.

— A água é de graça, e ar fresco também. Acho que é disso que você está precisando.

— E ela está comigo — uma voz profunda anuncia atrás de mim, ao mesmo tempo em que sinto um par de mãos segurar meus quadris.

Se alguma vez houve um ótimo momento para me tocar e me reivindicar, Noah acaba de provar que é esse.

O idiota infla o peito e tenta parecer mais alto, mas não é ameaça alguma comparado ao homem que ainda me segura, algo que ele logo percebe ao medir o meu cavaleiro de armadura brilhante.

— Essa vaca frígida não vale a pena mesmo — ele murmura antes de terminar sua bebida e se retirar.

Tento me virar para agradecer a Noah, mas ele flexiona os dedos contra o meu vestido e baixa a cabeça para que sua boca esteja na minha orelha.

— Se você se virar agora, não serei responsável por minhas ações. Então, fique aqui, peça a sua bebida e eu vou voltar lá para cima para contar ao seu irmão que acabei de te salvar. Ele vai me perdoar, vou me sentir absolvido, e só então poderei aproveitar essa festa sem me preocupar que ele esteja planejando a minha morte.

Assinto e começo a rir, e quando suas mãos me soltam e o calor do seu corpo desaparece das minhas costas, sinto a perda imediatamente. Mas isso não significa que eu não consiga ainda sentir suas dez impressões digitais quentes marcadas na minha pele.

— O que vai querer, querida? — Uma loira alegre com cílios escuros e delineador mais escuro ainda dá tapinhas no balcão diante de mim enquanto espera que eu faça meu pedido.

— Um *Quick Fuck* e um *Whiskey Sour*, por favor. Na conta do Zander.

— Claro. Duas bebidas saindo.

Meu celular vibra no meu bolso e eu o pego enquanto espero as bebidas. Quase decido ignorar, mas a curiosidade acaba vencendo, principalmente porque Mia me pediu para contar tintim por tintim cada acontecimento da noite.

Chego até a meio que esperar que seja Noah, então fico decepcionada quando vejo que é Zander me dizendo para ir logo lá para cima. *Parece que Noah já passou o relatório ao papai.*

Tomo o *shot* assim que é posto diante de mim, sacudindo a cabeça conforme o álcool bate como um choque. Perfeito. Pego o uísque e subo as escadas, seguindo para a esquerda e me deparando com um monte de gente lotando a área VIP.

— Zo! Aqui! — Mac me chama, enquanto se espreme pela multidão para vir até mim. — Saiam da frente! A irmã do noivo e minha nova parceira de bebedeira precisa passar!

Olho para ela e rio, erguendo uma sobrancelha.

— Nova parceira de bebedeira?

— Bom, em breve, Kate estará casada e grávida. É isso que sempre acontece com as sonhadoras. Você sabe, as garotas que querem o conto de fadas. Elas deixam seus noivos comê-las o tempo todo, e acabam engravidando. Já eu, fico com um super-herói e é negócio fechado.

— Você não ficou grávida e *depois* se casou? — pergunto com um sorriso malicioso quando chegamos ao sofá de couro preto enorme que ocupa todo o ambiente.

Ela senta perto de Kate, seu colega de trabalho divertidíssimo, Nate, a amiga Sophie, a cunhada de Kate, Felicity, a esposa de Sean, Sam, sua amiga Helen e algumas outras mulheres que ainda não conheci.

— Você não viu *quem* é o meu marido? Ele tem superpoderes que se estendem ao seu superpênis. Aquela coisa supera qualquer método contraceptivo, não sabia? — Ela balança a sobrancelhas para mim e todos à mesa começam a rir.

— É verdade. Eu já os vi mandando ver. Não foi nada bonito e nunca mais olhei para minha mesinha de centro da mesma maneira — Kate adiciona.

— Ah, meu Deus! Eu já toquei aquilo! — Faço de conta que estou mortificada. Não estou nem aí se alguém já brincou na mesinha de centro... a não ser que tenha sido Kate e Zander, porque *eca*.

— Jesus, garota! Sente-se e pare de bloquear aquele talento — Nate diz antes de segurar meu braço e me puxar para sentar no espaço ao lado dele.

Mac gesticula para mim, olhando para o meu copo com bebida pela metade e perguntando silenciosamente se eu preciso de outra. Respondo assentindo assim que minha bunda encontra o assento de couro.

— Talento? — pergunto, e ele aponta para a frente, em direção à lustrosa bancada preta do bar, que, no momento, está ocupada pelo que parece ser uma exibição de modelos da revista *GQ*, se é que isso existe. Bem, exceto pelo meu irmão, mas até consigo admitir que, para um cara, ele é um gato.

Mas não é ele que prende a minha atenção. Claro que não. Meus olhos se fixam diretamente na bunda do médico ao lado, que está inclinado sobre o balcão e me dando uma visão bem desimpedida do que ele herdou de sua mãe.

Eu só queria que ele se virasse para me mostrar também o que herdou de seu pai.

— Bunda gostosa aquela, não é, Zoe? — Viro-me e olho para Nate, que está me lançando o sorriso mais malicioso que já vi. — Não me leve a mal, preciosa, mas se ele jogasse no meu time ou demonstrasse o mínimo interesse em experimentar o lado de cá, eu estaria competindo com você por aquele homem.

— Ele é hétero, Nate — Kate zomba antes de se desmanchar em risadinhas. — Além disso, acho que ele só tem olhos para a minha futura cunhada.

— Kate! — eu a repreendo, estreitando os olhos para ela, e isso só faz com que ela ria ainda mais.

— Ah, não, não, não. Você não pode esconder nada do Nate. O Nate precisa saber tudo sobre o doutor delícia e a irmã do seu noivinho. Porque, se você fosse como eu, já estaria montada naquele homem há muito tempo. — Dou risada do jeito que Nate se refere a si mesmo em terceira pessoa.

Mac volta para a mesa, acompanhada de Zander, e os dois servem mais uma rodada de bebidas e alguns *shots* para todas nós — e Nate.

— Do que vocês estão rindo? — Zander pergunta com um sorrisinho bobo, abaixando-se para beijar o pescoço de Kate, o que arranca suspiros de todos ao redor, e um "Arranjem um quarto!" meu. O que posso dizer? Ainda não estou bêbada o suficiente para não me importar.

— Nada de mais. Nate está admirando o showzinho de homens gostosos que vocês estão apresentando ali. É melhor eu te alertar logo que ele pode pedir para dançar no seu colo até o fim da noite, se tiver sorte.

— Não vai rolar, amor. Se alguém vai ganhar uma dança no colo esta noite, será você, e sou eu que vou te dar.

— Promessas, promessas — ela murmura, envolvendo a mandíbula dele com as mãos e puxando-o para um beijo longo e profundo.

— Preciso tomar mais alguns *shots*, se esses dois pretendem continuar com isso.

— Ouvi você pedir por *shots*, minha nova parceira de bebedeira em treinamento? — Mac pergunta com um sorriso. — Peça e receberá.

Ela distribui os *shots* para todos à mesa e ergue o seu, esperando que façamos a mesma coisa enquanto aguarda os meninos virem do bar para se juntarem a nós. Observo Noah se aproximar do grupo, olhando-me discretamente antes de o seu olhar desviar para o lado e encontrar Zander, o que faz com que ele leve sua atenção para Mac e pegue seu copo de *shot*.

Tento não encará-lo e não percorrer com meu olhar todo o seu corpo, começando pelos ombros largos cobertos pela camisa de botões cinza-carvão, descendo pela calça preta, até seus sapatos sociais pretos e reluzentes. Mac limpa a garganta e todas as atenções se voltam para ela.

— Bom, Kate fez um discurso todo sentimental na minha festa de despedida de solteira, mas eu não vou ficar aqui falando e falando sobre o quão feliz eu estou pelo fato de que a minha melhor amiga no mundo inteiro vai se casar com seu príncipe encantado, depois de passar anos e anos pegando só sapos.

— Ei! Isso não vale — Kate choraminga.

— Mas é verdade — Mac retruca, sorrindo. — Enfim. A Kate e Zander! Que vocês façam muito sexo, tenham muitos bebês, e fiquem muitos e muitos anos juntos para enlouquecerem um ao outro ainda mais. A Kate e Zander!

— A Kate e Zander! — todos repetimos e, com isso, junto-me aos amigos do meu irmão e da minha cunhada e viramos nossos *shots* de tequila, que desce queimando, antes de colocar o copo de volta na mesa e pegar mais um para repetir o processo, só para fazer média.

— Vai com calma, mocinha. Tá tentando se embebedar? — Nate pergunta.

— Funcionou bem para mim no último casamento que fui — digo, gargalhando, e acabo ganhando um olhar reprovador do meu irmão. Nate e eu rimos baixinho.

Zander volta para o bar com Mac, e os outros caras os seguem. Ele fica perto de Noah e vira-se para ele, inclinando-se para dizer algo em seu ouvido. Seja lá o que meu irmão tenha dito, Noah balança a cabeça e olha para ele, dizendo algo de volta que, infelizmente, acaba sendo rápido demais para que eu consiga ler seus lábios. Parece ter sido algo que Zander gostou, porque ele dá tapinhas nas costas do meu objeto de desejo e depois pede mais uma bebida.

Com Zander de costas para ele, Noah gira e se recosta no balcão, grudando seu olhar em mim. Ele começa por baixo, encarando meus saltos altos e subindo aos poucos por minhas pernas. Não me passa despercebido o jeito como seus olhos se arregalam quando chegam à bainha do meu vestido, que acabou ficando um pouco mais curto porque estou sentada, dando pistas sobre a terra prometida entre minhas pernas cruzadas. Ele olha de relance para o lado, onde Zander está, para conferir se a barra ainda está limpa, antes de voltar a me examinar, finalizando quando chega aos meus olhos, fazendo-me sentir um calor inegável, mesmo estando distante de mim.

Sam, a esposa de Sean, cutuca meu braço e me faz tirar minha atenção de Noah. Felizmente, foi na hora certa, porque logo vejo Zander voltar até nós junto com Daniel, deixando Sean e Noah para trás.

— Então, como vai o novo emprego? — ela pergunta.

— Ah, está indo muito bem. Estou aprendendo bastante, o que é ótimo, mas ando bem mais ocupada do que no meu antigo emprego.

— Kate estava me contando que você pretende ir morar sozinha em breve.

— Sim, estou tão animada! Morei na casa da minha mãe quase a minha vida inteira, então a ideia de morar no meu próprio apartamento é um pouco assustadora, mas está mais do que na hora de me manter sozinha.

— É uma área muito boa. Criminalidade baixa. Condomínio fechado. Entrada mediante código. Você estará segura por lá.

— Você é tão protetora quanto o meu irmão. Uma vez policial, sempre policial, hein?

— Culpada.

— Viu? Sempre no ofício.

— Bem, não esta noite — ela replica. — Posso não estar bebendo, mas não significa que não estou relaxando.

Zander, tendo sido bem treinado por mim, me entrega mais uma bebida que buscou no bar, antes de se curvar e beijar o topo da minha cabeça com carinho. Depois, ele se afasta e se aconchega em Kate novamente.

— Você precisa relaxar. Muito em breve não vai mais ter tanto tempo para isso — Zan diz para ela.

Isso faz Sam rir, o que chama a atenção de Sean, que olha de maneira suave para a esposa.

Kate e Mac me contaram que Sam tem estado bem relaxada desde que voltou com Sean. Eles se casaram há pouco mais de um ano e, desde então, até mesmo Zander disse que a "rainha do gelo" derreteu. Eles ainda trabalham juntos, e dá para ver que Zander não está muito ansioso para ver Sam ser substituída.

Meu celular vibra no meu bolso, tirando minha atenção de Sam.

— Desculpe, preciso dar uma olhada.

— Sem problemas — ela responde.

Pego o aparelho e desbloqueio a tela, quase engasgando com a bebida quando vejo o nome de Noah. Ergo a cabeça e vejo-o acenar em direção ao celular em minha mão, incitando-me a ler sua mensagem.

Noah: Se divertindo?

Sentindo-me ousada, com três *shots* de tequila e duas doses de uísque em mim, dou de ombros e deixo-me levar.

Zoe: O máximo que me é permitido na frente do meu irmão e dos amigos dele.

Noah: Já falei para ele que me comportaria. Não vou mais beber, senão sabe lá o que posso acabar fazendo.

Zoe: Funcionou bem para mim da última vez... bom, até dar errado, né?

Noah: Momento de silêncio constrangedor.

Zoe: Então, nada de beijar estranhas hoje?

Noah: Estou tentando me comportar.

Zoe: Você não tem graça :P

Noah: Tenho sim. Devo dizer que, se eu estivesse distribuindo prêmios esta noite, você ganharia o de melhor exibição de pele. Porra, esse vestido é fenomenal.

Zoe: Isso se classificaria como inapropriado?

Noah: Para ser inapropriado, eu deveria adicionar que você também ganharia o prêmio de melhor bunda e melhor decote...

Noah: E o prêmio final, vencedora por ter as pernas mais longas que já vi, no meio das quais eu gostaria de estar.

Zoe: Como reivindico esse prêmio?

Noah: Me dê um minuto. Ainda estou preso na minha imaginação depois de entregar os prêmios.

Ergo o olhar e encontro-o fitando a bainha do meu vestido, o que faz com que, inconscientemente, eu a puxe um pouco para baixo. Retorno minha atenção à nossa troca de mensagens e decido forçar um pouco mais.

Zoe: Preciso fazer um discurso no recebimento desses prêmios?

Noah: Gritar "Oh, Deus" e "Noah!" repetidamente já serviria como um discurso.

Zoe: Você não tem jeito.

Noah: Só estou olhando para o que quero e decidindo como posso fazer para conseguir.

Zoe: É só jogar as cartas certas, e talvez você tenha uma chance.

Noah: Nunca fui muito de jogos de sorte. Confio mais em afirmações positivas.

Zoe: Exemplos?

Noah: Sim, por favor... bem aí... mais forte... mais rápido...

Caramba, estou afundando em ondas de calor. Remexo-me no assento, respirando cada vez mais rápido conforme o calor viaja das minhas bochechas por todo o meu corpo, até os dedos dos pés. Nem mesmo as minhas melhores imagens pornográficas mentais com Noah surtem um efeito tão intenso em mim quanto pensar em deixá-lo me levar até um dos quartos privativos de Sean e me dar meus prêmios.

Zoe: Preciso de um minuto.

Noah: Eu preciso de bem mais do que um minuto.

Olho para cima e vejo-o se afastar, ainda segurando seu celular.

Bem, pelo menos é seguro dizer que o sentimento é mútuo.

Capítulo 12
O que eu gosto em você

Noah

Essa mulher está me deixando louco. Louco e um tanto suicida, porque, se antes eu estava com dúvidas quanto ao que estava começando a sentir por Zoe, agora eu tenho toda certeza.

Zander já me avisou para manter distância, quando estávamos no bar.

— Tudo bem entre a gente, contanto que se mantenha longe da minha irmã. Você é meu amigo e eu te respeito, mas nada disso importa se encostar nela. Você é seis anos mais velho e ela passou por momentos difíceis recentemente. A última coisa de que ela precisa é de outro cara ferrando a cabeça dela, como o último fez.

— Ela me contou sobre ele.

A cabeça dele se afastou para trás em choque.

— Ela te contou sobre o Justin?

— Sim, e se ele for estúpido o suficiente para aparecer por aqui, não vai ter que se preocupar apenas com você.

Ele me encarou por um instante antes de assentir, evidenciando o respeito sobre o qual ele falou em seu olhar intenso. Depois disso, me deu tapinhas nas costas e voltou para onde estava sua noiva.

E, durante um momento de fraqueza, enviei uma mensagem para Zoe, contando-lhe que gostei do seu vestido.

Acabou saindo um pouco do controle e, agora, estou escapando para buscar um pouco de ar. Coloquei-me de castigo porque, se eu não sair daqui, é provável que ignore tudo o que o irmão dela acabou de me dizer e a arraste para o quarto privativo mais próximo, ou o armário de materiais, um cantinho mais escuro... deu para entender.

Por volta de uma hora e algumas bebidas depois — algo que me certifico de controlar — , Daniel me dá sinal para avisar que está na hora.

Nós vamos até Zander, que está recostado contra o assento de couro, com o braço envolvendo Kate possessivamente. Ela me dá uma piscadela quando nos vê, endireitando as costas e virando-se para seu noivo.

— Zan — ela quase ronrona, passeando a mão no peito dele para chamar sua atenção.

— Sim, amor?

— Eu tenho uma surpresa para você...

Ele lança um olhar de suspeita para ela, franzindo as sobrancelhas.

— Sério? Essa surpresa envolve você, eu e algum tipo de banco onde eu possa te debruçar? Porque esse seu olhar está me dando vontade de fazer isso.

Ela dá risadinhas e fica com as bochechas coradas, mas continua:

— Não, mas essa *é* a sua despedida de solteiro, e é a única que você terá na vida. Então, os meninos arranjaram uma stripper para você no fim do corredor.

Ele arregala os olhos e se engasga com a bebida.

— Você me trouxe uma stripper?

Ela dá de ombros.

— Aham. Então, vá aproveitar o show e nos vemos em breve. — Ela migra para o colo dele, colocando uma perna de cada lado do seu corpo, e dá um beijaço nos lábios dele antes de levantar e acenar para mim e Daniel.

— Vamos logo, cara. A stripper cobra por hora e é melhor não deixá-la esperando.

Zander lança para Kate mais um olhar cauteloso antes de levantar-se e nos seguir até o quarto privativo de Sean, no fim do corredor. Eu nunca estive em um deles, mas a reputação desse clube ainda é tão secreta e ilícita que Sean disse que nunca faltam clientes esperando para usá-las.

— Aqui está, Zan. Sua última escapadinha antes de ficar acorrentado pelo resto da vida.

Ele mordisca o lábio inferior, alternando olhares entre Daniel e mim, as amizades mais improváveis que existe, mas que valorizamos muito. É normal que pensem que o jeito como nos aproximamos foi estranho, mas Mac, sendo quem é, abriu caminho para que todos permanecêssemos amigos, sem nenhuma bagagem.

— Ela está muito de boa com isso. Só entre lá e espere, ok? — Daniel o incentiva. Zander assente e entra no quarto, e fechamos a porta atrás dele.

— Jesus, ele vai pirar depois disso — murmuro enquanto caminhamos de volta pelo corredor, em direção ao bar.

— Nah. Fiquei sabendo que é algum tipo de vingança. Algo sobre um strip-tease durante o qual ela não pôde tocá-lo. Ela queria uma chance de fazer o mesmo com ele, e agora vai poder. — Daniel dá de ombros e olha em volta, procurando por Mac, suavizando o olhar no instante em que a encontra. — E acho que já está na hora de levar minha esposa para casa. Ela parece estar pronta para encher ainda mais a cara, e sempre é horrível no dia seguinte quando acorda de ressaca.

— E lá vai a stripper... — anuncio quando vejo Kate passar por nós com um sorriso cheio de malícia.

Pronto, não veremos mais esses dois esta noite.

Quando avisto Zoe conversando com Zach, o melhor amigo e ex-colega de apartamento do Zander, uma onda desconhecida de ciúmes toma conta de mim. No entanto, ele é mais honrado do que eu, e sua linguagem corporal diante de Zoe não é nada além de amigável.

Ela diz algo para ele e assente antes de tomar o resto de sua bebida e caminhar até mim, no topo das escadas.

— Eu vou para casa. Estou me sentindo inebriada e se eu beber um pouco mais, as coisas podem ficar bem loucas, e eu não me dou muito bem com coisas loucas. Então, vou pegar um táxi. — Ela sorri para mim, e como se eu estivesse sofrendo com um enorme mau funcionamento no cérebro, tudo em que consigo pensar é em puxar seu corpo para o meu e beijá-la até não aguentar mais. De novo. — Te vejo no trabalho segunda-feira.

Prendo seu braço no meu, impedindo-a quando ela tenta passar por mim.

— Não vou deixar você sair daqui sozinha às... — Olho no meu relógio. — Onze da noite. Além disso, eu também já estava indo embora mesmo. Se formos agora, poderemos ao menos dividir um táxi, e eu não vou ser perseguido pelo Zan. Isso vai me fazer começar as coisas direito com ele.

— Você quer... dividir um táxi? — Seus olhos estão cheios de esperança e calor.

— Isso vai te ajudar a economizar dinheiro, e eu vou para casa pelo mesmo caminho. Então é unir o útil ao agradável. Espere aqui enquanto me despeço das pessoas.

Assentindo, ela se remexe um pouco e fica ali me esperando.

— Ok. Volto já.

Encontro Mac e Daniel conversando com um grupo de pessoas que não conheço. Toco o ombro de Mac e ela se vira, lançando-me um sorriso bêbado hilário.

— Noah! Junte-se a nós. Mais *shots*!

— Fica para a próxima. Estou indo embora. Vou dividir um táxi com a Zoe para garantir que ela chegue bem em casa.

— Noah... — Daniel rosna, semicerrando os olhos.

— Vamos apenas dividir um táxi, Dan. Nada de mais.

— Zander vai surtar. Não, ele vai atrás de você, arrancará o seu pau e te fará comê-lo — Mac diz, parecendo muito certa disso.

Solto uma risada pelo nariz.

— E o que o meu pau tem a ver com isso?

— Você está pensando com ele. — Ela dá uma risadinha. — E você pensa *muito* com ele.

Daniel ri e puxa Mac para seu lado.

— Como pode ver, minha esposa já bebeu demais. Só tenha cuidado, ok?

— Tá, pai.

Dou um abraço em Mac e um meio abraço em Daniel — mais do que isso é muito maricas — e viro-me para encontrar Zoe, que ainda está onde a deixei, com aquelas lindas pernas à mostra.

Eu não estava mentindo quando disse que queria que ela as abrisse para mim. Ou quando disse o quanto queria ouvi-la gritar meu nome enquanto eu a fazia gozar. Ou quando disse que ela tem o melhor par de seios e a melhor bunda do mundo, bunda esta que estou encarando nesse momento e imaginando minhas mãos apalpando-a enquanto a ergo para envolver minha cintura com as pernas.

Droga. Agora meu pau decidiu dar o ar da graça, e isso *não* é algo fácil de disfarçar quando se é tão... abençoado... como sou nesse departamento.

— Precisamos sair daqui — rosno quando a alcanço.

Ela tenta girar para me olhar, mas coloco as mãos em seus quadris e a empurro para frente, guiando-a pelas escadas com cuidado antes de segurar sua mão e literalmente arrastá-la até a calçada do lado de fora.

O segurança, do qual não consigo lembrar o nome apesar de conhecê-lo, me dá um aceno de cabeça e um sorriso compreensivo.

— Safado sortudo.

Estou pronto para esclarecer as coisas e dizer a ele que não vai ser uma noite de sorte para nenhum de nós dois, mas Zoe puxa meu braço e nos leva em direção a um táxi.

Abro a porta do carro para ela e, estupidamente, observo-a deslizar pelo assento enquanto seu vestido vai subindo cada vez mais, mostrando-me mais daquilo que tenho desejado ver a noite toda — incluindo um pedaço da calcinha azul de renda que abraça as curvas de suas nádegas. *Puta que pariu.*

Informo seu endereço ao taxista e me mantenho encostado na porta, buscando lá no fundo o novo Noah — o que não vai entrar com Zoe quando chegarmos à sua casa.

A corrida é bem quieta, e Zoe fica em seu lado do assento, estranhamente calada. Toda vez que olho para ela, vejo que parece contemplativa, como se estivesse ponderando sobre algo.

Quinze minutos depois, paramos na calçada em frente à sua casa. Saio primeiro, oferecendo minha mão para ajudar Zoe a sair do carro.

— Mantenha o taxímetro ligado. Só vou deixá-la lá dentro — instruo o motorista.

Ela pega suas chaves e destranca a porta da frente, mas fica ali, parada, sem girar a maçaneta para entrar.

— Zo, o que houve?

— Não consigo decidir o que fazer.

— Como assim?

— Quero te convidar para entrar para tomar algo, mas nós dois sabemos que não seria apenas para uma bebida, seria para sexo. E eu acho que quero isso, mas aí...

Coloco a mão em seu ombro e faço-a girar para ficar de frente para mim. Dando um passo à frente, empurro-a contra a porta de madeira e pressiono meu corpo com força no dela, levando a mão até seu pescoço para enrolar seus lindos cabelos nos meus dedos. Meu pau pulsa diante desse mero contato com ela, e a promessa do que está por baixo desse vestido torturante o provoca ainda mais.

— Eu não vou entrar com você...

Sua expressão murcha.

— Nós dois bebemos esta noite, e de jeito nenhum vou me arriscar a acabar esquecendo outro momento desses com você.

Inclino a cabeça para a frente e acaricio a curva do seu pescoço com o nariz, arrastando meus lábios gentilmente por sua pele sedosa e chupando o lóbulo de sua orelha. Prová-la pela primeira vez deixa a minha cabeça — bem, minhas duas cabeças — querendo mais.

Seus braços envolvem minha cintura, os dedos agarrando minha camisa, mas preciso me esforçar para não perder a determinação de mostrar a ela que isso significa bem mais para mim.

— Eu quero saborear cada momento quando levá-la para a cama. Quero aproveitar com calma. Quero fazer valer a pena. — Passo minha língua por sua mandíbula até o canto de sua boca entreaberta, enquanto sua respiração sai em pequenos arquejos e suas mãos deslizam por minhas costas, para cima e para baixo. — Então, mesmo que eu esteja planejando voltar para aquele táxi para chegar em casa e cair na minha cama vazia quando tudo o que eu mais quero é ter você comigo nela, eu definitivamente vou embora.

Meus lábios mal tocam os seus agora, e meu corpo está latejando com o desejo de tomá-la de uma vez, mas não farei isso antes de lhe dar tudo o que ela sempre imaginou e além, quando for a hora certa. Esse momento, no entanto, é sobre mais do que apenas satisfazer nossos desejos. É sobre mostrar a ela que é importante para mim. Que essa expectativa entre nós significa algo a mais.

— Você não quer esquecer, dessa vez? — ela pergunta, com o olhar preso no meu, aquecendo meus lábios com o calor dos nossos hálitos misturados.

— Você descreveu como foi o nosso primeiro beijo, e se foi mesmo metade do que você disse, não vou correr o risco de esquecer de novo um momento desses com você. — Seu corpo inteiro estremece contra o meu, e é nesse momento que acabo perdendo a última ilusão do controle à qual tenho tentado tanto me agarrar. — Mas até chegar o momento certo...

Passo a língua pelo espaço entre seus lábios, com a intenção de roubar uma provinha rápida. Mas esse plano sai voando pela janela quando ela os separa e minha língua entra profundamente em sua boca. Meus dedos se apertam em sua cabeça ao mesmo tempo em que os dela fincam em meus ombros. A partir daí, não nos seguramos mais.

Ela corresponde com a mesma intensidade — não é como se um tivesse mais poder do que o outro, é como uma dança bem ensaiada, e no meio dessa névoa cheia de luxúria em que me encontro, percebo que sua descrição do nosso beijo anterior não fazia o menor jus a esse beijo. Ela me fez querer beijá-la de novo, mas esse beijo, agora, acaba de transformar tudo em que acredito.

Esse beijo me faz querer segurá-la com firmeza e nunca mais soltá-la.

Remexo-me até que minha coxa esteja pressionando entre suas pernas, enquanto continuo a devorar sua boca, e ela se esfrega em mim.

Então, a buzina alta do táxi que está esperando por mim ecoa e me faz afastar a boca da dela aos poucos, dando um último selinho suave em seus lábios inchados antes de soltá-la e dar um passo para trás devagar. Seguro seus ombros nus e acaricio seus braços, sem quebrar nosso contato visual.

— É melhor você entrar, meu bem — digo para ela com a voz rouca, sem esconder o fato de que essa é uma das coisas mais difíceis que já tive que fazer. Meu autocontrole está desvanecendo e a melhor coisa a fazer é ir embora enquanto posso.

Ela assente, levando os dedos até sua boca, mas falhando na tentativa de esconder o pequeno sorriso estampado nela.

— Vejo você na segunda-feira — adiciono antes de esticar a mão atrás dela e abrir a porta, esperando até que ela esteja segura dentro de casa antes de fechá-la novamente.

Recosto a testa na superfície de madeira fria e respiro fundo mais algumas vezes, tentando me acalmar, antes de me virar e me forçar a entrar no táxi.

E o prêmio de homem mais estúpido, controlado e, pior ainda, com mais tesão acumulado de toda Chicago vai para...

Capítulo 13
Uma bunda dessas

Zoe

— Você precisa parar com esse hábito.

— Que hábito? — Ele ergue uma sobrancelha e encosta o ombro no batente da porta.

— Você está sempre me perseguindo no trabalho.

Ele dá de ombros, indiferente, como se não estivesse preocupado com isso.

Porra, Noah. O nome dele não deveria ser Vibrador Ambulante, deveria ser Provocador de Bocetas. Esse homem grande, sexy e enfurecedor faz minha vagina dar cambalhotas quando está perto de mim. Quando ele me toca, meus ossos derretem e eu me torno uma maluca devassa que só quer se esfregar inteira nele, como uma cadela desesperada no cio.

— Por que você acha que eu faço isso? — ele pondera.

— Porque o seu ego precisa de reafirmação vez ou outra? — Sorrio de volta para ele, colocando as mãos nos quadris e enquadrando meus ombros, preparando-me para sua próxima investida. Minhas experiências mais recentes com esse homem, uma em uma sala de exames e a outra na porta da minha casa no sábado, deixaram meu corpo vibrando.

O canto de sua boca se curva em um sorriso malicioso.

— Por que você quer que eu pare?

Deus, ele é tão sexy quando tenta ser o médico bad boy que pensa ser. Ele é uma combinação do *McSteamy* e do *McDreamy* de *Grey's Anatomy*, só que é ainda mais gostoso, mais pervertido, e muito mais sensual, se isso for possível. E usando aquele uniforme azul apertado nos braços? Sem contar sua mandíbula, a qual eu gostaria de passar o dia inteiro admirando e correndo as mãos por ali, deleitando-me com o pinicar da barba por fazer que ele deixa do tamanho perfeito para...

Ele ri e eu balanço a cabeça para espalhar a neblina Taylor — foi assim que a batizei — em que estava perdida, lembrando-me de que ainda não o respondi.

— Porque não é nada profissional.

— Eu adoraria fazer coisas não profissionais com você, linda. É só me dizer a hora e o lugar, e farei de tudo para chegar lá prontinho.

— Não foi o que você disse no sábado à noite.

— No sábado à noite, eu disse que queria aproveitar você com calma.

Imagens surgem na minha mente. Noah me inclinando contra a cama. Noah abrindo as minhas pernas na poltrona. Girando-me para que eu o cavalgue de costas...

— Tudo bem aí, Zo? Você parece meio... agitada. — Aquela porra de sorrisinho malicioso surge, e, de repente, tudo o que quero fazer é estapear aquela carinha bonita dele até que o sorriso desapareça.

Minhas bochechas ardem, ficando vermelhas, e eu estreito os olhos, respirando fundo para acalmar meus pensamentos e meus hormônios, antes de ir até ele. Paro ao seu lado quando ele se endireita para me deixar passar.

— Já estou te aborrecendo, Zo? — ele pergunta em uma voz baixa e sedutora, do tipo que qualquer mulher desejaria ouvir ao pé do ouvido durante o sexo selvagem.

— Você está me deixando tensa, e não de um jeito bom, dr. Taylor. É melhor maneirar um pouco quando estivermos no hospital, ok? — Olho para ele, soando sincera, mas meio que esperando que ele nunca pare de fazer isso.

— Claro, linda. Mas eu realmente vim até aqui por uma razão.

— Ah...

— Vou fazer uma reunião na minha casa neste sábado. Nada muito grande. Mac e Daniel estarão lá, junto com o resto da turma.

— Incluindo o meu irmão?

Ele pausa e franze um pouco a testa.

— Sim. Mas até que tivemos uma conversa interessante. Especialmente depois de ele ter descoberto que eu te levei para casa.

— Aposto que foi — falo com uma risada. — Ele me encheu o saco no domingo também.

A expressão dele fica séria, e seus olhos estão suaves enquanto me observam, esperando por uma reação.

— Mesmo assim, seria ótimo se você pudesse ir. São quase todos conhecidos seus.

As mulheres costumam analisar tudo que um homem diz, principalmente se for um pelo qual sente atração, além de tentar resistir às suas tentações e charmes. Mesmo que cada parte do seu corpo queira apenas ceder e facilitar para ele.

— Eu adoraria. — Hesito antes de fazer o pedido desagradável a seguir. — Mas nós precisamos tomar cuidado quando estivermos perto do Zander.

Seus lábios retorcem, mas ele assente.

— Tudo bem, Zo. Pelo menos até ele sair em lua de mel. — Sua mão roça no meu quadril e a névoa Taylor me deixa hiperconsciente de tudo o que ele faz.

E então, ele se afasta.

Uma onda de arrepios se espalha a partir do local onde ele me tocou, como se tivesse mãos mágicas que deixam uma marca permanente. Posso sentir onde esteve e imaginar até onde quero que ele vá.

Ele para na porta e vira a cabeça, o sorriso convencido em seu rosto me dizendo que sabe exatamente aonde minha mente foi: aquele momento no sábado à noite, quando ele fez com que a noção de que o nosso primeiro beijo havia sido o melhor beijo da minha vida fosse superada.

— Ah, e, Zoe?

— Sim? — Minha voz está rouca e trêmula, e seu sorriso se enche de malícia.

— Leve roupa de banho e uma bolsa para passar a noite. Você vai precisar.

Noah

Eu sou um cara que gosta de bundas.

Nunca escondi isso de ninguém.

E o fato de que estou encarando a bunda mais linda que já tive o prazer de admirar está me deixando tanto excitando quanto frustrado pra cacete.

O problema é a dona da bunda.

Talvez não seja exatamente um problema, mas sim uma batalha aparentemente impossível de vencer que envolve aquele corpo — e logo, a bunda também.

Eu sei que ela me quer. Ela sabe que eu a quero. Coisas que falhamos miseravelmente ao tentar esconder sempre que estamos juntos.

Eu conheço todos os sinais — as respirações lentas e profundas que ela força, o jeito como seus olhos se iluminam quando ela me olha conforme ando em sua direção, e o jeito adorável como brinca com os cabelos, o rosto, os lábios, sempre que estamos próximos.

Mas é como se existisse um muro em volta dela, e o relacionamento que estamos tentando desenvolver, seja lá de qual tipo for, precisa quebrar essa barreira para que tenhamos alguma chance. Eu entendo os motivos pelos quais a barreira existe, e com isso, temos mais contras do que prós a nosso favor.

Mas aquela bunda... parece estar me chamando. Está implorando para que minhas mãos deslizem por ela antes de agarrar as nádegas empinadas e erguer a dona delas para que envolva minha cintura com as pernas. Meu pau começa a ficar duro — e nem sempre é fácil esconder isso — , então sou forçado a desviar o olhar daquele corpo dos meus sonhos e me acalmar. Eu sabia que a ideia de fazer esse churrasco acabaria sendo ruim para a minha saúde.

— O que você está fazendo? — A voz de Daniel invade meu espaço. Sacudo a cabeça para me livrar das ideias proibidas para menores, com as quais só vou poder fazer algo a respeito mais tarde, e viro minha atenção para os caras que estão sentados perto de mim.

— O que você quer dizer, Winters?

— Estou vendo para onde está olhando e conheço o seu jogo. Você precisa tomar mais cuidado.

— E por quê?

Os olhos dele vão até Zander antes de voltar para mim. Seu gesto diz tudo.

Ele franze as sobrancelhas enquanto me analisa.

— Parece que aconteceu algo desde a nossa última conversa... — Ele leva a garrafa de cerveja à boca e sorri sugestivamente em volta do gargalo. — Mas ela não é candidata ao seu caderninho, cara.

— Eu nunca tive um... — Ele ergue uma sobrancelha para mim e sei que essa é uma batalha perdida. — Ok, eu não tenho mais um caderninho.

Daniel ri ao colocar a garrafa de volta na mesa.

— Aí está a verdade. Mas falando sério, cara... por que ela?

— Ela pode não ser o que eu estava procurando, mas é exatamente do que preciso.

Ele arregala os olhos e, aos poucos, um sorriso enorme que grita "eu te falei!" aparece.

— Agora a verdade se revela. Mas não posso negar que estou feliz por isso estar finalmente acontecendo com você.

— Uma bunda gostosa pra caralho daquelas... — grunho.

— Quem tem a bunda gostosa? — Zander se manifesta ao se juntar ao grupo. Daniel se engasga com sua cerveja e começa a cuspir a bebida enquanto sorrio para Zander e balanço a cabeça.

— Há muitas bundas igualmente atraentes nessa reunião. Mas nenhuma em que eu possa babar.

Ou admitir que estou babando. Porque, nesse momento, eu gosto de onde as minhas bolas estão e seria bom mantê-las intactas.

Duas horas depois, estamos todos sentados perto da piscina, depois de comermos até não aguentarmos mais.

Olho em volta da mesa, observando meu grupo de amigos, grupo esse que ninguém imaginaria que se juntaria. É como se tivéssemos nos unido através de algo que sabemos que não devemos falar sobre, e felizmente já passamos da fase de sentirmos a estranheza que todos achavam que sentiríamos, mas nunca nos preocupamos com isso. Talvez seja devido à longa amizade entre Dan e mim, ou ao fato de que, antes que qualquer coisa, Mac era amiga dos caras com os quais ela dormia. Seja lá qual for a razão, agora que Mac e Daniel são casados, assim como Sean e Sam, e Kate e Zander estão prestes a se casar, nós meio que gravitamos em volta uns dos outros. O fato de que há um grupo de onze pessoas no meu jardim, aproveitando as companhias enquanto assistimos ao pôr do sol do verão, fala muito por si só. E agora que temos Zoe, Matt e os amigos hilários da Sam, Helen e Rico, adicionados à mistura, pode-se dizer que nunca temos momentos chatos.

— Ei, mano, quando vou poder herdar o seu caderninho?

Pode contar com o meu irmão para parar abruptamente toda e qualquer conversa com uma pergunta mal pensada.

Encaro-o irritado, balançando a cabeça, mas falho ao tentar impedir meu sorriso irônico. Meu irmão idiota, que tem mais cérebro na cabeça de baixo do que na de cima — algo que ele deixa notoriamente óbvio sempre que tem oportunidade —, nunca se esquiva de nada, incluindo perguntas inapropriadas em churrascos.

— Cara, faz anos que não tenho um caderninho. Mas, se precisa de ajuda para arrumar com quem transar, tenho certeza de que podemos te dar algumas dicas.

Isso arranca algumas risadas de pessoas à mesa.

— Matt, você quer mesmo as sobras do Noah? — Mac pergunta ironicamente.

— Quero mesmo é mostrar para as solteiras de Chicago que eu sou o Taylor mais novo e melhorado.

Engasgo com a bebida e todos à mesa explodem em gargalhadas. Inclino-me para a frente a fim de recuperar tanto a respiração quanto a compostura, e congelo quando uma mão quente esfrega minhas costas para cima e para baixo, bem devagar. Viro a cabeça para a direita, observando-a rir com o grupo, agindo como se ela não estivesse me deixando duro só por me tocar, mesmo que estejamos a pouca distância de seu protetor — e frequentemente armado — irmão policial.

Sua mão para e eu viro em direção a ela no instante em que Zander inclina-se para se manifestar.

— Zo, isso não entra na categoria Informação Demais? Sabe, sobre nunca precisar saber sobre a vida sexual dos irmãos? — Ele abre um sorriso maroto e eu solto a respiração que estava prendendo. Juro que vi a minha vida passar diante dos meus olhos.

Irmão. Arma. Não preciso dizer mais nada.

— Eu com certeza não quero saber da sua. Até investi em tampões de ouvido antes de ir morar com vocês — ela responde com um sorriso.

Surpreendentemente, Zoe não retira sua mão de mim. Ela a deixa apoiada nas minhas costas. Não estou reclamando — é um gesto que diz que está me deixando entrar aos poucos. Sinto a vitória correr pelo meu corpo, e começo a sorrir largamente como um idiota.

— Noah, você parece um gato que conseguiu comer o canário. Que cara é essa? — Dan pergunta.

— Que cara? — finjo inocência. Acho que é o melhor a fazer agora.

— Você sabe qual — Mac se mete.

— Não, Mac, não sei qual cara, porque você não é um espelho e eu não consigo ver o meu rosto. Posso ter muitos talentos... — Balanço as sobrancelhas para ela, o que faz Daniel rir pelo nariz e as mulheres à mesa darem risadinhas. — ... mas esse não é um deles.

— Com a quantidade de tempo que você passa em frente ao espelho, isso é um milagre — Daniel diz, recebendo uma tampa de garrafa na cabeça. — Ai, seu imbecil!

— Cuzão.

— Escroto.

— Meninos! Há damas no recinto! — Sean se recosta em sua cadeira, com o braço em volta de Sam, que descansa uma mão em sua barriga de grávida que ainda mal dá para ver.

Zander aumenta a voz, do outro lado da mesa.

— Você já ouviu como essas mulheres falam? Acho que chamá-las de damas é demais. Não é, Sam?

— Oficial Roberts, estou de olho em você. Não pense que não vou infernizar a sua vida e pedir ao sargento uma realocação.

— Você não teria coragem! — ele replica, recebendo um sorriso bem calculado de sua chefe loira.

— Tente, Roberts. Apenas tente, porra.

— Essas mulheres hormonais... — ele resmunga alto, sabendo muito bem que todos podemos ouvi-lo.

Kate põe a mão no copo de Zander e olha para Sam.

— Peço desculpas pelo meu noivo, Sam. Parece que ele esqueceu a educação em algum lugar entre a cerveja cinco e a seis.

Lembrete: Zander já tomou uns gorós e provavelmente me deitaria na porrada se soubesse o que planejo fazer com sua irmã.

Daniel assente, concordando.

— Mas ele não está errado. Quando as meninas saem para beber, já são até conhecidas por causarem perturbação.

— Como naquela vez que você disse que consegue juntar os cotovelos às costas? — Zander pergunta, olhando para Mac. Observo Zoe, balançando a cabeça em confusão, o que só faz com que seu sorriso fique ainda maior.

Ela se aproxima mais de mim.

— O que foi, dr. Taylor?

Porra, eu sei que ela baixou a voz só para foder com a minha cabeça — ou o meu pau. *Me deixa sonhar!*

— Juntar os cotovelos às costas? — pergunto, perplexo.

— Oh! — Ela fica de pé e olha para Kate e Mac antes de anunciar para o grupo: — Parece que o doce e inocente Noah... desculpem, minha boca teve certa dificuldade de pronunciar essas palavras na mesma frase... — Ela me lança um sorriso malicioso, o que só faz com que meu pau fique ainda mais duro. De novo. — Parece que ele precisa de uma demonstração de como nós, de fato, conseguimos juntar nossos cotovelos às costas. Podem me ajudar a mostrar a ele?

Ouço um rosnado irritado vir de Zander — o que acaba, de algum jeito, ajudando a aliviar o estado da minha virilha — e uma risada vir de Daniel, Sean, Rico e Matt, que obviamente sabem o que as meninas estão prestes a fazer.

Meus olhos se arregalam de espanto e admiração, encarando Mac, Kate, Helen e, finalmente, Zoe, conforme elas colocam os cotovelos para trás e empinam os peitos para frente, mostrando toda a bênção que receberam do bom Senhor — e, olha, elas foram abençoadas com peitos incríveis. Esqueça a bunda; com os pares de seios vigorosos diante de mim, posso facilmente virar um homem que prefere peitos — bom, pelo menos, os peitos da Zoe.

— Tire os olhos das minhas garotas, Taylor — Zander rosna, o que faz Zoe rir, com os olhos dançando de diversão ao se mexer de um lado para o outro. Minha cabeça luta para ficar quieta, a fim de desviar os olhos do show sensual que ela está fazendo para mim.

Elas param de nos provocar e, finalmente, tornam a se sentar, ainda gargalhando. Vejo Daniel puxar Mac para seu colo e beijá-la com vontade, e a julgar pelas risadinhas vindas de Kate, ao meu lado, não tenho dúvidas de que Zander também está marcando seu território. Meu irmão está sentado do lado oposto da mesa ao que eu estou, sorrindo sugestivamente para mim e assentindo ao observar Zoe com mais atenção.

Apesar de todos os defeitos do meu irmão, sempre fomos próximos, e pela sua expressão, posso dizer que ele a aprova. Não que haja algo que ele tenha que aprovar agora, mas você não pode me culpar por ter esperanças.

— Então, Noah, já desistiu dos Bears? — Sean pergunta, e felizmente minha atenção é desviada. Pelo menos, por enquanto.

Capítulo 14
Falando em corpo

Noah

A limpeza acaba sobrando para mim e Zoe. Eu disse que ela não precisava me ajudar, mas sei que sacou que eu estava mentindo e sabia que queria que ela ficasse. Eu disse a ela, quando a convidei, para trazer uma bolsa para passar a noite — minhas intenções não poderiam ter ficado mais claras. Também notei que, quando Zander e Kate estavam indo embora, ela os acompanhou até o carro e ficou lá por um tempo antes de retornar.

Ele não voltou para arrancar as minhas bolas com um tiro, então ela deve ter dito a ele que iria ficar.

Ergo um saco cheio de lixo com um braço, sem deixar de perceber que Zoe encara a maneira como ele tensiona devido ao peso. Decido arriscar uma ideia que vem brincando na minha mente desde que ela chegou à minha casa. Felizmente, o tempo quente está a meu favor.

— Ei. Tá a fim de nadar?

Ela para de limpar a mesa e fica ereta.

— Está tarde...

O fato de que ela está se questionando me diz que esse meu plano é o melhor que já tive em muito tempo. Preciso mostrar que ela pode confiar em mim, confiar nisso que está surgindo entre nós. Pensei que aquele beijo no último sábado — e o nível de controle insano que demonstrei ao ir embora — seria suficiente para provar que minhas intenções não incluíam apenas uma foda rápida.

— Ainda está quente e passamos muito tempo limpando. Merecemos um intervalo e, porra, eu estou com tanto calor que dar um mergulho seria uma boa.

— Ok. Mas estou avisando: se isso for uma tentativa de fugir da limpeza, essa bagunça toda vai sobrar para você.

— Vou terminar pela manhã, Zoe.

O que ela não sabe é que eu limparia basicamente qualquer coisa por uma chance.

No instante seguinte, fico sem palavras conforme ela tira a blusa na minha frente, antes de curvar-se e abaixar seu short jeans apertado por suas pernas, revelando o menor biquíni preto que já vi. Sua pele é levemente bronzeada e ela tem uma tatuagem incrível em aquarela de uma fênix cobrindo o lado direito do quadril e indo até o início da coxa. Eu havia enxergado o vislumbre de algo que parecia ser uma tatuagem em suas costas quando corremos juntos, mas um vislumbre e vê-la completa são duas coisas completamente diferentes. Todas as partes do meu corpo estão me mandando ferrar as regras e avançar.

Mas esse é o velho Noah. O que só queria saber de transar e não dava a mínima para as consequências — para mim ou para ela.

Mas agora me sinto de uma maneira diferente. Tem sido diferente desde o momento em que percebi quem ela era e o que eu havia feito. Quando ela resolveu me dar mais uma chance para provar que não sou o babaca convencido que presumiu que eu era, isso se tornou algo a mais.

E então, sou trazido de volta à realidade pelo barulho alto de mergulho na água, quando ela pula na piscina e nada para longe de mim, ainda congelado no lugar.

Tiro minha camiseta e, usando apenas uma bermuda, mergulho atrás dela, emergindo da água para encontrá-la perto da cachoeira.

A cachoeira veio junto com a casa. É um tanto pomposa e opulenta, considerando a área e a minha mansão, mas pelo menos não tem uma gruta secreta ou algo assim.

Fica entre o que parece uma pilha de rochas de mais ou menos um metro de altura, posicionada de maneira íngreme que fica pairando sobre a piscina, derramando uma fina cortina de água ininterruptamente, criando um santuário surpreendentemente surreal e relaxante bem ali, no meu jardim.

Encontro Zoe esgueirando-se entre a cachoeira e o pequeno espaço entre as rochas. Mergulho e vou nadando até lá, emergindo para respirar bem diante dela. Arrasto as mãos por seus tornozelos, deslizando os dedos até seus joelhos, quadris — tomando nota da tatuagem sensual pra caralho que há ali — , e parando em seus braços. Seus olhos estão arregalados, mas cheios de calor, e sua respiração acelerada faz seus peitos perfeitos subam e desçam em uma sucessão rápida.

Puxo-a com força contra mim, segurando sua mandíbula, meu olhar perfurando o seu, procurando por qualquer sinal de que está cedo demais para avançar assim.

Qualquer receio quanto a isso logo desvanece conforme ela fecha a distância entre nós e esmaga seus lábios contra os meus, enfiando a língua na minha boca e me enlouquecendo com rápidas lambidas na minha. Assumindo o controle do beijo, minhas mãos inclinam seu rosto para o lado para que eu possa aprofundar o contato. Continuo provando e explorando, moendo minha pélvis contra a dela e sentindo o triunfo tomar conta de mim quando ela responde com um gemido alto, um som tão inconfundível que tudo que consigo pensar é em me enfiar dentro dela só para ouvi-lo de novo e de novo.

As mãos dela estão por todo lugar — meus ombros, minhas costas, minha bunda, explorando de maneira selvagem e desinibida. É como se ela quisesse me tocar em todos os lugares e o máximo possível, o que me deixa ainda mais duro do que o meu estado já dolorido de três segundos atrás. As coisas vinham esquentando aos poucos o dia todo, cheio de picos de calor e ereções frequentes, mas agora meu pau está irado. Está cheio de desejo, e demonstrando suas intenções para nós dois de uma maneira bem clara.

Suas mãos exploram ao redor do meu quadril, contornando o cós da minha bermuda antes que sua palma desça para me acariciar sobre o tecido molhado. A água bate ao nosso redor, e o barulho constante da cachoeira abafa qualquer outro ruído fora daqui. Somos apenas nós. Não há ninguém para nos interromper, nenhum irmão para me socar, nenhuma ex-ficante dando showzinho, e nenhuma distração. Somos apenas nós dois.

Conforme esses pensamentos permeiam minha mente, a mão quente de Zoe mergulha entre minha pele e o elástico da bermuda, encontrando meu pau duro e molhado, e jogo a cabeça para trás, deixando um grunhido gutural escapar.

— Porra, isso é bom. É tão bom te sentir, Zoe.

— Preciso de mais. Preciso de você pelado — ela geme, e eu agarro sua bunda, as nádegas preenchendo minhas palmas perfeitamente, do jeito que imaginei. Raspo os dentes no seu lábio inferior, pressionando meu peito contra o seu e lambendo um caminho por sua mandíbula, enterrando o rosto na pele macia do seu pescoço, adorando a maneira como seu corpo reage ao meu.

Quero tocá-la em todos os lugares e sentir seus mamilos endurecerem na minha mão, na minha boca. Quero ver e sentir o quão molhada ela está para mim. Preciso tê-la na minha casa, na minha cama. Não podemos ter nossa primeira vez na piscina. A piscina é para coisas obscenas e rápidas, e não para coisas significativas.

E o que quer que aconteça entre nós dois esta noite será intenso e sensual, com certeza, mas *também* irá significar algo. Disso *eu* sei.

— Vamos entrar — murmuro entre beijos, sentindo suas carícias no meu pau ficarem cada vez mais urgentes e meu controle minguar diante do prazer iminente. Forçando-me a me afastar, beijo-a suavemente mais uma vez e seguro sua mão, retirando-a gentilmente de dentro da minha bermuda e movendo-a para descansar no meu peito.

— Meu bem, eu falei sério quando disse que queria você na minha cama. Nós podemos utilizar a piscina mais tarde, mas, na primeira vez em que eu enfiar meu pau em você, quero que seja na minha cama.

Seus olhos vão de sua mão no meu peito para o meu rosto antes que um sorriso incrível pra caralho surja em seu rosto corado e deslumbrado.

— Ok.

Nós nadamos para sair da cachoeira e seguimos para a escada. Estendo a mão para ela e saímos da água juntos. Guio-a até a espreguiçadeira onde guardo toalhas extras.

Pego uma e envolvo seus ombros, dando um beijo em sua testa antes de enrolar outra toalha na minha cintura.

Seguro sua mão mais uma vez e a levo pelo corredor até o banheiro do andar de baixo.

Zoe

— Você pode tomar um banho aqui e eu vou usar o banheiro lá de cima. Tudo bem?

O que está acontecendo? Pensei que iríamos partir direto para o sexo selvagem.

Franzo a testa, mas logo mudo minha expressão. Ele parece cauteloso, quase assustado. É como se estivesse esperando o momento que vou surtar e fugir.

— Claro — respondo, mais alegre do que o necessário. Ele abre um sorriso sem graça e assente uma vez antes de desaparecer de vista.

Tento parar de ficar analisando demais o que acabou de acontecer entre nós, lá fora. Eu finalmente baixei a guarda e tomei a iniciativa, e agora ele está me dando espaço, deixando-me tentando imaginar o que se passa na sua cabeça.

Ligo o chuveiro e tiro meu biquíni molhado antes de entrar embaixo da água, lavando o cloro da piscina e limpando minha mente de qualquer coisa que não seja a água relaxante caindo sobre mim.

Quando termino, pego uma toalha nova do cabide na parede e me seco. Saio do banheiro, puxando-a para baixo com uma mão para que minha bunda se mantenha coberta, e apertando-a com a outra mão contra meus seios. Meus olhos encontram os de Noah e congelo no lugar ao ficar diante da maravilha conhecida como a vasta extensão do seu peito nu. Eu o vi na piscina, mas ainda consegue despertar algo em mim. Atiçando a lava do vulcão que está esperando para entrar em erupção. *E, por Deus, essa erupção precisa acontecer logo!*

Meus olhos percorrem seu corpo, parando na toalha branca que cobre seus quadris, bem abaixo de uma trilha feliz de pelos castanho-claros que levam até seu...

Ergo a cabeça de uma vez e encontro um Noah muito divertido, que se recosta na parede do corredor e retribui o favor. Não deixo de perceber o calor em seus olhos conforme ele estuda meu corpo como se fosse uma prova final, parando para fazer notas mentais óbvias nos seios e quadris antes de absorver a extremidade curta da toalha e minhas longas pernas nuas.

— Estou amando o que vejo, linda, mas prefiro que você tire a toalha.

O Noah convencido está de volta.

— Eu tiro se você tirar... — Abro um sorriso malicioso para ele, e não deixo de perceber como ele aperta os punhos.

— Nada seria capaz de me impedir, Zo. Eu poderia tirá-la de você em segundos. Não deixaria nada ficar no meu caminho, quando se trata de você.

A expressão dele fica séria e o duplo sentido ali é inegável, o que me faz arfar. O modo lento e calculado com que ele diz isso faz minha mente acelerar e meu coração martelar com força no peito.

— Você não viu o suficiente quando eu estava de biquíni?

— Não foi suficiente, para o meu gosto. Eu gostaria de ver melhor a sua tatuagem, bem de pertinho. Talvez com as minhas mãos, primeiro... depois, com a minha língua.

Encosto meu ombro no batente da porta, sorrindo antes de examinar seu corpo vagarosamente, da cabeça aos pés. Mas é Noah que ri por último quando meus olhos ficam vidrados. Não no caminho feliz, dessa vez, nem nas duas linhas deliciosas de músculos delineando seu quadril.

O que me deixa sem palavras é o equipamento pelo qual o dr. Taylor é tão renomado. Que, a propósito, está infelizmente coberto pela toalha, mas muito bem ereto.

Quando se é um membro feminino do quadro de funcionários do NorthWestern, você teria que ser uma freira em treinamento ou frígida pra caramba para não saber que o dr. Noah Taylor, também conhecido como Vibrador Ambulante, tem uma reputação por ser muito abençoado quando se trata do seu dote. Até ouvi falar que, quando os paus grandes estavam sendo distribuídos, ele passou na fila três vezes.

Tenho tentado não prestar atenção nisso. Sério mesmo. Já conheci vários caras como ele na vida, e não sou nada ingênua quando se trata das coisas que os homens dizem para conseguir o que querem.

Mas agora, em plena luz do dia, não me resta dúvidas de que seu apelido é mais do que apropriado.

Já o senti duro contra mim duas vezes. Senti seu pau pulsando na minha mão enquanto o acariciava na água e, agora, não há nada que eu queira mais do que vê-lo, tocá-lo e, finalmente, prová-lo.

— Gosta do que vê? — Ele sorri maliciosamente para mim, ainda recostado na parede, a alguns passos de distância de mim, parecendo bem despreocupado. — Tenho a noite toda, meu bem.

A noite toda. Meu Deus, ele vai me deixar sem conseguir andar se fizermos a noite toda. Mas seria incrível.

Endireito as costas e enquadro os ombros, tentando o máximo que posso ignorar a densa tensão sexual que está ficando cada vez mais sufocante, quanto mais ficamos ali, olhando um para o outro.

Recupero a compostura e sorrio de volta para ele.

— Nunca reclamei da sua beleza, Taylor. Apenas mencionei, de leve, meu desdém pela sua habilidade de estalar os dedos para fazer mulheres abrirem as pernas.

Os olhos dele ficam cheios de diversão, dizendo-me que está curtindo demais essa situação. Seu corpo, no entanto, me conta uma história completamente diferente.

— Você pode arrancar um olho com essa coisa. Deveria ser listado como um risco ocupacional. Alerta! Manuseie com cuidado.

Ele joga a cabeça para trás e cai na gargalhada, o que me distrai por um instante, mas leva minha atenção até sua garganta e seu pomo de Adão, os ângulos lindos de sua mandíbula e seu sorriso perfeito.

Droga.

Logo sua cabeça se ergue novamente e fico sem palavras quando ele se empurra da parede e começa a vir na minha direção, eliminando a pouca distância entre nós. Ele me empurra até minhas costas estarem pressionadas com força contra a parede do corredor e seu corpo rígido e seminu esteja pressionado no meu.

Noah descansa seus antebraços no alto, baixando a cabeça até seus lábios ficarem a um centímetro de distância dos meus. Seus olhos fitam os meus como se ele estivesse tentando me ver por dentro, querendo saber exatamente o que estou sentindo. Uma posição na qual já estivemos, mais de uma vez, nas últimas semanas, e a cada vez fica mais difícil resistir.

Ele encosta a testa na minha e suspira.

— Eu sei que você quer isso tanto quanto eu. Você quer que eu te leve até o andar de cima e te deite na minha cama. Quer que eu tire a sua toalha lentamente e abra bem as suas pernas, para que eu possa me enterrar entre elas.

Inspiro com força. Nenhum outro homem falou comigo com tanta determinação antes. Nenhum outro homem na minha vida quase me fez chegar ao clímax usando somente palavras.

Sim, eu quero fazer tudo o que ele acabou de dizer. Onde eu assino? Leve até meu primogênito, mas comece logo!

— Uma palavra, Zo. Só uma palavra e eu posso dar a nós dois o que tanto queremos.

— Noah, eu... — Ele ondula os quadris contra os meus, fazendo-me perder a linha de pensamento.

— Você queria bem devagar. Eu tentei ficar só na amizade, mas falhei. Eu te mostrei um lado meu que pouquíssimas pessoas conhecem. Não há segredos. Não há mentiras. Eu quero você. Só você. Não há mais ninguém, além de *você*.

Ele se mostrou interessado em realmente me conhecer, então por que deveríamos negar a nós uma coisa que queremos há tanto tempo? Eu acredito que ele não está apenas atrás de mais uma foda fácil comigo. Ele me mostrou isso no fim de semana passado, sem sombra de dúvidas, quando eu quis que ele fosse para casa comigo, e ele me deixou cheia de tesão e sem fôlego na minha porta da frente.

— Eu quero sentir o seu sabor, sentir você. Meu corpo quer você. E tudo em você me diz o quanto o seu corpo também me quer... seu coração acelerado, sua respiração, e esse brilho sexy pra caralho nos seus olhos.

— Noah...

— Zo... — ele murmura contra os meus lábios.

Ele passa a língua vagarosamente pelo meu lábio inferior, depois no superior e, sem conseguir resistir, abro minha boca para ele. Esse beijo é diferente do que trocamos na cachoeira da piscina, que foi cheio de paixão e calor. Esse é vagaroso, comedido. Ele acaricia minha língua com a sua com paciência, explorando cada centímetro da minha boca como se fosse a primeira vez.

Minha cabeça está se perguntando "por que não?". A minha lista de prós e contras agora só tem prós, conforme a pulsação deliciosa nas minhas partes baixas se intensifica. A química, a tensão e o desejo arrebatador de tocar esse homem, beijar esse homem, e de ter esse homem de todas as maneiras possíveis não podem mais ser ignorados, mesmo que eu queira.

Acabo esquecendo do fato de que minhas mãos estão segurando a toalha para proteger a minha dignidade — ou que estou diante de Noah usando nada além de uma toalha — e ergo as mãos até seu rosto, segurando sua mandíbula com barba por fazer e puxando sua boca para a minha, correspondendo-o à altura. O beijo se torna mais profundo, punitivo, como se fosse a personificação de todo o desejo que sinto por ele. Não estive com mais ninguém desde que terminei com Justin, exceto pelo meu vibrador, que é a réplica do James Dean.

— Gostosa pra caralho — ele murmura, arrastando os lábios por minha mandíbula e enfiando o rosto no meu pescoço.

— Não pare — imploro.

Ele se afasta e me olha, ficando com o corpo ereto.

— Quando é o seu próximo turno?

— Amanhã à tarde.

— Então você não precisa se preocupar, porque não pretendo parar até, pelo menos, amanhã de manhã.

— Isso é uma ameaça ou uma promessa? — brinco, arrastando as mãos por seu peitoral rígido, descendo para o abdômen de tanquinho, que tem oito... oito gominhos! Passo a palma sobre a toalha que ainda cobre seu pau duro e *assustadoramente* grande. Noah empurra os quadris contra os meus quando o aperto gentilmente, lançando-lhe um olhar divertido. — É muito tempo, dr. Taylor. Uma promessa enorme. Depois de esperar tanto, eu odiaria ficar *desapontada*, sabe?

— Você lançou o desafio, meu bem. Agora, é hora de te mostrar que sou um homem de palavra.

As mãos dele vão até meus quadris e eu envolvo seus ombros com os braços, puxando-o para mais perto. Ele encosta a testa na minha e apenas ficamos ali por um momento, com as respirações pesadas e aceleradas.

— Vamos mesmo fazer isso — digo, sem fôlego, encarando seus olhos azuis que estão escuros, profundos e famintos.

— Vamos mesmo fazer isso, meu bem. E vou te levar para a minha cama, mas, primeiro...

Ele ergue o queixo e me beija novamente. Dessa vez, há uma nova intensidade. Uma fome renovada me percorre inteira e, sem perder tempo, emaranho os dedos em seus cabelos, algo que vinha esperando muito tempo para fazer.

Ele traça a língua pelo meu pescoço, mordendo delicadamente a pele da curva entre meu pescoço e a clavícula, arrancando-me um gemido. Estou distraída pelo que sua boca está fazendo, então não percebo quando suas mãos tiram a minha toalha, jogando-a aos meus pés, deixando meu corpo nu agora exposto. Ele para o que está fazendo para me olhar, absorvendo tudo o que Deus me deu.

— Linda pra caralho — diz com a voz rouca antes de se ocupar com meu pescoço novamente. Uma de suas mãos desliza pelo meu braço até entrelaçar seus dedos nos meus contra a parede. Sua outra mão viaja até envolver um dos meus seios, arrastando o polegar contra o mamilo intumescido, arrancando-me um gemido baixo.

— Isso é tão sexy — ele murmura antes de descer a boca até lá e começar a brincar com meu piercing de prata com a língua, enviando ondas de luxúria até minhas partes baixas.

— Isso é tão bom — grunho, agarrando mais seu cabelo, demonstrando que estou gostando demais do que ele está fazendo.

— Será que um dia você vai parar de me surpreender? — ele sussurra, falando consigo mesmo, porque eu não consigo responder. Minha mente está muito dispersa, incapaz de focar em qualquer coisa além dos seus dedos, que estão descendo por minha barriga até o meio das minhas pernas. Um dedo circula meu clitóris antes de descer mais um pouquinho e acariciar minha entrada, onde ele o enfia enquanto arrasta os dentes no meu mamilo.

Meu corpo inteiro cede contra ele. Seguro seus ombros com firmeza quando ele adiciona um segundo dedo, depois um terceiro, e é tão apertado, tão cheio, tão incrível. Meus quadris ganham vida própria e começam a ondular contra seus dedos, sentindo sua palma esfregar meu clitóris a cada movimento. Ele leva a boca para o outro mamilo, e sinto as contrações familiares profundas dentro de mim, que me dizem que estou perto. Sei que estou prestes a gozar.

— Noah, me beije. Me beije agora — gemo.

No momento em que sua língua toca a minha, meu corpo inteiro estremece conforme atinjo o clímax, gritando alto contra sua boca e tendo ondas de espasmos devido ao orgasmo.

Uau.

— Você... isso... hum... nossa — balbucio enquanto luto para recuperar meu senso de coerência.

Ele retira os dedos de mim lentamente, trazendo-os até sua boca em seguida e lambendo-os, ostentando um brilho maquiavélico nos olhos que me dizem que ele está longe de ter acabado.

— Você fica maravilhosa pra caralho quando goza. Agora eu vou querer fazer isso com você o tempo todo.

— Topo na hora, se você achar que dá mesmo conta do recado.

Sorrio e abafo uma risada quando ele rosna para mim — tipo, rosna, literalmente — antes de arrancar a toalha de sua cintura, agarrar meus quadris e me erguer, fazendo com que minhas pernas envolvam seu corpo. Qualquer relutância restante que eu pudesse ter desaparece no instante em que ele começa a mover os quadris contra os meus, esfregando seu comprimento no meu ponto de prazer. Nossos olhares ficam presos um no outro e vejo como o seu está inundado de calor. *Lindo pra caralho, e ele me quer.*

— Aonde estamos indo? — Ainda luto para recuperar o fogo. Foi preciso só um orgasmo intenso e rápido para me deixar toda molenga.

Ele sorri para mim, dando-me um beijo rápido.

— Eu estava falando sério quando disse que queria você na minha cama. Agora que te provei, eu preciso *realmente* provar você.

— Posso te tocar também? — pergunto, notando que ele ainda está duro entre as minhas pernas.

— Porra, estou contando com isso, meu bem.

Capítulo 15
Lar

Noah

Subo as escadas o mais rápido que posso, tentando ao mesmo tempo beijar cada pedaço de pele de Zoe que consigo alcançar. Sinto o piercing do seu mamilo roçar no meu peito e posso jurar que meu pau fica mais duro do que pensei ser possível. Consigo sentir sua boceta molhada contra o meu membro. Seria muito fácil simplesmente empurrar meus quadris e deslizar para dentro dela, mas ela não é qualquer uma. Com ela, eu quero passar por todas as bases antes de marcar o ponto. Quero fazê-la se retorcer e gritar e tudo o que tiver direito, antes de começarmos tudo de novo. Preciso que ela sinta o que estou sentindo, e que saiba de verdade que estou me entregando a ela como nunca me entreguei a mais ninguém.

Quando a vi no corredor, soube que era um caso perdido. Sua expressão com olhos arregalados e dentes mordendo o lábio, combinada a uma incerteza adorável com a qual eu sei que ela tem lutado, me fizeram querer pegá-la em meus braços ali mesmo. Eu precisava confirmar se estávamos na mesma página. Ainda não tenho certeza se isso é algo de apenas uma noite para ela, ou mesmo apenas um momento, mas eu faria qualquer coisa para provar minha sinceridade.

Quem diria que eu conheceria alguém que despertaria tanto meu desejo, e tão cedo após terminar tudo com Nikki, com quem *achei* que ficaria no fim de tudo?

Ando rápido até meu quarto e coloco Zoe de volta no chão, rosnando quando ela pressiona sua pélvis contra a minha e esfrega sua boceta ávida em cada centímetro do meu pau.

Viro-a de costas, consciente do fato de que pareço ter o hábito de nos maltratar. Quando uma das minhas mãos inclina sua cabeça para o lado para me dar acesso ao seu pescoço, e a outra serpenteia por seus quadris e se infiltra aos poucos entre suas pernas, sinto seu gemido em resposta ir direto ao meu pau e sei — porra, eu *sinto* — o quanto ela quer que isso aconteça. Meus dedos ficam ensopados em seu calor escorregadio e ondulo minha pélvis contra sua bunda, sabendo que, se eu continuar, vou acabar gozando antes mesmo de chegar na parte boa de verdade.

— Eu preciso te ver nos meus lençóis, Zo.

Ela puxa minha mão do meio das suas pernas e a ergue, levando até a boca e sugando meus dedos ensopados, rolando a língua por eles da maneira exata como quero que ela faça no meu pau.

Como se pudesse ler mentes, ela vira para mim e sorri.

— Eu gosto da sua cama, Taylor. É bem *alta*. É cheia de *possibilidades*.

Ela dá um passo para trás e deita na minha cama, de maneira que suas pernas fiquem para o lado oposto e a cabeça caia pela beirada do colchão, olhando-me, literalmente, de cabeça para baixo. Seu olhar diz "vem me foder", e é a coisa mais sensual que já vi na vida. Ela gesticula para que eu me aproxime, e antes que eu possa impedi-la — não que eu fosse fazer isso — , ela envolve a base do meu pau com uma mão e arrasta a outra pelo meu quadril até agarrar minha bunda, para em seguida me puxar até sua língua roçar na minha extremidade inchada.

— Poooooorra!

Olho para baixo e assisto, maravilhado, à ponta de sua língua traçar ao redor da cabeça do meu membro antes que sua mão comece a deslizar devagar para cima e para baixo pelo meu comprimento, tão devagar que tenho certeza de que ela não deixou de notar a pulsação conforme fico ainda mais rígido.

— Tão bom — ela geme ao separar os lábios e receber meu pau em sua boca quente, molhada e incrível pra caralho. Preciso reunir cada gota de controle que tenho para resistir à vontade de impulsionar os quadris. Então, em vez disso, permito que ela controle tudo no que já denominei "o melhor boquete da minha vida".

Coloco meus dedos gentilmente em seu queixo e garganta, vidrado conforme ela me chupa mais profundamente do que pensei ser possível nessa posição, antes de me afastar um pouco. Então empurro e puxo. Sua mão e meus quadris, em um ritmo já bem conhecido, mas nunca foi assim antes. *Nunca.*

Liberto-me de sua mão e boca e puxo seu corpo mais para cima na cama antes de subir também, abrindo suas pernas em seguida e enfiando a cara em sua boceta. Minha língua circula por ali, meus dedos traçam e exploram, sondando, primeiro com um dedo, depois dois, e com um terceiro quando sinto seu corpo relaxar. Preciso saber que ela aguenta isso, para me certificar que vai aguentar me receber.

A maldição do pau grande. Algumas mulheres o olham sem a mínima inibição. Algumas posam como se fossem dar conta, mas não conseguem esconder o lampejo revelador de medo nos olhos conforme o momento da penetração se aproxima. Também há aquelas que perdem a fala quando o veem pessoalmente, como se fosse real demais assim que fico sem roupas. Para minha sorte, a mulher que está deitada nua diante de mim faz parte da primeira categoria, e, porra, mal posso esperar para dar exatamente o que ela quer.

Ela se ofereceu para me tomar profundamente em sua boca, e fez de uma maneira que nenhuma outra mulher foi capaz antes. E agora, ela está se retorcendo contra minha língua como uma gata selvagem insaciável, sua boceta gulosa sugando meus dedos cada vez que os retiro, seus quadris se erguendo cada vez que os enfio novamente em seu calor molhado.

Seu clitóris incha contra a minha língua, e eu aumento meus esforços, sentindo-a agarrar minha cabeça conforme lambo mais rápido e enfio mais fundo. Sua boceta vibra nos meus dedos. Envolvo seu clitóris com meus lábios, chupando com força conforme ela grita meu nome como uma ode ao Senhor.

— Noah... oh, porra... Nooooooaaaaah!

Nem por um segundo seus quadris deixam de ondular contra mim. Na verdade, seus dedos puxam ainda mais os meus cabelos, e preciso pressionar meu pau contra a cama para impedir que o meu clímax faça uma performance antecipada.

Deslizo meu corpo para cima, encontrando sua boca no instante em que ela já está procurando pela minha, e nossas línguas se exploram em uma batalha pela supremacia, do tipo em que todo mundo sai ganhando.

— Eu preciso estar dentro de você, Zo — rosno contra seus lábios ao deslizar meu pau entre suas pernas.

— Por favor. — Ela está implorando, e não sei bem se está implorando a mim ou ao Universo, mas fico mais do que feliz em satisfazer seus desejos.

Fico de joelhos e estico o braço para alcançar a gaveta da mesinha de cabeceira e pegar uma camisinha, rasgando a embalagem rapidamente e segurando a base do meu pau para desenrolá-la sobre ele.

Sorrio para Zoe, que está erguida sobre os cotovelos, observando-me com uma fascinação ávida.

— Elas vêm no tamanho extra-extra-extra-grande? — ela pergunta com um sorriso irônico.

— Essa bajulação vai me fazer enfiar o pau bem fundo em você.

— Não é bajulação quando é a verdade. Você, Taylor, foi muito abençoado.

— Vamos ver o que você vai achar quando senti-lo.

— Eu já...

Interrompo-a ao deitar por cima dela, penetrando-a fundo ao mesmo tempo, transformando suas palavras em um grito. Busco seus lábios e gemo em sua boca ao sentir sua boceta apertar meu pau como um vício, seus quadris se erguendo para encontrar os meus a cada estocada. Quando seus tornozelos cruzam nas minhas costas, encorajando ainda mais meus movimentos, desisto de adiar isso ainda mais e mando ver, desejando ouvi-la gritar meu nome mais uma vez antes de ceder ao meu próprio prazer.

— Goza pra mim, Zoe. Quero te sentir gozar no meu pau enquanto meto fundo em você — digo contra sua orelha, colocando minha mão entre nós e encontrando seu clitóris, que esfrego no mesmo ritmo enquanto suas coxas se apertam ao meu redor.

Nossas bocas se encontram e ela grita quando chega ao orgasmo, ao mesmo tempo em que a penetro ainda mais fundo e gemo seu nome também ao gozar.

Porra, eu sabia que seria bom, mas, se todas essas semanas de tensão resultaram em uma primeira vez dessas com Zoe, fico até tentado a fazer tudo de novo.

Na verdade, não. Agora que a tive, não consigo imaginar não tê-la. De novo, e de novo.

Daqui a uns dez minutos, farei exatamente isso.

Zoe

Quando o corpo de Noah relaxa e sua respiração fica mais lenta, permaneço deitada o mais quieta possível e olho para o relógio ao lado da cama. Espero passar cinco minutos. Os cinco minutos mais longos que já vivi, sem mentira.

Decido arriscar, porque minha determinação está começando a desaparecer, e saio da cama, rolando devagar e gentilmente, tentando agir como uma ninja até conseguir ficar de pé.

— Aonde você vai? — sua voz rouca pergunta, preenchendo o quarto e comprometendo minha decisão de ir embora.

Viro-me para ver um Noah de olhos arregalados e um tanto desnorteado, apoiado nos cotovelos, observando-me. Seus cabelos estão bagunçados e selvagens de maneira casual depois de as minhas mãos terem passado por eles incontáveis vezes nas últimas horas.

O jeito como sua testa franze macula seu rosto lindo enquanto vasculho minha bolsa, pegando a calcinha e vestindo-a antes de me abaixar para pegar o sutiã. Nós nos vestimos para fazer um lanchinho há algumas horas, mas Noah me deu uma de suas camisetas para que eu usasse. Nosso sexo teve um intervalo. É tão bom saber que foi preciso recarregar as energias entre as rodadas.

É só a primeira vez que transo com Noah Taylor e já estou lutando contra os sintomas — a névoa cheia de luxúria e as regiões ao sul mega sensíveis — , que, a partir de agora, serão conhecidos para sempre como o Efeito Taylor. Ou deveria ser o Efeito Vibrador? No entanto, preciso dizer que um brinquedo sexual nunca foi capaz de me fazer sentir assim, e acredite em mim, já experimentei vários tipos. Nunca haverá um substituto para ele.

Olho em volta do quarto, apanho uma de suas camisetas do chão e visto. Torno a olhar para ele e percebo que ainda não respondi sua pergunta.

— Para casa. — Penteio meus cabelos com os dedos, a fim de fazê-los voltarem ao volume normal, mas não funciona.

Ele senta na cama e se recosta contra a cabeceira, fazendo com que o lençol escorregue a um nível perigosamente baixo em seus quadris. Aquele V delicioso, que eu usei a língua para traçar com dedicação e propósito há apenas uma hora, está me tentando e me provocando novamente.

Ele inclina um pouco a cabeça para o lado, e eu observo enquanto ele estica o braço sobre o meu travesseiro.

Meu, não. Dele. DELE!

— Por que você está saindo de fininho da minha cama? São duas e meia da manhã... — Sua expressão fica séria, cautelosa. Suas sobrancelhas estão juntas, e não consigo desvendá-lo. De onde veio essa barreira repentina?

Sou forçada a pensar rápido, soltando a primeira coisa que surge na minha mente. Infelizmente, minha inabilidade de mentir vem cobrar seu preço.

— Eu tenho que fazer uma coisa...

— Uma coisa? — Ele ergue uma sobrancelha, encarando-me com um olhar esperto, como se soubesse direitinho como desvendar essa charada. Mas não posso deixá-lo pensar que isso acontece normalmente comigo; eu não saio de fininho da cama de um homem depois de uma noite alucinante de sexo criativo e fantástico. Normalmente, eu passaria a noite, na esperança de que ele me acordasse pela manhã querendo mais. Nunca tive medo da "caminhada da vergonha", porque tudo o que fiz foi porque quis e com orgulho.

Merda. Como posso dizer a ele sem soar como uma lunática paranoica? Uma mulher certificadamente louca com problemas de intimidade? Porque eu não sou. Bom, pelo menos na parte de não ter problemas de intimidade. Sobre ser lunática, isso ainda está em debate.

— Há algo errado? Pensei que tinha sido bom. Pensei que estávamos... hã... começando algo. — Ele franze as sobrancelhas e o meu coração aperta.

Ele está preocupado, o que é adorável e fofo, e me faz desejar que eu seja capaz de simplesmente deixar esse medo estúpido ir embora e pular de volta na cama com ele. A última coisa que quero que ele pense é que o estou usando pelo sexo, porque isso está longe de ser verdade.

Balanço a cabeça.

— Não há nada de errado, nada mesmo. É só que... eu não vou conseguir dormir aqui. É isso. Eu queria conseguir, é só que...

A tensão nos meus ombros alivia um pouco conforme a verdade escapa pelos meus lábios. Ele pende a cabeça para trás levemente e, no mesmo instante, eu me arrependo por ter aberto a boca. Sento-me na cama e escondo o rosto nas mãos, sentindo as bochechas esquentarem de vergonha. É como se eu tivesse acabado de revelar a minha insegurança mais profunda e sombria para ele.

Noah, meu amigo Noah. Noah, meu amante? Porra, eu nem sei o que diabos é isso. E é exatamente por isso que não posso passar a noite aqui.

Logo sou envolvida por seus braços, sua mão segurando a parte de trás da minha cabeça e empurrando-a para a frente até que minha testa encontre seu ombro, e ele leva a boca até meu ouvido enquanto sua cabeça descansa contra a minha.

— Zo...

— Sim? — murmuro contra sua pele.

— Sempre seja você mesma comigo. Nada vai mudar como me sinto. Parece que esperei por muito tempo para te ter nos meus braços e na minha cama, pronta e entregue, e se você não estiver confortável o suficiente para passar a noite, tudo bem por mim. Você está apenas sendo honesta. Não posso culpá-la por isso, e nunca o faria.

Ergo a cabeça e o encaro, me perguntando como esse homem ainda está solteiro e onde sua versão de cretino convencido se enfiou.

— Eu sempre estive entregue.

Por que, de repente, estou ficando tão na defensiva? Ele acabou de tentar me acalmar, de me fazer sentir confortável. Lembro a mim mesma de que ele não é o Justin.

Respiro fundo e relaxo os ombros ao expirar, movendo-me para mais perto dele, aproximando nossos rostos.

— Eu sabia que você me queria, linda, mas obrigado por confirmar.

Dou uma risadinha e vejo um sorriso enorme surgir no rosto dele. Sem conseguir evitar, rio contra seus lábios quando ele se inclina e os pressiona nos meus, sem tentar aprofundar o beijo ou começar a quarta rodada, mesmo que nós dois queiramos uma quarta, quinta e até mesmo a sexta rodada.

É um beijo tranquilizador — um beijo que me diz que ele vai me deixar fazer isso.

Como esse homem pode ser tão convencido e doce ao mesmo tempo? Disso eu não sei, mas é o que descreve Noah perfeitamente, e acho que não quero que ele seja de outro jeito.

O olhar que ele me lança ao interromper o beijo é suave e carinhoso. Aquela persona presunçosa e convencida desapareceu, e estou envolvida pelos braços do Noah que eu acho que ele só mostra a pessoas mais próximas. Eu lhe devo uma explicação.

— Eu não consigo dormir em nenhum lugar fora de casa. Talvez eu seja doida, ou tenha algum tipo de TOC, ou sei lá, mas preciso dormir na minha cama, no meu quarto. No momento, só consigo dormir assim. E não consigo dormir na mesma cama com outra pessoa. — Minha voz está suave conforme confesso a verdade para ele. — É por causa do Justin.

— Você não se sente segura comigo? — A voz de Noah está cheia de preocupação, e sei que ele ainda não compreende.

— Não é isso. Não é nada pessoal com você. Eu só não consigo. É demais, é muito cedo. Eu vou te explicar, um dia, mas, por favor, você pode entender isso agora? — Minha súplica é a minha última linha de defesa.

Ele me observa, os olhos escaneando meu rosto pelo que parece uma eternidade antes de estender uma mão e acariciar minha mandíbula, enquanto a outra aperta meu quadril.

— Ok, meu bem. — Ele se inclina e me beija gentilmente, com reverência. E tão, tão sensualmente. — Mas eu vou te levar para casa.

— Mas...

— Não tem discussão, Zo.

Percebo a seriedade de sua expressão e decido ceder. Ele está sendo tão compreensivo, mas do que deveria ser, mas eu não posso explicar para ele agora. Ele disse que não queria alguém que carregasse algum tipo de bagagem do passado, e isso eu tenho mais do que gostaria.

Como você diz para uma pessoa com a qual quer construir um relacionamento que o seu ex continua a mexer com a sua cabeça diariamente? Como dizer que ter alguém me olhando dormir antes de implorar para que o aceite de volta me ferrou e eu não consigo imaginar dividir uma cama com qualquer pessoa nesse momento?

Assinto e sinto seus dedos inquietos na minha bochecha antes de me inclinar e fechar a distância entre nós, beijando-o suavemente, movendo a língua contra a sua devagar na dancinha preguiçosa que nós dois agora conhecemos tão bem.

Ele se afasta e me fita.

— Mas você está bem? Eu não vou te apressar. Eu quero isso, Zo, mas quero que você queira tanto quanto eu.

Sorrio para ele.

— Eu sei, e eu quero. Mas vamos dar um passo de cada vez, ok?

— Como precisar. Agora me deixe te levar para casa e te colocar na cama antes que seu irmão possa me caçar.

Arregalo os olhos e ele pisca para mim, começando a rir baixinho, e logo me junto a ele, porque, antes da minha conversinha com Zander quando ele estava indo embora do churrasco, havia uma possibilidade muito real de isso acontecer.

Cumprindo sua palavra, Noah me trouxe para casa e até me levou à porta da frente, beijando-me suave e meticulosamente antes de pressionar os lábios na minha testa e me observar da calçada enquanto eu entrava em casa e fechava a porta.

Está tarde, então não há nenhum comitê de boas-vindas me esperando, graças a Deus, mas, quando acendo a luz da cozinha, há um bilhete sobre a bancada; um bilhete *e* um grande arranjo de flores. E assim, todas as coisas boas que eu estava sentindo pela noite e a madrugada com Noah desaparecem em um instante. Sento-me em um banco em frente à bancada e abro o bilhete, percebendo em cada palavra que Justin não vai desistir. Ele descobriu o endereço de Zander e, desse jeito, descobriu onde estou.

Logo depois, vejo um bilhete de Zander, dizendo que ele e eu temos um compromisso amanhã. Vamos nos encontrar para tomar café da manhã no jantar. É aí que tenho *certeza* de que a porra ficou séria.

E mesmo não sendo do tipo de pessoa que se arrepende, nesse momento, me arrependo muito por ter deixado a cama de Noah e o conforto dos seus braços, porque estou sentindo tudo agora, menos conforto.

Capítulo 16
Somos uma família

Zoe

— Zo.

Ouço meu nome atrás de mim e me viro. Quase borro as calças quando vejo Zander sentado na poltrona reclinável, como um pai esperando sua filha delinquente entrar de fininho após o toque de recolher, depois de passar um tempo fora com o garoto que ele não aprova.

Não é irônico o fato de que isso é quase exatamente o que estou fazendo?

— Que saco, cara! Você quase me matou do coração, porra, e depois de ver isso... — Aceno em direção às flores. — ... não preciso de mais surpresas.

— É, tem isso. E agora tô encrencado com a Kate, porque ela achou que fossem para ela.

Solto uma risada pelo nariz ao pensar nisso, quebrando momentaneamente a tensão que preenche o ar.

— Talvez você devesse deixar de ser mão de vaca e comprar flores para a sua mulher com mais frequência, Zan. Ainda faltam duas semanas até ela ter que dizer "aceito". Vai que alguém entra em cena e te rouba ela caso você não melhore a sua jogada? Porra, eu terminei com o Justin há meses e ele ainda compra flores pra mim. Que sorte a minha.

Sim, eu fico sarcástica quando estou cansada e farta de ex-namorados incapazes de entender que acabou.

— Venha logo até aqui e sente-se.

— Por que estou sentindo uma vibe de pai em você? — pergunto com um sorriso sugestivo ao deixar minha bolsa no chão e pular no sofá, fazendo um barulho abafado. *Bem, isso pareceu uma ideia melhor na minha cabeça.*

— Porque eu acho que tenho que assumir a minha postura de irmão mais velho hoje. Eu ia esperar até amanhã, mas Kate me lembrou que teremos um almoço em família com os pais dela, então é agora ou nunca.

— Sorte a sua eu ter vindo para casa — adiciono, ousando cutucar a onça.

— Ah, esse não é o primeiro assunto no qual quero tocar. Agora, nós vamos falar sobre o Justin...

— Não precisamos fazer isso, de verdade. Ele vai desistir logo — digo com um dar de ombros que espero ter sido convincente.

Ele me encara como se eu tivesse um parafuso a menos, e se eu não estivesse tão inebriada depois de uma primeira vez incrível — e atrasada — com Noah, provavelmente pensaria a mesma coisa.

— Zo, quando eu disse à Kate de quem eram as flores, ela surtou, e não foi no bom sentido. Eu tenho, morando debaixo do meu teto, duas mulheres que eu amo mais do que a minha vida, e não quero que nenhuma delas se sinta assustada dentro da própria casa.

Motivo número um pelo qual não posso contar a ninguém a verdadeira extensão da atenção de Justin. Não quero que meus problemas afetem ninguém.

— Olha, Zan, chegar em casa e me deparar com a Inquisição Espanhola não era uma das coisas que eu queria fazer quando passasse pela porta. Então, será que você pode me aliviar só por esta noite, pelo menos? O seu bilhete dizia "café da manhã no jantar". É quando nós, Roberts, conversamos sobre todo tipo de merda e comemos bacon!

A boca dele se retorce um pouco antes que ele perceba o que está fazendo, e me fita com um olhar que diz que está determinado a ter essa conversa. Um olhar que sei que meu pai daria quando eu era adolescente, caso ele tivesse vivido para ver aqueles anos. Ao invés disso, o alcoolismo que controlou a maior parte da sua vida decidiu que isso não seria possível.

— Zoe, ele não vai desistir. Um homem, um homem *de verdade*, talvez tente conseguir uma garota de volta durante uma semana, duas no máximo. Depois disso, ele lambe as feridas e tenta sair com alguém com padrão mais alto, na esperança de que a ex o veja com alguém melhor. Ou então ele lambe das feridas, fica bêbado, sai transando por aí e segue em frente. Aquele babaca do seu ex, claramente, não é um homem de verdade, porque já faz meses, Zo, e ele ainda está te perseguindo. Ele invadiu a porra da casa da nossa mãe enquanto você dormia e deitou ao seu lado! Isso tem que acabar, caralho! Por que você está protegendo ele?

— Eu não estou! Eu me mudei para cá para ficar longe dele, Zan. Não quero que nada aconteça a mais ninguém. Nós envolvemos a polícia e ele recuou. Essa é a primeira vez que tenho notícias dele... em um bom tempo. — Preciso morder a língua, porque se Zander, ou Noah, soubesse exatamente o quão persistente Justin tem sido nessa nova perseguição, acho que eu temeria mesmo pela vida dele. — Ele é inofensivo, Zan. Está em Indiana, de qualquer jeito. Estou a pelo menos algumas horas de carro de distância dele. E, caso você tenha esquecido, vou me mudar no próximo fim de semana.

— O que vai acontecer se ele te seguir até lá?

Esse pensamento me arrepia até os ossos, mas não deixo me afetar.

— Minha correspondência ainda chega aqui, meu endereço de contato ainda é este, não tem como ele me encontrar.

— Contas de luz, de água, gás?

— Estão inclusas no aluguel.

— Zo... — Sua expressão suaviza e ele se inclina para frente, pousando a mão no meu pé descalço, que está pendurado na beira do sofá. — Você me avisaria se precisasse de ajuda, não é?

— Claro. Você é o meu Zanzan Sandman, lembra?

Ele grunhe alto diante do nome que eu o chamava quando era criança, fazendo-me rir baixinho.

— Zoly Moly, o que vou fazer com você?

Abafando um bocejo, apoio a cabeça no meu braço e fecho os olhos.

— Posso dormir?

— Ainda temos que falar sobre o Noah...? — Ele deixa isso no ar, uma afirmação que termina em uma pergunta silenciosa, uma abertura para que eu lance um discurso sobre o fato de ele não ser meu pai e sobre eu ser uma mulher crescida que pode decidir sozinha com quem sai e o que faz.

— Me acorde quanto terminar sua palestra. — Começo a fingir que estou roncando, o que faz com que sua mão que estava no meu pé comece a me fazer cócegas. Recomponho-me e sento de pernas cruzadas diante dele, mantendo o pé fora do seu alcance, e olho para Zander, vendo um sorriso em seu rosto. — Ok, pode falar.

— Bem... — Ele agarra a nuca, e um silêncio constrangedor se instala entre nós.

A última vez que tivemos uma conversa com esse potencial de desconforto foi quando Zander surgiu na festa da minha amiga e começou a tirar a roupa — no tempo que eu não sabia que ele fazia strip-tease para pagar a faculdade. Até hoje, mamãe e Danika não sabem disso. Já a Mia arrancou isso de mim, e quase morreu de rir quando contei. Desde então, ela se diverte muito provocando nosso irmão com isso; com carinho, é claro.

— O negócio é o seguinte. Você já conhece a história entre Mac e mim, e Mac e os outros caras.

— Uhum, galinha. — Cubro uma tossida, brincando.

— Enfim... nós só conseguimos ser todos amigos porque Daniel é seguro pra caralho de si e do seu relacionamento com a Mac, além da amizade de infância com Noah. Deus sabe que, se fosse um ex da Kate, eu já teria pirado.

— Mas você nunca foi do tipo que compartilha com os outros, Zan. Desde que eu roubei os seus carrinhos Hot Wheels e os escondi na minha casinha de bonecas.

— Haha, muito engraçadinha. O que estou tentando dizer é: eu já vi o Noah fazer sua mágica em um ambiente cheio de mulheres. Já estive no bar com ele e os caras e ouvi o jeito como ele costumava falar sobre trepar e...

— Você também já foi assim, Zan.

— Eu sei. Mas quero algo melhor que isso para você. Você é minha irmã, precisa de um homem que te apoie e que seja capaz de enfrentar o seu irmão mais velho teimoso quando ele disser para te deixar em paz. Mas, na semana passada, quando ele te trouxe para casa e não ficou, e hoje, quando não disse nada para me irritar ou ir contra mim, me fez pensar.

— Zan, eu te amo como irmão...

— Eu *sou* o seu irmão, idiota. E também percebi que você disse que não ia voltar para casa, mas aqui está você. Isso não diz muito sobre ele, não é?

— Eu escolhi vir embora, Zan. E digo isso com todo amor do mundo: eu sou uma mulher adulta. Posso encontrar um homem e escolher namorá-lo sem a permissão do meu irmão mais velho.

— Eu ia...

— E valorizo muito a sua opinião e sempre vou te ouvir, mas você tem que me deixar decidir sozinha sobre o Noah.

— Tudo bem.

— Zan, você tem que... o quê?

— Eu disse que tudo bem. Você me disse, antes de eu vir embora, que ia ficar para ajudá-lo a arrumar e limpar e talvez dar um mergulho na piscina, e para não esperar acordado.

— E você ficou acordado mesmo assim.

— Eu não disse que te obedeci, só disse que tudo bem.

— Onde está o meu irmão e o que você fez com o Zander verdadeiro?

— Esse sou eu tomando jeito e te deixando viver a sua vida, porque você já tem que lidar com um cara que ainda está na sua, mesmo vivendo em outro estado, então não precisa que eu fique me metendo.

Dou uma olhada ao redor da sala, tentando ver se isso é alguma pegadinha, e estreito os olhos para ele.

— Você não está secretamente planejando matar o Noah e esconder o corpo, está? Porque você é policial. Esse tipo de coisa é mal vista.

— Tudo o que vou pedir é que mantenha os olhos abertos e ouça o seu coração e a sua intuição. Se algo parecer errado sobre isso, ou sobre ele, não deixe ir tão longe.

Fico de pé e vou até a poltrona, curvando-me para abraçá-lo.

— Você é um fofo, Zan. E eu te amo.

— Também te amo, Zoly Moly.

Dou uma risadinha e soco seu braço de brincadeira.

— Ele tem sido muito bom para mim, Zan. Juro. É um cara do bem. Se não fosse, duvido que estaria respirando agora.

— Bem colocado.

— Acho que ele deve ter medo de você usar algo do seu arsenal contra ele.

Ele fica de pé e envolve meus ombros com um braço ao andarmos em direção ao corredor.

— Vamos mantê-lo na linha deixando-o pensar isso.

— Fechado.

No domingo de manhã, acordo com um sorriso quando minhas pernas protestam a cada movimento. Sei exatamente por que elas estão doloridas e há uma certa parte feminina minha que queria poder fazer tudo de novo hoje, mesmo agora.

Infelizmente, isso não vai acontecer. Hoje é o dia que preciso empacotar minhas coisas. Não desempacotei nada além de roupas desde que me mudei para cá, mas é bom me certificar de que tudo está nas caixas certas e de que estarei pronta para me mudar na sexta-feira à tarde, depois de assinar o contrato de aluguel e pegar as chaves.

Em um esforço para procrastinar a arrumação por mais um tempinho, pego meu celular e ligo para Mia, para nossa festa da fofoca semanal, apesar do fato de que ela virá na sexta-feira para me ajudar na mudança e ficar na casa de Zander com a mamãe e Danika por uma semana antes do casamento do século.

— Miiiiiiiiiiiiia — falo de maneira estridente ao telefone.

— Aff, que horas são?

— Umas dez...

— Quer dizer então que são umas oito, né?

— Não, são 10:15, para ser exata. Por que raios você ainda está dormindo?

— Quem disse que eu estava dormindo?

— Bom, eu tenho certeza de que não tem um cara aí com você te ocupando, porque você nunca atenderia ao telefone no meio do sexo.

— Depende...

— Depende de quê?

— Bom, se tivesse mesmo um cara na minha cama, eu não estaria falando com você. Mas e se eu estivesse envolvida em outras atividades?

É isso que eu amo na Mia. Temos quase a mesma idade, e ela sempre foi minha melhor amiga. Pensamos do mesmo jeito, falamos do mesmo jeito, e nossas diferenças nos complementam perfeitamente. Ela é a primeira pessoa para quem eu corro quando qualquer coisa dá certo ou errado.

— Ah, por favor! Você com certeza não atenderia ao telefone se estivesse brincando com o botãozinho.

— Brincando de DJ — ela adiciona com uma risadinha.

— Ensebando o bolinho.

— Alisando a gatinha.

— E nós nem temos uma gata! — gritamos ao mesmo tempo antes de cairmos na risada.

— Se você quer saber, eu não estava tendo um *ménage a moi*. A barra tá limpa — ela afirma.

— Ótimo. Onde estão mamãe e Danika?

— A mamãe foi a um negócio aí de jardinagem, e a Danika passou a noite quase toda jogando on-line, então aproveitei para dormir até mais tarde.

— Acabei de acordar, também.

— Preguiçosa. Como foi o churrasco ontem?

— Como você...? Foi o Zander, não foi?

— O próprio. Ele me mandou uma mensagem tarde da noite perguntando sobre o Vai-Se-Foder-Justin.

Dou risada diante do nome que ela lhe deu. Ela o chama desse jeito desde que ele começou essa merda de perseguição. Mia chegou a ir até o estúdio de tatuagem onde ele trabalha e acabou com ele na frente do chefe, dos colegas de trabalho e de um monte de clientes. Eu achei o máximo, e meio que queria ter estado lá para ver. Não que isso fosse ajudar.

— O que ele queria saber?

— Só se eu achava que ele podia ser perigoso. Se você já registrou mais alguma denúncia sobre ele, essas coisas.

— Aposto que ele estava irado. Justin me enviou um arranjo de flores com um bilhete.

— O que o bilhete dizia?

— Porra, sei lá. Não li. Vou jogar no lixo junto com as flores, assim que eu levantar.

— Bem, pelo tom do Zan ontem à noite, eu diria que, numa escala de fofinho a dragão cuspindo fogo, ele estava um oito.

— Ele estava mais calmo quando cheguei em casa. Estava acordado esperando por mim. — Pego meu travesseiro extra e coloco sob a cabeça, ficando mais confortável.

— Vamos voltar a essa informação depois, mas, primeiro, o que você quer dizer com "quando chegou em casa"? Você foi para a casa do Vibrador para um churrasco e não voltou com Kate e Zan?

— Não exatamente... — digo com uma risada, completamente ciente do que está prestes a acontecer.

— Como você pode "não exatamente" ir para casa com o nosso irmão quando mora com ele? Você se perdeu e caiu em cima do Vibrador, Zoe? — Sua voz é brincalhona, com um tom de animação. Ela espera que aconteça algo entre Noah e mim desde o casamento.

Quando não respondo, ela ofega alto ao telefone.

— Ah, algo aconteceu, com certeza! Você é péssima. Desembucha, ou eu conto pra mamãe.

— Vai se foder, sua vaca. Você não contaria pra mamãe.

— Quer apostar?

Pauso por um segundo e considero minhas opções. É, não. Não vale a pena o risco.

— Eu ia te contar mesmo.

— Seeeeei. É por isso que você começou dizendo "Ei, Mia, minha irmã favorita, adivinha com quem eu copulei ontem à noite?".

— Ai, Mia, se liga! Adultos não devem mais dizer a palavra "copulei".

— Tá, você escorregou e ficou empalada no pau dele. É tudo a mesma coisa pra mim. Me conta tudo!

— Foi legal.

Ela solta uma risadinha pelo nariz antes de cair na gargalhada.

— Por favor, por favor, me diz que ele não é ruim de cama.

— Ele não é ruim de cama.

— Então por que você não está tagarelando sobre isso?

— Estou tagarelando por dentro. Minha cabeça está uma bagunça.

— Por que, Zo? Você gosta dele; ele obviamente gosta de você. Tudo bem que ele estava bêbado no casamento da Mac, mas ele parou e olhou para você antes de te tascar um beijão, então ele definitivamente gosta de você.

Suspirando, encolho-me na cama e jogo um braço sobre o rosto, cobrindo os olhos.

— Ele me faz sentir coisas demais, e isso foi antes de dormirmos juntos. E agora não consigo *parar* de sentir mais coisas ainda.

— Uau... nossa. Minha Zoe está se apaixonando por um cara.

— Eu já me apaixonei por um cara antes. — Pelo menos, acho que me apaixonei pelo Justin.

— Você nunca se apaixonou de verdade antes. Você sente luxúria com facilidade, com muita facilidade. Mas nunca ficou loucamente apaixonada por um cara. E, pelo que estou ouvindo, é isso que está acontecendo agora.

— Ele foi embora do casamento com aquela loira, lembra?

Sim, falamos sobre isso naquele fracasso épico de encontro que tivemos. Ela agora é só história.

— Me deixe adivinhar: você acha que é só mais uma conquista qualquer do Vibrador?

— Não, não mais — respondo honestamente.

— O que mudou, então?

— Ele respeita o Zander, e eu sei que ele não me magoaria.

E não estou mentindo sobre isso. Eu confio nele. Ele não me deu nenhum motivo para *não* confiar.

— Você já perguntou a ele sobre isso? Sobre a Nikki?

Cara, como ela está sendo intrometida.

— Não em detalhes. Mas ele disse que ela é apenas história.

— Então, ele não está saindo com ela? — ela indaga rapidamente.

— Não. — Nem hesito ao responder. — Ele foi bem enfático quanto a isso.

— Bom, para começar, você precisa conversar sobre isso com ele. Depois, precisa pular nele para se desculpar por duvidar dele. Depois, quando estiverem bem satisfeitos, pergunte a ele o que está acontecendo entre vocês dois.

— Perguntar se seremos exclusivos?

— Se é disso que você precisa. Não fique enrolando para depois ficar encucada com coisas que não tem coragem de perguntar. Eu te conheço, Zo, e sei que é exatamente isso que você vai fazer.

Droga. Ela está certa.

— Ok — concordo.

— Fácil assim? — Ela parece estar incrivelmente chocada.

— Sim. — Tenho certeza de que ela pode sentir o sorriso na minha voz.

— Tá. Qual é a real?

— Engraçadinha pra caralho você.

— Aí está ela! Agora vou levantar e ir tomar café da manhã. Eu te ligo na quinta-feira antes de chegar aí. Fechado?

— Ótimo. Te amo, cachorra — digo, amorosamente.

Ela ri.

— Te amo mais, vagabunda.

— Que fofa. — Sorrio como uma idiota.

— Você adora. Te vejo na sexta — ela adiciona antes de encerrar a ligação.

Meu novo plano para a semana: empacotar as coisas do meu quarto, cuidar dos detalhes da mudança, assinar o contrato do meu novo apartamento, agradecer à Mia por colocar ideias na minha cabeça sobre a Nikki, e conversar com o meu Vibrador... quer dizer, com Noah.

Fácil, não é?

Capítulo 17
Amante da luz

Noah

Os turnos dessa semana foram infernais. Justo quando eu queria passar mais tempo sozinho com Zoe, conhecendo tudo sobre ela, agora que já havíamos feito sexo, fiquei atolado de trabalho.

Então, regredi ao meu tempo de adolescência e passei a enviar mensagens para a garota com a qual eu queria sair.

Se você não pode estar com alguém do jeito que gostaria porque a vida está atrapalhando, qualquer tipo de comunicação é melhor do que nenhuma. É o que eu espero, pelo menos.

Segunda-feira

Noah: Sinto falta de te ver pelo hospital. Esses turnos noturnos são uma droga.

Zoe: É, tem sido estranho. Não fui encurralada em um canto por ninguém o dia todo.

Noah: Tem tanta coisa que eu gostaria de fazer com você no hospital.

Zoe: Sério? Tipo o quê?

Noah: Bom, eu estou deitado em um dos quartos de plantão agora.

Zoe: Até parece que você nunca transou em um quarto de plantão antes.

Noah: Não com uma pessoa em quem eu não consigo parar de pensar.

A partir daí, tudo o que recebi foi silêncio total. Tudo bem, já era tarde da noite, mas pensei que ela ao menos me daria alguma resposta.

Mas, não. Nada. Lá se foi a minha chance de conseguir dormir.

Terça-feira

Noah: Acho que vi a sua bunda fugindo de mim hoje.

Zoe: Sério? Como você sabe que era a minha bunda?

Noah: Tenho observado a sua bunda há semanas. E agora que sei como é senti-la nas mãos, sou capaz de reconhecê-la em qualquer lugar.

Zoe: O que eu estava usando?

Noah: Calça azul, blusa branca, o que parecia ser uma calcinha fio-dental...

Zoe: Droga...

Noah: Já está com saudades? Três dias inteirinhos sem me ver...

Zoe: Ah, a vida de um médico. É assim que a minha vida vai ser daqui em diante?

Noah: A sua vida?

Porra de silêncio total!

Quarta-feira

Noah: Fiquei sabendo que você não estava se sentindo bem. Acho que precisa de uma receita de vitamina Eu ;)

Zoe: Você está mesmo puxando assunto assim? Hahaha

Noah: Bom, geralmente, eu puxo assunto com um "sapatos legais, quer transar?", mas você merece o melhor que posso oferecer.

Zoe: Que tal essa: Não estou caidinho por você, você que tropeçou em mim.

Noah: Porra, e não é que é verdade? Mas eu acho que é melhor dizer que eu esbarrei em você e te fiz ficar caidinha por mim.

Zoe: Nossa, que apropriado! Agora vá trabalhar um pouquinho, dr. Taylor.

Na quinta-feira, eu já estava de saco cheio. Tive só um tempinho no refeitório enquanto corria para pegar algo para comer entre cirurgias.

Noah: Srta. Roberts, solicito sua presença no quinto andar, às oito da noite. Por favor, confirme o seu comparecimento.

Zoe: Hahaha. E por que a minha presença está sendo solicitada?

Noah: Essa mensagem se autodestruirá em cinco segundos, a menos que me diga que tem pensado em mim tanto quanto eu tenho pensado em você.

Zoe: Talvez...

Noah: Você está me matando, Zo.

Zoe: Ajuda saber que tenho andando feito um ioiô a semana inteira? As suas mensagens estão me deixando louca.

Noah: Você me deixou no vácuo várias vezes...

Zoe: Porque você estava me deixando louca.

Zoe: Não consigo parar de pensar em você. Em te beijar. Te tocar. Em te ter na minha cama, no meu novo apartamento, amanhã à noite...

Noah: Grandes mentes pensam juntas, porque eu também tenho pensado em batizar cada centímetro do seu novo apartamento amanhã à noite.

Zoe: Cada centímetro?

Noah: Tenho experiência com muitos centímetros. Gosto de ser meticuloso.

Zoe: Acho que me lembro disso.

Noah: Eu me lembro de tudo daquela noite de sábado. Fico repassando na mente o tempo todo.

Zoe: Eu também.

Noah: E então, hoje à noite, às oito?

Zoe: É um encontro sexual?

Noah: Surpreendentemente, não. Só quero te ver. Tem sido estranho trabalhar em turnos opostos aos seus. Sinto falta de te encurralar por aí e te fazer corar...

Zoe: Você me convenceu. Quer que eu leve comida de verdade?

Noah: Acho que preciso ficar com você para sempre agora.

Zoe: Não faça promessas que não pode cumprir. Já te falei isso antes.

Noah: Pareço ser do tipo de pessoa que diz algo só para conseguir o que quer?

Zoe: E não é?

Noah: Não com você. Nunca com você.

Felizmente, o dia passa rápido, e faço um trato com outro residente do quinto ano para me dar cobertura por algumas horas a partir das oito, para garantir que Zoe e eu não sejamos interrompidos.

Tenho planos para Zoe Roberts esta noite, e alguns deles são proibidos para menores. Alguns deles, ela provavelmente nem está esperando, mas os terá mesmo assim.

Estou esperando por ela quando o elevador abre para o quinto andar e ela sai de lá, usando jeans apertados que delineiam cada curva de seus quadris e pernas. Meu pau se retorce um pouco em aprovação e minhas pernas ameaçam ceder quando vejo a camiseta vermelha de gola V que ela está usando, com uma jaqueta preta curta por cima. Seus cabelos estão simples, apenas presos em um rabo de cavalo, mas já estou imaginando como será envolvê-lo no meu punho e puxá-lo para que eu possa fodê-la e beijá-la ao mesmo tempo.

Mais uma vez, minha outra cabeça se retorce. É claro.

— Oi, meu bem. — Corro as mãos por seus braços e puxo-a para mim. Suas mãos vão até o meu peito enquanto as minhas se direcionam para baixo, agarrando sua bunda para segurá-la contra mim. — Você está linda — murmuro ao tocar meus lábios nos dela gentilmente.

— Droga, você é bom nisso — ela replica, sem fôlego.

Não consigo me controlar.

— Bom em quê? Nisso?

Beijo-a novamente, tirando total proveito de quando sua boca se abre e enfiando a língua ali. Nossas línguas rolam entre si. A boca dela tem gosto de hortelã, o que me faz, de repente, ter vontade de comer qualquer coisa de hortelã. Ela tem um sabor fenomenal. Mas eu já sei disso. Ela tem um sabor fenomenal em todos os lugares.

Zoe se afasta e fica me encarando, perplexa.

— Onde está o médico metido que me encurrala em salas de consulta?

— Ele já conseguiu a garota, então não precisa mais ser metido.

— Você não precisa ser metido por me ter?

— Eu sou o cara mais orgulhoso nessa porra toda de hospital nesse momento. Por que acha que eu te beijei desse jeito no meio do corredor? — Inflo o peito para dar ênfase. — Nenhum panaca aqui ousaria te chamar para sair agora. Eu homem, você minha mulher.

— Aham! — ela diz com uma risada. — Você poderia me perguntar se somos exclusivos. Muito mais fácil, não acha? — Ela franze as sobrancelhas ligeiramente, e vejo um lampejo de preocupação em seus olhos. *Eu realmente preciso reassegurá-la de que ela é a única que quero.*

Curvo-me um pouco para frente, para tocar seus lábios com os meus.

— Mas assim não tem a mesma graça, tem?

Ela dá um tapa no meu peito de brincadeira e eu me afasto, encontrando sua mão e entrelaçando meus dedos entre os seus ao me virar para caminharmos até as escadarias.

Ela estreita os olhos e me fita, adoravelmente confusa. Deus, eu estou ferrado. Já quero beijá-la de novo. O que é isso?

— Aonde estamos indo?

— Acho que a Greta não te levou para conhecer *todo* o hospital. Posso quase garantir que você nunca esteve no lugar para onde estou te levando.

— Noah, espere um minuto. — Ela puxa meu braço, fazendo-me parar. — Você não vai se meter em encrenca por isso, vai? Eu sei que queríamos nos ver, mas não quero que isso custe o seu emprego, ou cirurgias, ou seja lá o que for. Você está no meio do expediente.

Porra, ela é tão linda. Fico bobo só de olhar para seu rosto. É tão expressivo. Também acabo me lembrando como ele fica quando ela goza, e só isso já é de tirar o fôlego.

— Linda, eu não vou me meter em encrenca. Pedi para alguém me dar cobertura, e, durante a próxima hora mais ou menos, sou todo seu. E você é toda minha. Então, que tal você parar de se preocupar e me deixar te mostrar algo que vai te deixar maravilhada?

Ela morde o lábio inferior e me lança um olhar contemplativo antes de abrir aos poucos um sorriso lindo.

— Ok, dr. Taylor. Mostre o que você tem para mim.

Dou uma risadinha; não consigo evitar. Não sou do tipo que deixa passar uma insinuação, especialmente as que não são intencionais, e, após alguns momentos, as bochechas de Zoe ficam muito vermelhas.

Envolvo sua cintura com um braço e puxo-a para o meu lado, até que minha boca esteja em sua orelha.

— Você já viu tudo o que tenho para você, e vou te mostrar de novo muito em breve, eu espero. Mas vamos manter as coisas com censura livre até chegarmos lá em cima, ok?

— Lá em cima? — Sua voz sobre uma oitava e ela vacila um pouco.

— Cara, você é tão fofa — digo, beijando seu nariz, e a guio até a escadaria norte.

— Aonde estamos indo? Eu não sei se estou a fim de dar uns amassos em um quarto de plantão onde você já tenha estado com outra pessoa...

Ela deixa o comentário no ar e então percebo que, agora que nos livramos do último elefante na sala, seu companheiro, conhecido como minha reputação, decidiu assumir seu lugar.

Espero até chegarmos ao telhado. Abro a porta e deixo-a entrar primeiro — claro que é para poder dar uma olhada em sua bunda naquela calça, mas também para ser o cavalheiro que minha mãe me criou para ser.

O que acaba me lembrando de que o Quatro de julho está chegando.

— Ei, o que você vai fazer no fim de semana do Quatro de julho?

— Bem, Zan e Kate estarão viajando em lua de mel, e a minha mãe e as minhas irmãs já terão voltado para casa, então, nada.

— Queria que você fosse comigo a uma festa na casa dos meus pais.

Ela congela, arregalando os olhos.

— Zo, olha, tudo bem se isso for demais para você. Eu só... hã... — Agarro minha nuca, sabendo que esse é um gesto que faço quando estou nervoso, mas fazendo mesmo assim. Tenho esperança de que passarei tempo com a Zoe suficiente para que ela aprenda todas as minhas manias, aprendendo assim, também, a não engolir minhas lorotas. — Eu só queria te perguntar mesmo. Matt vai estar lá, e os meus pais também. Talvez os pais do Daniel, porque eles são muito próximos da minha mãe e do meu pai. Mac e Daniel talvez apareçam com as crianças. Não é nada de mais, eu prometo.

Porra, por acaso agora eu tenho uma vagina ou algo assim? Estou tagarelando como uma adolescente.

— Noah?

— Sim? — Dou um passo em direção a ela, e seus olhos ficam suaves e aquecidos.

— Eu adoraria ir à festa de Quatro de julho dos seus pais. Não me importo com quem estará lá, porque eu vou estar com você.

— Droga.

— O que foi?

— Agora eu quero te foder. Aqui e agora, e prometi a mim mesmo que não faria isso com você em qualquer outro lugar que não fosse o meu quarto de plantão.

— Por quê? — ela pergunta, com a voz rouca e sensual pra caralho.

— Porque eu quero sentir o seu cheiro nos lençóis quando eu for dormir esta noite. Só imaginar você lá me deixa duro.

Ela abre um sorriso malicioso e dá mais um passo na minha direção, passando as mãos no meu peito e as descansando na minha mandíbula.

— Você está me fazendo gostar da ideia de fazer sexo em um quarto de plantão agora — ela sussurra.

Ficando nas pontas dos pés, ela me beija suavemente, dando lambidas suaves e provocantes nos meus lábios, incitando-me a abrir a boca. No momento em que faço isso, ela me beija intensamente, muito ansiosa e exigente. Sua língua circula a minha várias vezes antes de passar no meu lábio superior e mordiscar o inferior ao se afastar.

— Porra, eu preciso entrar em você.

— Lidere o caminho, dr. Taylor.

— Eu realmente queria te mostrar as luzes da cidade primeiro. — Giro seu corpo e, com as mãos em seus quadris, caminho com ela até estarmos no meio do telhado.

Ela olha de um lado para o outro e depois para mim, com os olhos arregalados.

— É lindo.

— Eu gosto bem mais do que estou vendo agora, mas até que é legal mesmo — respondo. O canto de sua boca se curva para cima em um sorriso malicioso.

— Você também não é ruim para os olhos, doutor.

Ela torna a olhar para a frente e se recosta em mim, e a proximidade desse momento me atinge mais do que imaginei. Meus braços se apertam ao seu redor instintivamente e apoio o queixo em seu ombro.

Ela estremece e esfrega as mãos.

— Ok — digo ao me endireitar. — Agora vamos esquentar você.

Ela vira-se para mim e me presenteia com um sorriso maquiavélico.

— Aqui? — ela pergunta com uma sobrancelha erguida, mas o jeito como ela está entregue a mim me diz que ela definitivamente não se opõe à ideia.

— Vamos deixar isso para outro dia.

— Fechado. — O sorriso dela é enorme agora, fazendo-me querer ficar olhando-a sorrir o tempo todo.

— Agora me beije de novo, mulher, antes que eu mesmo tenha que dar um jeito nisso.

— Como se você não fosse fazer isso mesmo assim — ela brinca e corre para longe de mim, descendo as escadas e me esperando no patamar. — Vai ficar só olhando? — E, porra, os olhos dela se iluminam quando ela curva um dedo para me convidar a segui-la.

Por incrível que pareça, ainda tenho controle das minhas habilidades — apesar da semiereção impressionante que estou ostentando — e, imaginando tudo o que estou prestes a fazer com ela, fecho a porta e sigo a mulher dos meus sonhos pelas escadas.

Zoe

— Você faz esse uniforme parecer sexy — digo ao entrar no quarto vazio com ele.

Há duas camas de solteiro e um armário entre elas. Não é nada especial, e não há nada nem remotamente sexy nesse quarto, exceto pelo homem que está diante de mim.

— É mesmo? — Ele senta na cama e reclina-se para trás, apoiando-se nas mãos e esticando o corpo, me mostrando tudo. *Porra, eu gosto desse show. Já quero repetir.*

— Eu gosto, em especial, do fato de ter cós de elástico — explico, fechando e trancando a porta atrás de mim e me recostando contra ela.

— E por quê? — A voz dele fica baixa e tem uma rouquidão deliciosa, que faz eu me perguntar por quando tempo ele vai me deixar provocá-lo.

Desencosto da porta e vou na sua direção, parando bem diante dele. Apoio-me em uma mão na cama e lanço-lhe um olhar cheio de calor. Aproximo a boca da sua e planto um beijo muito leve em seus lábios. O rugido que escapa dele em resposta é tão gratificante que faço de novo, trazendo minha língua para se juntar à festa. Suas mãos ainda estão sustentando seu corpo, então deixo o meu encostar sobre ele e sinto os músculos do seu peito se contraírem. Continuo a beijá-lo como se estivesse sedenta e ele fosse um grande copo d'água, e aproveito a oportunidade para passar uma mão por seu abdômen, deslizando os dedos por baixo do cós da calça. Encontro seu pau rígido e o acaricio, deleitando-me com aquela pele quente.

— Eu gosto dessa calça... porque ela dá acesso fácil para a técnica de ressonância magnética quando ela quer fazer sacanagem com um cirurgião traumatológico.

Ele rosna e sustenta-se com apenas um braço, erguendo o outro para que sua mão se infiltre nos meus cabelos, puxando meu rabo de cavalo de maneira possessiva. É tão sensual que sinto minha calcinha ficar cada vez mais molhada.

— Acho bom que não tenham outros cirurgiões traumatológicos tendo o prazer de receber uma punheta dessa técnica de ressonância magnética. — A boca dele esmaga a minha e eu gemo contra sua língua. Ele está me beijando como se me possuísse, ou quisesse me possuir, e é uma sensação que estou amando.

A atmosfera no quarto está densa de desejo. É intenso, cru, e a cada vez que acaricio e aperto seu pau, ele geme na minha boca, quase como se isso fosse demais para ele.

— Deite-se — ofego ao apertar os dedos ao redor dele, esfregando a extremidade antes de voltar à base.

— Tire a roupa — ele diz com a voz rouca, enquanto suas mãos sobem pelo meu peito e se infiltram por baixo da minha jaqueta, tirando-a pelos meus ombros.

— Parece que você já está tentando me ajudar com isso.

— Anda logo. Eu quero te sentir.

Puta merda.

Retiro a mão do seu pau e tiro minha blusa rapidamente antes de arrancar a calça jeans, chutando meus sapatos no processo.

Observo Noah o tempo todo, sem quebrar a conexão entre nós, testemunhando-o quebrar o recorde mundial de quem consegue tirar a roupa mais rápido. Ele se recosta no colchão, como se quisesse que eu veja cada centímetro seu. *Cada lindo e talentoso centímetro.*

— Me deixe fazer isso — ele pede, quando faço menção de tirar o sutiã.

Noah agarra-me pela bunda, puxando-me para ficar entre suas pernas. Ele desliza as mãos sobre o meu sutiã antes de levá-las até minhas costas e abrir o fecho. Puxando gentilmente as alças pelos meus braços, ele me liberta, e sou arrebatada pela visão dele passando o nariz pela curva do meu seio. Ele salpica uma linha de beijos por ali, até que sinto sua língua circulando meu mamilo endurecido. Seguro sua cabeça enquanto ele chupa o bico rijo, enviando ondas de prazer ao local entre minhas pernas que está dolorido de vontade de senti-lo.

Empurro-o para que deite de costas e, rapidamente, tiro a calcinha. Subo na cama e monto sobre ele, apoiando meus quadris sobre seu comprimento duro. Ele fecha o espaço entre nós, enfiando a língua entre meus lábios, dando fim ao ritmo lento e sensual ao devorar minha boca.

Meus quadris ganham vida própria, movendo-se para frente e para trás contra ele. Sinto minha boceta cobrindo seu pau. Quando mais me movo, mais duro ele fica, e mais molhada eu fico.

— Por favor, me diga que você tem camisinha — digo entre os dentes quando ele me puxa para mais perto, encontrando meus quadris com os seus a cada impulso.

— Se continuar assim, porra, eu não vou precisar de uma.

— Faça.

Ele fica parado. Afasto a cabeça e ele me encara, com o rosto cheio de um desejo intocado.

— Você quer que eu goze dentro de você?

— Eu quero ver o seu gozo na minha pele.

— Você é mesmo real? É como se a minha fantasia mais sacana estivesse se tornando realidade.

— Me beija, me vira, esfrega o seu pau em mim. Me faça gozar enquanto eu te observo.

— Jesus — ele arfa antes de seus lábios encontrarem os meus e inverter nossas posições, ficando por cima de mim. — Você é linda pra caralho, Zo.

— Eu preciso de você entre as minhas pernas ou serei forçada a fazer isso sozinha, Taylor.

— Porra! Você fica cada vez melhor — ele murmura antes de enterrar o rosto no meu pescoço e deslizar o pau lentamente entre minhas coxas, arrancando-me um gemido em resposta que preenche o quarto conforme ele acelera os movimentos.

— Estou tão perto, Noah. Me faça gozar.

Choramingo quando ele puxa a pele sensível do meu pescoço entre os dentes e chupa, mas não me importo por ele ter me marcado. Seus grunhidos ficam mais profundos, e posso sentir, a cada impulso, que ele está perto. Envolvo seus ombros com os braços e uso seu corpo de alavanca conforme nos esfregamos até eu abafar meu grito contra seu ombro, mordendo sua pele.

Noah se apoia em uma mão, pairando sobre mim, e eu o assisto acariciar o pau repetidamente antes que nossos olhos se encontrem. Ele geme no instante em que sinto seus jatos quentes na minha barriga e peito conforme ele goza.

O único som no quarto é o das nossas respirações pesadas enquanto tentamos nos recuperar. Ele rola para o lado, entre mim e a parede. Ele coloca um braço sob o meu pescoço e me puxa para perto dele, até minha cabeça descansar em seu ombro.

Seus dedos estão traçando círculos leves no meu braço quando ele limpa a garganta.

— Eu acho que gosto de você, Zoe. Pra cacete, para ser honesto. Eu quero te ver mais, te sentir mais, e quero fazer tudo o que for possível com você... até mais.

O rastro de vulnerabilidade em sua voz é quase o meu fim.

Ergo um pouco a cabeça e encontro seus olhos com os meus.

— Eu também gosto de você. Mais do que pra cacete.

— Adoro o jeito como o seu corpo estremece quando você sabe que vou te tocar. O jeito como sua respiração fica presa quando a minha língua toca sua pele. E adoro te ouvir gritar o meu nome quando te faço gozar.

Minha respiração fica presa diante de suas palavras, que me aquecem como se eu não tivesse *acabado* de ter um orgasmo alucinante. Ele move a mão por minha clavícula e sobe até meus cabelos. *Acho que ele gosta muito dos meus cabelos.*

— Eu adoro o jeito que você me olha quando acha que não estou percebendo. Quando você tenta atrair a minha atenção ao se curvar no corredor e deixar à mostra essa sua bunda perfeita.

— Eu estava amarrando os meus cadarços!

— Você não estava usando tênis, Zo.

Minhas bochechas aquecem e tento esconder o rosto, mas a mão dele me impede.

— Eu adoro o jeito que você fala, o jeito que você ri, o jeito como melhora o dia de todos que te veem. Quero estar sempre perto de você, te tocar. Isso não é um joguinho, e, definitivamente, nada casual... para mim.

Não hesito ao responder, sentindo seu lado sensível sendo exposto.

— Nem para mim.

— E eu tenho plena certeza de que você não é só um passatempo. Seja lá o que acha que está acontecendo entre nós, eu te juro que é dez vezes melhor para mim, porque estou com *você*.

Oh. Meu. Deus. Acho que acabo de ter um miniorgasmo causado pelo maior suspiro da minha vida.

— Noah...

— Estou começando a achar que a melhor coisa que já fiz foi te agarrar e te beijar do nada.

Meus olhos se arregalam e não consigo controlar minhas ações seguintes. Pulo em cima dele e lhe digo tudo o que quero com a minha boca, minhas mãos, e meu corpo. Tudo o que faço grita que me sinto da mesma maneira. Quando interrompo nossos amassos, ele acaricia minhas bochechas e me fita com olhos preguiçosos.

— Então, vamos fazer isso? — ele pergunta.

— Você e eu, conquistando o mundo?

Um sorriso sugestivo se abre em seus lábios.

— Algo assim. Que tal começarmos aos poucos? Novo apartamento, novo namorado, novo emprego. A sua vida me parece bem incrível.

Ah, sim. Noah convencido, um dos meus favoritos.

— Seria ótimo — murmuro contra seus lábios.

Logo estamos nos beijando de novo, lenta e preguiçosamente, rolando as línguas uma na outra. E, pelo que parece um longo tempo, ficamos apenas deitados ali. Estamos pelados e bagunçados, mas não ligo.

— Mas, primeiro, vamos focar em batizar o apartamento. Todo o resto pode esperar.

— Porra, você é uma gênia.

Apenas aproveito o momento de felicidade.

Agora, tudo o que preciso é que as mensagens, ligações e presentes de Justin parem de me incomodar, e a vida será perfeita pra caralho.

Capítulo 18
Marvin Gaye

Zoe

Às seis da tarde da sexta-feira, estou completamente instalada no meu novo apartamento.

Mia chegou por volta das onze da manhã e fomos direto nos encontrar com o corretor. Depois de assinar o contrato e pagar o aluguel do primeiro e do último mês, fomos direto para o apartamento, nos ocupando ao carregar minhas caixas no carro de Mia. Fizemos três viagens da casa de Kate e Zander para cá até todos os meus pertences estarem em sua nova morada.

Meu irmão e minha cunhada chegaram por volta das três da tarde, e nós quatro desempacotamos toda a minha vida rapidamente para fazer minha humilde residência de um quarto ficar a minha cara. Felizmente, Zander me deu sua antiga cama, o sofá e móveis para o quarto, já que todas essas minhas coisas ainda estavam na casa da minha mãe.

Decido que está na hora de pedir algo para jantar e, então, deixo Mia, Kate e Zander na sala de estar e vou até a cozinha pegar meu celular, encontrando três chamadas perdidas e a mesma quantidade de mensagens.

Checo as ligações perdidas e vejo uma da minha mãe e duas de números desconhecidos — uma chance para adivinhar de quem são. Abro as mensagens e vejo uma do Noah e uma do Justin, além das inúmeras que ele me enviou ontem à noite quando cheguei em casa do hospital. Basicamente, elas vão de "eu te amo, volta pra mim" a "você está fodendo com outra pessoa?", ficando gradualmente mais irritadas — e, admito, mais assustadoras — a cada nova mensagem.

Decidindo ignorá-lo no momento, especialmente já que Zander ainda está aqui e sua última reação ainda está fresca na minha memória, abro a mensagem de Noah, que ele deve ter enviado após o almoço. Sorrio instantaneamente para a foto que ele enviou, que contém uma garrafa de uísque, um carro veloz de brinquedo, e o que parece um DVD pornô com um bilhete.

Noah: Imaginei que teríamos muito a comemorar, e você me contou uma vez quais são as suas coisas favoritas. Vamos experimentar todas esta noite.

Digito uma resposta para ele rapidamente, sabendo que eu deveria estar pedindo jantar para todo mundo.

Zoe: Pode contar comigo para o uísque, a nudez e o pornô, mas não tenho certeza se a minha bunda vai caber nesse carrinho de brinquedo.

Rolo até sua outra mensagem, que foi enviada há mais ou menos dez minutos, e suspiro, desapontada.

Noah: Desculpe, meu bem. Fui chamado para uma cirurgia de última hora. Vou direto para a sua casa quando terminar. Me passe o endereço e as instruções para entrar. Desculpe!

Então, me lembro de que meu novo namorado é um médico, então é provável que eu vá receber muitas mensagens como essa durante o nosso relacionamento. É melhor ir me acostumando.

Zoe: Estarei te esperando nua. Não esqueça do filme pornô. ;)

Mia entra na cozinha e me vê ali, parada, ostentando o que provavelmente é um sorriso bobão.

— Você está pedindo o nosso jantar ou sonhando acordada? Porque nós estamos com fome, e você não quer deixar o Zan com fome. Ele vai colocar esse lugar abaixo se não comer logo.

— Você acha que deveríamos avisar à Kate no que ela está se metendo ao casar com ele? — pergunto de brincadeira.

— Nah, acho que, a essa altura, ela já sabe. Caso contrário, teremos oportunidade quando sairmos para beber na semana que vem, antes do casamento. Contaremos a ela todas as merdas que sabemos dele, para lhe dar a chance de cair fora.

Começamos a rir no instante em que Zander entra na cozinha.

Nossa, essa cozinha é pequena quando há três pessoas nela.

— Dar a quem a chance de cair fora?

— Kate. Nós achamos que ela precisa saber tudo sobre o Zanzan...

— Você é uma merdinha, Mia. Pare de mexer no que não é da sua conta — ele replica, passando o braço pelos ombros dela e puxando-a para seu lado.

— Você me ama. E Kate deve amar *você*, já que está planejando se amarrar a essa sua bunda.

— Ela me ama e ama minha bunda.

— Informação demais — murmuro.

— O que vocês estão fazendo? — Kate pergunta na porta.

— Ah, nada, futura irmã. Vamos voltar para a sala e conversar, que tal? — Mia se desvencilha do abraço de Zander e prende seu braço ao de Kate antes de as duas virarem e voltarem para a sala de estar pelo corredor minúsculo.

— Tudo bem? — Zan pergunta com a testa franzida.

— Sim, claro. Por quê?

— Eu ouvi o seu celular apitar sem parar por volta da meia-noite, e imaginei que não seria o Taylor te bombardeando daquele jeito. Você não se encontrou com ele ontem à noite? — Ele encosta o quadril na bancada e me encara com suspeita.

— Não é nada, ok?

— Você me diria se fosse alguma coisa, né? — Ele analisa meu rosto, usando seu treinamento policial para tentar ver se estou mentindo. *Mentir por omissão não conta, certo?*

— Sim, Zan. Eu te diria. Daí você e o Noah poderiam salvar o dia. É esse o seu ponto?

— Eu faria qualquer coisa por você, Zo. Mas, se fosse o imbecil do Justin, você poderia me contar. Lembre-se disso. A qualquer hora, se acontecer qualquer coisa, pode nos mandar mensagem ou nos ligar. Se esse lugar já não tivesse portões seguros, eu não te deixaria sair de jeito nenhum.

Vou até ele e o envolvo em um abraço.

— Você vai se casar, Zan. Você e a Kate precisam do espaço de vocês sem a irmã caçula para atrapalhar. Mas adoro saber que você cuida de mim.

— Eu sempre cuidarei de vocês. Vocês são a minha família, as minhas garotas. — A voz dele está surpreendentemente rouca e cheia de emoção. Os braços dele se apertam ao meu redor e eu o olho antes de dar um beijo em sua bochecha.

— Agora, me solte. Preciso pedir o jantar e a Mia me disse que é melhor não te deixar com fome, ou as coisas vão ficar muito feias.

— Ela está certa. Então anda logo, porra.

Mostro a língua para ele, ganhando uma risada. Depois, pego meu celular e trato de pedir logo a comida. Ordens da tribo.

— Como vai a arrumação? — Noah pergunta ao entrar na sala, analisando o chão, que está uma bagunça com algumas caixas ainda meio cheias e outras, a maioria, achatadas e vazias.

— Desculpe, mas você acaba de entrar no meu novo apartamento sem me cumprimentar com um beijo, e me perdoe se eu estiver errada, mas, mesmo que esse "nós" seja algo novo, o "eu" nesse "nós" quer muito um beijo.

— Alguém está se sentindo deixada de lado? — Os olhos dele encaram meus lábios.

— Alguém quer muito um beijo. — Coloco as mãos nos quadris para adicionar ênfase, exagerando totalmente, porque eu *realmente* quero demais beijar esse homem.

— Peça e receberá.

— Porra...

Ele fecha a distância entre nós em tempo recorde e esmaga minha boca com a sua. As mãos dele agarram meus pulsos quando tento abraçá-lo pelo pescoço, erguendo-os e prendendo-os contra a parede que minhas costas acabam de alcançar.

E, Deus, *como* ele me beija. Fico impossibilitada de me mexer, e ele aproveita isso para pressionar mais seu corpo contra o meu. Cada um de seus membros e músculos — os macios e os rígidos — estão colados em mim. Fico excitada de tal maneira que chega a parecer que não transo há um tempo, mesmo que eu tenha tido um orgasmo e meio na noite passada que deixou minhas partes íntimas formigando por *horas*.

Ele afasta um pouco a boca, finalizando com uma mordiscada suave no meu lábio.

— Oi — ele sussurra e me dá mais um beijo de boca fechada.

— Oi pra você. Pode soltar as minhas mãos agora? — Meu sorriso é enorme enquanto olho para ele.

Seu sorriso malicioso em resposta envia um arrepio promissor por todo o meu corpo, que já está mais do que pronto.

— Eu gosto de você assim. Me faz pensar em todas as coisas que eu poderia fazer com você.

— Ainda não arrumei a cama — replico com um beicinho.

Ele olha para trás, por cima do ombro, para o meu sofá e depois para mim, soltando meus pulsos e, em seguida, colocando as mãos sob a minha bunda e erguendo-me. Instintivamente, envolvo sua cintura com as pernas.

— Algo contra uns amassos no sofá?

Dou risadinhas, como uma adolescente que deixou um garoto entrar em casa sem os pais saberem, e escondo o rosto em seu ombro para abafar o som que faço, sacudindo a cabeça.

— Só não deixe nenhuma mancha ou marca. Seria péssimo se a minha mãe encontrasse — alerto de maneira zombeteira ao erguer a cabeça para olhar para ele.

Tudo o que recebo é uma risada conforme ele me carrega até o sofá, sentando-se nele ainda comigo em seu colo. Agora, montada nele e podendo usar todos os meus membros, agarro seus cabelos e puxo com força, ao mesmo tempo que ataco sua boca novamente.

— Jesus — ofego. — Você está tão duro. Por que você tem que usar roupas? — choramingo, enquanto ele dá risada e passa as mãos pelas minhas costas e as laterais do meu corpo, alternando entre apertar meus quadris e esfregar meu centro contra seu pau, apalpando meus seios sobre a camiseta e beliscando meus mamilos endurecidos.

— Eu adoraria tirar essas roupas, mas para isso eu teria que te soltar, e não quero fazer isso agora. — Ele passa os lábios por minha mandíbula, descendo pelo pescoço e plantando beijos de boca aberta por toda a minha pele.

— Me solta. Nós precisamos ficar pelo menos seminus se vamos batizar o sofá.

— Sério? — ele pergunta com uma sobrancelha erguida, aproximando-se para sussurrar na minha orelha: — Pensei que só iríamos até a segunda base, caso a sua mãe e suas irmãs cheguem em casa.

— Me deixe tirar a blusa, Taylor, e eu te deixo ver os meus peitos — adiciono para incentivá-lo.

— Uhuu! — ele diz, em uma voz falsa de atleta adolescente.

— Tão imaturo — murmuro com um sorriso maroto ao cruzar os braços, puxar minha camiseta pela cabeça e jogá-la no chão.

— Tão magnífica. — Os olhos de Noah estão grudados no meu sutiã com bojo, que dá aos meus seios grandes aquela forma arredondada perfeita, com a qual todas as mulheres sonham.

— Agora você pode retomar as suas atividades interrompidas anteriormente.

— Porra, graças a Deus!

Ele segura meus braços e empurra meus ombros para trás, enfiando o rosto no meu decote e gemendo profundamente.

— Seus quadris estão me enlouquecendo, linda. Estou prestes a te comer no chão mesmo.

— Ok, calma aí. — Puxo sua cabeça delicadamente, retirando-a do meio dos meus seios, e encosto a testa contra a dele. — Acho que nós dois precisamos de um minuto. Não dá pra gente ficar se pegando o tempo *todo*, né?

— Acho que sim — ele responde na hora.

— Como vamos conseguir nos conhecer melhor? Passar tempo juntos?

Ele solta uma risada pelo nariz.

— Eu sei que sou muito bom, mas até *eu* preciso de um tempo para recuperar um pouco de energia. Além disso, prometi a você que traria algumas coisas para te dar as boas-vindas ao seu novo apartamento. Que tipo de convidado eu seria se não cumprisse essa promessa?

Uma onda de calor flutua por mim quando me lembro exatamente do que ele prometeu.

— Uísque?

— E dos bons.

— Carro da hora?

— Sim, mas aquele de brinquedo. Infelizmente, não pude trazer um de verdade — ele responde, impassível.

— Espertinho. E o último presente?

— Bom, isso eu não trouxe. Entretanto... — De repente, ele me ergue e me joga no sofá, levantando-se em seguida.

— Uau. Por que fez isso? — pergunto, assistindo maravilhada Noah ir até uma caixa aberta e começar a vasculhá-la. — E o que você está procurando?

— Essa não é a caixa certa? — Ele vira a cabeça para me olhar, com um sorriso sugestivo.

— Meus brinquedinhos estão na primeira gaveta da cômoda, e está fechada com fita adesiva — deixo escapar, e quando percebo o que fiz, tapo a boca com a mão, horrorizada. — Merda!

Noah fica paralisado e, quando se recupera, torna a ficar de pé, vem até mim e segura minhas mãos, puxando-me para ficar de pé diante dele. Grito quando ele se curva e me ergue, jogando-me sobre seu ombro — e olha que eu não sou pequena como Kate.

— Quarto? — ele rosna ao me carregar para fora da sala de estar, parando na interseção entre o corredor, meu quarto e a cozinha.

— À direita! — minha voz abafada responde, e grito mais uma vez em choque quando ele dá um tapa na minha bunda. — Por que você fez isso?

— Escondendo a gaveta de coisas boas do seu namorado, hein? Garota muito, muito malvada — ele diz, intercalando suas palavras com mais tapinhas.

— Me põe no chão que eu deixo você usar o que quiser em mim.

Ele abre a porta do meu quarto e entra, jogando-me sobre o colchão e me deixando lá. Depois, ele vai até a cômoda, arranca a fita adesiva e me olha sobre o ombro com um sorriso enorme, antes de abrir a gaveta devagar.

Digamos que *nós dois* nos divertimos muito no meu novo quarto naquela noite.

Capítulo 19
Garota, você está bem

Zoe

No que diz respeito a se despedir da vida de solteira com tudo, minha futura cunhada sabe mesmo como fazer isso. Mac, Mia, Kate e eu passamos a tarde inteira bebendo vinho no quintal de Mac, enquanto Daniel, Noah e Zander levaram os gêmeos para o Zoológico Lincoln Park, assim como mamãe e Danika, que decidiram ir também. O que deixou tudo ainda mais divertido foram as mensagens e fotos que os meninos nos enviaram, uma delas com Jared e Riley cobertos de sorvete, do peito até o nariz. Agora, eles estão indo deixar as crianças na casa dos pais de Daniel antes de saírem para tomar uma cerveja rapidamente e seguirem caminhos separados: Zander vai para o hotel onde ele está hospedado com Zach, seu padrinho; Daniel, para cá; e Noah, para sua casa, depois de deixar muito claro que eu deveria pegar um táxi e ir direto para lá quando sair daqui. As palavras "sexo bêbado" foram mencionadas — melhor ainda, foram prometidas.

— Você e Zan pretendem nos dar um sobrinho ou sobrinha em breve? — Mia pergunta para Kate, enfiando comida na boca. Podia enfiar o pé também, para ver se assim ela fica calada.

Mac joga a cabeça para trás, rindo, e Kate lhe lança um olhar mortal.

— Zander quer esperar mais um pouco. Para sermos só nós dois por um tempo. — Ela toma um gole enorme de vinho.

— E você não quer esperar? — pergunto.

— Não muito. Eu já estaria parindo agora se pudesse, ou já teria há um ano. Mas Zander e minha mãe concordaram que deveríamos nos casar primeiro.

Mia se inclina para a frente, agora completamente interessada na conversa que ela iniciou imprudentemente com sua pergunta intrometida.

— Pensei que você queria o conto de fadas completo. O homem dos sonhos, o casamento dos sonhos, bebês perfeitamente planejados...

Kate dá de ombros.

— Eu já tenho o homem dos sonhos, e meu casamento dos sonhos com ele iria acontecer de qualquer jeito. Além disso, estivemos praticando vigorosamente para o dia D. — Ela pisca para nós, e Mia e eu cuspimos nossas bebidas. Ergo a mão para fazê-la parar.

— Cara, não. Ele é nosso irmão mais velho. Eu sei que ele faz isso, e tive a experiência infeliz de vê-lo quase sem roupa uma vez, mas isso já é *mais* do que o suficiente para mim. Não quero ouvir, não quero ver e definitivamente não preciso saber sobre essas coisas. — Sorrio, e Kate revira os olhos.

— Engraçado. Foi exatamente isso que ele falou quando eu disse pra ele aliviar a sua barra quando se trata do Noah. E olha só no que deu.

Meu queixo cai.

— Eu não sabia que tinha sido você a pessoa que conseguiu convencê-lo. Achei que tivesse sido a Mia.

— Não. — Ela se recosta na cadeira e segura sua taça de vinho com as duas mãos, muito orgulhosa de si mesma.

— Eu tenho uma pergunta — Mia diz. — Alguma de vocês já fingiu?

— O quê? — questiono, me perguntando onde está o filtro de Mia.

— Ah, você sabe, se já fingiram orgasmo. Porque eu estava em uma festa há algumas semanas e meio que fui embora com um bombeiro gostoso pra cacete, mas, quando transamos, o mastro dele não foi suficiente para mim, sabe?

Meu queixo cai e meus olhos se arregalam diante do que minha irmã mais nova diz.

— Meu Deus, Mia — guincho.

— O que foi? — Ela me olha como se eu tivesse duas cabeças. — Eu sei que você é bem safada na cama. Já te ouvi antes, *lembra?*

— Mal posso esperar para saber dessa história — Mac murmura.

— Então, você fingiu? — Kate pergunta, completamente interessada na história do sexo com o bombeiro. Ela é uma leitora ávida de romances, do tipo, quanto mais sacanas, melhor, então não é surpresa estar praticamente engolindo a história de Mia.

— Acredite em mim, eu não queria *ter* que fingir. Mas tive que abrir muito as pernas e gemer e grunhir até ele terminar. Até contraí os músculos da vagina pra surtir efeito.

Ela endireita os ombros e abre o sorriso mais malicioso que já vi. Ela está tão orgulhosa de si mesma que é hilário.

— Eu nunca fingi — Kate anuncia.

— Nem eu. Nunca precisei — compartilho.

Mac fica quieta, o que nos deixa desconfiadas. Olhamos para ela, esperando por uma história que deve ser hilária. Mas ela apenas aperta os lábios e sacode a cabeça.

— Mac... — Kate a alerta.

— Eu já fingi antes. Na maioria das vezes, foi porque o cara não fazia ideia do que estava fazendo. Uma vez, eu tive que fingir só porque não estava muito a fim.

— Com quem? — Mia pergunta, sabendo muito bem sobre a história de Mac com Daniel, Zander, Sean e, sim, Noah.

Os olhos de Mac encontram os meus, e ela faz uma careta antes de confessar.

— Noah.

— O quê? — reajo com um grito estridente, o suficiente para que toda a vizinhança ouça. — Você teve que fingir com ele?

— Sim, mas foi só uma vez.

Coloco minha taça de vinho pela metade sobre a mesa e enterro o rosto nas mãos, balançando-me para frente e para trás.

— Ah, meu Deus! Eu não posso ficar com um cara com quem as mulheres tiveram que fingir. Não é justo, poxa — gemo.

— Zoe? — Mac espera até eu erguer a cabeça para olhá-la antes de continuar a falar, com uma sobrancelha erguida. — Você dormiu com ele. Já deve saber que isso não é algo que acontece com frequência. Um homem como ele, com um equipamento daqueles, nunca faria uma mulher *precisar* fingir.

— Mas e se ele estiver me dando sexo de nível A só porque isso é novo? — choramingo. — Não vai demorar até cairmos para o nível C ou D, e aí já era para as minhas partes de menina. Adeus passar horas sentindo formigamento depois de ter gozado várias vezes, uma atrás da outra.

— Você não disse isso! — Mia reclama ao meu lado.

— Eu gosto do nível C — Kate diz.

— Nem queremos saber o que é isso — Mia a interrompe.

— É. Você não vai querer saber mesmo. — Ela sorri presunçosamente.

— Acho que quero saber sobre esse nível C. Talvez o Daniel ainda não conheça — Mac se interessa, e eu acabo perdendo a compostura e começo a rir incontrolavelmente da situação.

Assim que consigo me acalmar, pego minha taça e viro o restante da bebida, ficando de pé em seguida e quase caindo para o lado.

— Zo, você está bêbada. — Mac ganha o prêmio de quem melhor aponta o óbvio. — Você está focando na pior das hipóteses. Não há nada de ruim ou errado com o Noah, seja dentro ou fora do quarto. Bom, fora o ego dele quando vem à tona.

— Eu sei disso. *Acredite* em mim, eu definitivamente sei de tudo isso. — Mia solta um risinho pelo nariz, porque foi muito bem informada sobre os talentos de Noah enquanto tomávamos uma garrafa (ou duas) de vinho uma noite dessas.

— A boca grande dele também é um problema — Kate retruca.

— O quê? — pergunto, meio arrastado, mais focada em descobrir sobre o que ela está falando do que em enunciar direito.

— Ele deixou escapar para o Daniel que a Mac estava grávida, antes que ela tivesse coragem de dizer a ele — Kate explica.

Arfo e cubro minha boca.

— Ei! — Mac diz, com uma risada suave.

— Que foi? — Kate zomba. — É verdade.

— Bom, sim, mas, né? — Mac reage.

— Então, boca grande, orgasmos falsos e um ego daqueles. Por que mesmo estou saindo com ele? — pergunto, alto o suficiente para que a cidade inteira ouça.

— Porque ele também tem o p...

— Olá, garotas — Daniel cumprimenta ao surgir e ir direto até sua esposa. — Linda — ele murmura contra a têmpora dela e a beija suavemente. *Tão doce.* — De quem vocês estão falando? Ou é melhor eu não saber?

— Estamos falando sobre vocês, homens. Você pode chamar um táxi para mim? Preciso ir embora. — Olho para Daniel e ele olha para Mac, que assente para ele antes que o mesmo volte a olhar para mim.

— Você vai para a casa do Taylor? — ele me pergunta com um sorriso. Nossa, esse cara tem um sorriso e tanto. *É quase tão lindo quanto o de Noah.*

— É, eu preciso falar com ele agora.

Daniel inclina a cabeça para o lado e abre ainda mais o sorriso.

— Aposto que ele também vai adorar isso.

— Ele me disse para ir direto para a casa dele. Mas agora eu preciso perguntar algumas coisas a ele antes de decidir se eu quero uma vida sem orgasmos.

— Como é que é?

— Nem queira saber — Mac, Mia e Kate dizem ao mesmo tempo, o que faz com que elas comecem a rir, mas estou muito focada na possível perda dos meus futuros orgasmos para me juntar a elas.

Daniel me conduz até o táxi quando ele chega, e em menos de quinze minutos chegamos em frente à casa de Noah, bem no momento em que a porta da frente se abre e o homem que já me deu inúmeros orgasmos caminha até a janela aberta do lado do passageiro para pagar a corrida.

Depois, Noah me envolve com um braço e me puxa para o seu lado, guiando-me em direção à casa.

— Recebi uma mensagem do Dan avisando que você poderia estar um pouco bêbada.

— Eu estou muito bêbada, mas esse não é o ponto. Não sei se posso continuar com você.

Ele congela no lugar, virando-se para me olhar e girando meu corpo para ficar de frente para o seu, peito com peito.

— Fale de novo. Acho que não entendi.

Devido ao meu estado bêbado e apesar de — na minha mente — eu estar me dizendo que mereço uma vida inteira de orgasmos e preciso terminar com ele, jogo meus braços em volta do seu pescoço e me pressiono com força contra ele. Suas mãos descem até meus quadris e me prendem, enquanto seus olhos cravam nos meus, obviamente esperando por minha explicação.

— Nós estávamos conversando e a Mac disse que já teve que fingir orgasmo com você, e eu não posso viver sem orgasmos. Eu gosto de ter orgasmos. Eles são divertidos e bons para mim, e eles deixam a Zoe muito feliz, então eu preciso ter orgasmos. E se você estiver me dando sexo de nível A só para me ganhar e depois pretende baixar para o nível C ou D em breve, vai ser uma droga, mesmo que a Kate tenha dito que o nível C pode ser divertido se você fizer direito... enfim, eu preciso que você me prometa uma vida cheia de muitos e muitos orgasmos, senão eu não posso mais namorar você.

Sou interrompida por seus lábios encontrando os meus, sua língua mergulhando na minha boca quando a abro com um arfar de choque. Ele não tem pressa, faz o que tem que fazer bem direitinho, e quando se afasta e acaricia meu pescoço com o nariz, estou molenga contra ele, com as mãos agarrando a parte de trás da sua cabeça como se minha vida dependesse disso.

— Você vai dizer mais alguma coisa ou será que eu preciso colocar algo na sua boca para te impedir de falar mais besteiras?

— Não é besteira. Eu preciso de org... — Ele segura minha mandíbula e me beija profundamente, fazendo a maior parte do esforço antes que eu me junte a ele após me recuperar do choque de tê-lo me calando com a boca pela segunda vez em tão poucos minutos.

— Agora que concordamos que você *não* vai terminar comigo, nem vai a lugar *algum* além da minha cama agora, posso te levar lá para dentro para poder te mostrar todos os meus truques? Vou fazer isso até que você coloque nessa sua cabecinha bêbada que nunca vai precisar fingir um orgasmo comigo, nem agora, nem nunca.

— Uhum — murmuro, ainda com a cabeça presa na névoa Taylor. *Essa merda é perigosa quando se está bêbada.*

Ele ri antes de me colocar na frente dele e caminhar comigo para dentro, fechando a porta em seguida e me girando para ficar de frente para ele, fazendo o ambiente girar um pouco rápido demais.

— Opa.

— Estou te deixando fraca, Zoe? — ele sussurra com a voz rouca ao pé do meu ouvido, enquanto me empurra em direção às escadas.

— Ou as garrafas de vinho que bebi estão fazendo isso.

— Vamos dizer que é meio a meio, ok?

— Hum, ok.

Noah

Porra, Zoe fica adorável bêbada. Se eu não tivesse sido pego tão de surpresa por seu surto no meu jardim, teria explodido em gargalhadas. Daniel já me contou sobre os surtos da Mac, mas acho que ela não é páreo para a Zoe. Aquilo foi mais do que épico, e eu queria ter conseguido gravar tudo para mostrar a ela amanhã, só para ver sua cara.

No que diz respeito à sua preocupação de ter que fingir orgasmos, isso ela nunca terá que fazer. Farei da minha missão nunca decepcioná-la, começando agora.

— Zo?

— Sim? — ela murmura.

— O quão bêbada você está?

— Em uma escala de friamente sóbria a meretriz bêbada procurando uma foda, já passei de dez a essa altura.

— A meretriz quer que eu a leve para a cama? — pergunto, envolvendo sua cintura com o braço e segurando-a contra mim, enquanto ficamos ali parados na entrada do corredor. Acabo percebendo nosso reflexo no espelho pendurado na parede, e me vem a percepção de como ficamos bem juntos: meu braço envolvendo seu lindo corpo, que está pressionado contra o meu.

É um reflexo com o qual eu poderia me acostumar, para o qual eu olharia com muita satisfação por muitos e muitos anos.

A mão dela toca minha bochecha e, quando meus olhos voltam para seu rosto, perco o fôlego diante da adoração absoluta que encontro brilhando ali.

— Foda-se o quarto — murmuro ao empurrá-la em direção à escada coberta com carpete, fazendo-a sentar em um degrau um pouco acima do chão. Fico de joelhos e agradeço aos céus por ela estar de saia jeans.

Observando seu rosto, arrasto minhas palmas na parte externa de suas coxas, erguendo a saia conforme movo as mãos para cima em direção aos seus quadris. Seu peito se eleva e sua respiração acelera quando engancho os dedos em sua calcinha preta minúscula e a puxo por suas pernas.

— Noah... — ela geme. — Eu preciso que você faça alguma coisa... qualquer coisa...

— Porra, linda, é o que eu pretendo fazer — rosno ao afastar seus joelhos e abrir bem suas pernas antes de baixar a cabeça direto em seu clitóris, rolando minha língua por ali, circulando o pontinho inchado. Seus quadris parecem ganhar vida própria, remexendo-se contra meus lábios para aprofundar a pressão. Uma das minhas mãos agarra sua cintura e movo a outra entre suas pernas, enfiando um dedo devagar em sua boceta impaciente antes de adicionar mais um, provocando-a com penetrações dolorosamente rasas.

— Vai mais fundo, droga! — ela geme, esfregando-se em mim. Minha garota fica gulosa quando está bêbada, e, porra, eu não queria que fosse diferente.

Ela geme alto, e o som ecoa por toda a sala enorme. Faço o mesmo, vibrando minha língua no instante em que encontra seu clitóris novamente, com meus dedos entrando e saindo dela mais rápido e com mais força até ela se contrair ao redor deles. Olho para cima a tempo de ver sua cabeça cair para trás quando ela grita ao gozar, enquanto sinto meu pau pulsar, fazendo-me lutar para não gozar nas calças. Seu clímax continua, sua mão agarra meus cabelos e puxa com força conforme seu corpo se retorce em ondas de prazer. Mas não paro. Continuo lambendo e chupando, enquanto também a fodo com os dedos, até que ela se libere mais uma vez.

— Não me entenda mal, mas você só gozou duas vezes até agora. Acho que precisamos de, no mínimo, cinco orgasmos para convencer você e a sua boceta de que nunca precisará fingir comigo. — Sopro ar quente contra sua pele ultrassensível, assistindo com satisfação pequenos choques atingirem seu corpo quando ela estremece contra mim.

— Hummm, eu sabia que você não me decepcionaria — ela suspira. Seu sorriso preguiçoso está cheio de contentamento, e há algo em seus olhos que me dá a esperança de que é, definitivamente, mais do que luxúria.

Fico de pé e ajudo-a a levantar, puxando-a para o meu lado. Sua saia cai e acaba cobrindo a minha vista favorita antes que eu segure sua mão e praticamente a arraste para subir as escadas comigo.

— Para onde vamos?

— Eu só te dei dois orgasmos. Te prometi cinco. A próxima rodada será na minha cama, nos meus lençóis, comigo dentro de você. *Aí* você vai ter a certeza de que eu sou um homem de palavra.

— Promessas, promessas — ela retruca descaradamente.

Ah, ela vai ver!

Capítulo 20
Minta um pouco melhor

Zoe

Levo um susto do caramba quando, em um quarto completamente escuro, rolo pela cama incrível onde estou dormindo e colido com um corpo muito quente e rígido deitado ao meu lado. Apenas uma lembrança nebulosa sobre estar bêbada me vem à mente, mas não estou muito ciente de onde estou, então começo a gritar enlouquecida, parando apenas quando o abajur sobre a mesa de cabeceira acende e fico cara a cara com um Noah muito preocupado.

— O que houve? — Seus olhos me analisam antes que ele me envolva pelos ombros com os braços e me puxe para perto de si. Meu peito se eleva conforme tento repelir meu pânico confuso que me fez acordar Noah sem ter percebido onde eu estava. Ele deve achar que sou uma lunática.

— Me d-d-desculpe... eu acordei confusa. — Minhas sobrancelhas estão franzidas com força e minha cabeça está latejando devido ao grito retumbante que ainda está zunindo nos meus ouvidos. Sem contar a minha ressaca iminente, algo que eu não queria no dia do casamento do meu irmão.

— Ei... — ele diz, puxando-me até que eu esteja deitada ao lado dele, com a luz fraca do abajur preenchendo o quarto com um brilho suave que não dá dor de cabeça. Noah fica de lado e me olha, permitindo-me ver que ele ainda está sendo cauteloso, incerto sobre o que acabou de acontecer e o qual foi a causa. — Se tivesse algo de errado, você me diria, não é?

Minha negação automática fica entalada na garganta. Como pode ser justo estar em um relacionamento com Noah e ainda esconder dele o que está acontecendo? Dele e de todo mundo? Para falar a verdade, a primeira coisa em que pensei quando abri os olhos e percebi que havia alguém na cama comigo foi que Justin havia me encontrado. Fiquei tão aliviada quando percebi que era Noah.

Essa merda realmente precisa acabar.

Nem mesmo Mia ou a mamãe sabem do que o Justin é capaz para chamar a minha atenção, para receber alguma resposta minha, que é o que ele mais quer. Ele quer que eu sinta falta dele da mesma maneira como ele aparentemente sente a minha. Ele disse que me quer de volta, e que me ama mais do que qualquer pessoa no mundo poderia ou poderá. Há também os presentes — entregas diárias de flores no trabalho, que eu disfarço e digo que são de Noah, ou dou a Greta para que ela leve para casa. Cartas, bilhetes, mensagens e múltiplas ligações — ligações perdidas, rejeitadas, e tentativas de me fazer conversar com ele. Comecei até a ficar com medo de dar de cara com ele quando ando para casa da estação de trem. Comecei a mudar os horários em que vou embora, alternando entre sair mais cedo e terminar mais tarde. E depois que ele me enviou uma mensagem dizendo que estava em Chicago e queria me ver, comecei a pegar táxis para sair da estação de trem.

Ainda há os pesadelos. Não dou muita importância a eles, na esperança de que irão parar caso eu os ignore. Mas não ando tendo sorte com isso. É o principal motivo pelo qual eu nunca divido a cama com ninguém, ou durmo em qualquer lugar além da minha casa.

Esta noite, isso foi diferente. Por não saber onde eu estava e depois sentir o corpo de um homem ao meu lado, acabei sendo levada de volta àquela noite de três meses atrás, quando acordei e encontrei Justin deitado na minha cama, observando-me dormir, como se fosse a coisa mais normal do mundo fazer isso com a ex-namorada que deixou bem claro que o relacionamento não iria mais para frente e não queria mais estar com ele.

Aquela foi a pior coisa que ele já fez — foi de inofensivo a potencialmente perigoso no espaço de alguns meses. De rejeitado inconformado a psicopata iludido, quando invadiu a casa da minha família enquanto estávamos no trabalho e na escola, se escondeu no meu closet por umas oito horas, e depois deitou ao meu lado na cama quando fui dormir.

Há uma semana, depois de uma primeira semana incrível no meu novo apartamento e sentir a minha vida ir tão bem desde que me mudei para Chicago, eu estava muito empolgada. Até ontem, quando podia jurar que vi o Justin em um café que fica a poucos quarteirões do meu condomínio. O cara se virou e eu quase chorei quando vi que não era ele.

No entanto, aquilo me assustou o suficiente para que eu fosse direto à delegacia onde Zander e Sam trabalham para falar com um detetive chamado Jeremy Chalmers. Ele me disse que, até que eu tivesse evidências de que Justin estava em Illinois e provas físicas de assédio, não havia muito o que pudessem fazer. Era a palavra dele contra a minha, e quando o detetive fez algumas investigações não oficiais para mim — porque sou irmã do Zander — , para todos os efeitos, Justin ainda estava em Indiana e não pisava em Chicago há um bom tempo. Implorei para que Jeremy não contasse nada a Zander. A última coisa que o meu irmão precisava às vésperas do seu casamento e lua de mel era se preocupar com o ex de sua irmã. Tomei essa decisão quando ele disse que Kate havia surtado quando viu as flores e o bilhete. Ninguém deveria sentir medo dentro da própria casa por minha causa.

Felizmente, Jeremy cedeu e concordou em não contar nada a Zander, nem a Sam. Ele prometeu investigar melhor por baixo dos panos, mas me avisou que, se as coisas escalassem de qualquer maneira, ele contaria tudo ao meu irmão.

— Zo, você não se sente segura comigo? — Noah pergunta, com a voz cheia de preocupação.

Meus olhos se arregalam e me apresso em tirar essa ideia de sua cabeça.

— Claro que me sinto. Quando estou com você, me sinto mais segura do que nunca.

Ele franze a testa, erguendo a mão até o meu rosto e arrastando os dorsos dos dedos pelo meu queixo, enquanto tento me aconchegar um pouco mais contra seu corpo. Me surpreendo quando ele retribui o gesto e se aconchega a mim também.

Nunca imaginei que ele seria do tipo que gosta de ficar abraçadinho. E não só durante o aconchego obrigatório depois do sexo, no qual se deleita no estado pós-orgasmo. Estou falando sobre ficar grudado, pele com pele, membros entrelaçados, os corpos o mais próximos possível.

Eu adoro isso, e é impossivelmente melhor quando é com Noah. Saber que ele também gosta me deixa ainda mais cativada por ele. E Deus sabe que eu nem preciso de mais ajuda nesse departamento.

— Me conta o que te assustou, meu bem. Eu deveria ter te levado para casa. Me desculpe.

— Não. Eu não esperava passar a noite, mas não quero que você pense que foi culpa sua. — Me sinto horrível pelo que estou prestes a fazer, então aperto o abraço em volta dele e levo meus lábios até os seus. — Eu acordei sem saber onde estava, foi só isso. Estou feliz por estar aqui.

— Isso significa que você vai passar mais noites comigo no futuro? — pergunta, com a voz leve e cheia de esperança.

— Passar noites com você significa que eu posso fazer isso? — Dou um beijo de boca aberta em seus lábios tensos e espero pacientemente que eles relaxem sob os meus. Quando os toco com a ponta da língua, ele abre a boca e me beija profundamente, rolando sobre mim e fazendo-me deitar de costas, colocando metade do seu peso sobre mim e pressionando-me contra seu colchão macio como uma nuvem.

Ele ergue a cabeça e observa enquanto abro os olhos lentamente para encontrar os seus.

— Você não está escondendo nada de mim, né? Eu quero que sejamos sempre abertos e honestos um com o outro. Se algo está te incomodando ou se não quiser fazer algo, você precisa me dizer, e vice-versa. — Seus lindos olhos estão cheios de sinceridade. Quero socar minha cara por esconder coisas dele. — Por favor, me prometa que não vai mentir ou esconder nada de mim. Eu quero você por inteiro; eu quero me doar todo para você, sabendo que você também está me dando tudo de si. Eu preciso disso da mulher com quem estou, porque não estou mais de brincadeira. Preciso que entenda isso.

Minha garganta se contrai, assim como o meu coração. Como posso responder a isso? Ele está basicamente me dizendo que vai me dar tudo de si e, em troca, quer ter tudo de mim. Não é isso que toda mulher quer ouvir do homem pelo qual ela está se apaixonando?

Incapaz de falar, apenas assinto, abrindo a boca quando ele me beija novamente. Dessa vez, é mais profundo, duradouro, e cheio de palavras não ditas. Nossos olhos se mantêm abertos, assistindo cada carícia de nossas línguas uma contra a outra, cada movimento dos nossos lábios e nossas mãos, que exploram os corpos um do outro.

Noah nos muda de posição e fica completamente sobre mim, fazendo-me abrir ainda mais as pernas para acomodá-lo, enquanto ele se apoia nos joelhos sobre a cama. Ao colocar os cotovelos um em cada lado da minha cabeça, ele descansa a testa contra a minha e esfrega seu pau duro pelo meu sexo, propositalmente devagar, franzindo a testa em concentração.

— Deus, eu te quero tanto — ele murmura, acariciando meu nariz com o seu antes de juntar nossas bocas.

— Você me tem, Noah.

— Eu quero te sentir. Todinha. Nunca fiquei pele a pele com uma mulher. Nunca quis dar essa confiança a ninguém, até te conhecer. Me deixe entrar, meu bem.

— Sim — ofego ao sentir a cabeça do seu pau esfregar meu clitóris.

— Você confia em mim?

— Mais do que tudo. Eu tomo injeção anticoncepcional. Vá em frente.

— Meu Deus, Zo.

Ele se afasta um pouco e alinha seu quadril com o meu. Envolvo seu corpo com as pernas, dando-lhe o acesso que precisa para me penetrar sem camisinha.

A sensação é absolutamente fantástica. O pau de Noah é incrível de qualquer maneira e eu já aproveitei muito — leia-se: amei pra caralho — todas as vezes que tive o prazer de tocá-lo, prová-lo, cavalgá-lo e senti-lo em qualquer posição, sabor e forma que ele pudesse me dar. Mas senti-lo pele com pele, assistir seu rosto se deleitar com cada segundo desse momento tão significativo entre nós, é tudo para mim.

Ergo meus quadris para encontrar os seus a cada estocada. Uma de suas mãos percorre meu corpo, os dedos acariciando meu rosto, a palma curvando-se em volta do meu seio para levar o mamilo à sua boca, e o polegar infiltrando-se entre nossos corpos para encontrar meu clitóris, dando a ele a pressão perfeita para levar meu corpo já fervente ao limite.

Enfio as unhas em sua pele e arqueio as costas, grudando minha boca à sua ao gritar conforme o orgasmo mais intenso da minha vida me atinge, cheio de significado, e depois que Noah rosna contra o meu pescoço ao gozar, liberando-se dentro de mim, percebo que agora estou oficialmente arruinada para sempre.

Nenhum outro homem, além de Noah, será o suficiente para mim.

Nenhum outro homem será capaz de fazer o que ele faz comigo, e ser o que ele é para mim.

Não estou mais me apaixonando. Estou perdidamente apaixonada.

Capítulo 21
Nunca vi algo com você

Zoe

— Mãe, gostaria de te apresentar ao Noah. Noah, esta é minha mãe, Julie.

Estava me borrando de expectativa por esse momento. Saber que iria apresentar meu namorado cirurgião de sucesso e um pouco mais velho à minha mãe — que me conhece melhor do que qualquer pessoa e só conheceu um outro namorado meu — me fez roer minhas unhas bem-feitas e ficar inquieta a manhã inteira.

Fui embora da casa de Noah depois de tomarmos um banho matinal incrível juntos. Ele me colocou em um táxi e fui direto para a casa de Mac, onde todas nós, meninas, nos aprontamos.

Penteados, maquiagens, champanhe, lágrimas, risos e muitas histórias depois, Mia e eu seguimos de limusine até o hotel onde os meninos se arrumaram e onde serão a cerimônia e a recepção do casamento.

O que nos traz a esse momento, com minha mãe conhecendo Noah.

— É um prazer conhecê-la, sra. Roberts — ele diz. Ela ignora a mão que ele estende e joga os braços em volta dele para abraçá-lo. Minha mãe tem mais ou menos um metro e sessenta de altura, então é meio engraçado vê-la abraçando um homem de mais de um e oitenta.

Ela se afasta um pouco, mas continua segurando os braços dele, olhando-o dos pés à cabeça e assentindo em aprovação.

— Você é o motivo do sorriso enorme que a minha Zoe não tira do rosto? Porque a minha filha merece tudo isso e muito mais.

Os olhos dele encontram os meus por cima do ombro da minha mãe, e seu olhar está cheio de gratidão, quase orgulho. Se ele pudesse bater no peito nesse momento, posso quase garantir que faria exatamente isso.

— E, depois de todo o problema com aquele ex, estou tão feliz por ele tê-la deixado em paz agora. Mudar-se para Chicago foi a melhor coisa que ela já fez.

Engulo em seco e tento controlar minha expressão. A culpa por esconder a extensão do problema com Justin está me corroendo, e eu definitivamente não quero ver a reação de Noah ou de Zander caso descubram o que tem acontecido. O surto da noite passada provavelmente não será o último, e já que é mais que provável que eu vá passar a dormir com Noah *muitas* vezes daqui em diante, preciso resolver essas coisas de uma vez por todas. Espero que Jeremy possa fazer algo para ajudar.

— Ele era o maior babaca. Não sei o que você viu nele, Zo. Nem era tão bonito assim, não valia a pena sair com ele — Mia diz enquanto ajuda Danika a fazer o cabelo.

Danika escolheu não fazer parte do casamento, porque não é do tipo de pessoa que curte ficar diante de muita gente. Ela é bem espertinha, mas também é muito introvertida quando está perto de pessoas que não conhece.

Zander escolhe esse momento perfeito para entrar na sala da suíte, junto com Daniel e Zach.

— Quem é babaca? Noah? — Ele lança um sorriso irônico para Noah. Para alguém que vai se casar em algumas horas, ele não parece nada estressado. — Mãe, pare de bajular o novo namorado da Zo e me ajude a arrumar essa gravata. Não consegui deixá-la reta e precisa estar perfeita.

— Não estou bajulando, só estou conhecendo melhor o dr. Taylor.

— Mais uma Roberts suspirando pelo Vibrador Ambulante. Que surpresa — Zander resmunga, o que faz Noah rir baixinho.

Mamãe encara meu irmão com um olhar repreensivo ao ir até ele arrumar sua gravata-borboleta.

— Zander Jeremy Roberts, olha o palavreado! Zoe não escolheria outro namorado ruim. Noah é adorável. Mas o que você quer dizer com vib...

— Não importa, mãe — intervenho rapidamente.

Noah se deleita com a repreensão da minha mãe e estende a mão para mim, acariciando os nós dos meus dedos com o polegar. Esse gesto íntimo me faz querer beijá-lo, abraçá-lo e pular nele, tudo ao mesmo tempo. Mas as circunstâncias não me permitem fazer tudo isso, então eu aperto sua mão delicadamente, encorajando-o. Me aproximo e beijo sua bochecha.

— Você está lindo, Taylor.

Ele vira o rosto para que sua boca se aproxime da minha orelha.

— Continue me olhando assim e eu vou reservar um quarto para nós tão rápido que vai deixar a sua cabeça girando, antes de te arrastar até lá e acabar com você *antes* mesmo de a cerimônia começar.

Ergo a mão e arrasto a palma por seus ombros cobertos pelo terno.

— Continue falando assim e eu vou te dar um motivo para tentar descobrir se estou usando calcinha por baixo desse vestido.

O corpo dele congela, e eu me cumprimento mentalmente por ter respondido o rei da provocação à altura. Sinto, então, sua mão se mover pelo meu quadril e sua palma deslizar sobre o material sedoso que cobre minha bunda. Seu rosnado em resposta é gratificante, e definitivamente um sinal da encrenca na qual vou me meter mais tarde se continuar com isso. *Porra, mal posso esperar.*

— Lembra do que aconteceu na última vez que te falei para tirar as mãos da minha irmã? Ou precisa de um lembrete? — Zander diz, do outro lado da sala. Viro o rosto em direção ao som e vejo-o franzindo a testa no reflexo do espelho onde pode ver Noah e eu tentando não nos agarrarmos.

Danika olha por cima do ombro e faz uma expressão de nojo.

— Arrumem um quarto, vocês dois. Há uma adolescente presente.

— É, Zo. Arrume um quarto. Nua, de preferência — Noah murmura no meu ouvido ao baixar a cabeça e dar um beijo suave de boca aberta cheio de promessas no meu ombro. Jesus, talvez tivesse sido melhor usar calcinha para conter a umidade lá embaixo.

Daniel ri e serve quatro copos de uísque sobre a mesa de jantar da suíte, acenando com a cabeça em seguida para que os meninos se juntem a ele.

— Acho que essa é a nossa deixa para deixá-los sozinhos — Mia afirma ao dar uma última borrifada de spray no cabelo de Danika, antes de ir até Noah e mim. — Solte a minha irmã, seu animal — ela brinca. — Vá tomar uma bebida com o meu irmão enquanto ele aproveita seus últimos momentos de solteiro. Ela parece prestes a jogar a toalha e ceder, mas vocês terão muito tempo para isso mais tarde.

— Espertinha do caralho — murmuro baixinho.

— Zoe Rachel Roberts, olha o palavreado! — mamãe me repreende. Sua audição supersônica não tem limites.

Já mencionei como eu adoro morar sozinha? Poder falar palavrão o quanto quiser. Poder dar uns amassos com o meu namorado no sofá e testar brinquedos sexuais em cada cômodo do apartamento são bônus dos mais incríveis.

— Te vejo em breve, meu bem — Noah sussurra ao beijar minha bochecha e mover os lábios até os meus. — Estou ansioso para ver esse vestido erguido em volta da sua cintura quando eu te curvar e te foder sem dó.

Jesus. Já está na hora?

Tento pensar em coisas não-sexuais para acalmar minha libido e Mia cai na gargalhada — por ter ouvido o que Noah disse — ao me puxar para longe dele, guiando-me para fora da suíte logo atrás da nossa mãe e em direção aos elevadores, para descermos até o salão onde iremos assistir ao meu irmão mais velho casar com a mulher dos seus sonhos.

No que diz respeito aos vestidos das madrinhas, Kate teve muito cuidado ao escolher os nossos. Eles têm um tema grego, suaves e flutuantes com um corpete justo de um ombro só e ondas de chiffon rosa-claro caindo da cintura com cinto de seda. Sinto-me uma deusa fazendo minha entrada logo atrás de Mia, com Mac — a dama de honra — atrás de mim. Kate nos disse que sempre quis o casamento perfeito de princesa. No entanto, nesse caso, ela é a rainha, e todas nós somos suas súditas leais. Chego à plataforma onde fomos orientadas a ficar e viro-me a tempo de testemunhar a visão de Kate McGuiness, a noiva, entrando aos poucos. Seu vestido é deslumbrante. Deixa toda noiva que já vi no chinelo.

A parte superior é de renda pura na cor creme com um decote profundo. Rendas enfeitadas e centenas de lantejoulas cobrem o busto até um cinto de cetim cor de marfim, caindo em camadas e mais camadas de chiffon creme até o chão, com uma modesta e discreta divisão lateral mostrando um flash de perna a cada passo que ela dá em direção ao noivo que a espera. Para finalizar, ela está usando sapatos de salto cor-de-rosa personalizados, que parecem sapatilhas de bailarina, com uma fita da mesma cor combinando em volta de cada tornozelo. São aos sapatos mais lindos que já vi, completando o visual de noiva princesa, perfeito para Kate.

Tiro a atenção de Kate e olho para o meu irmão, sentindo minha respiração ficar presa ao ver pura adoração e amor em seus olhos enquanto ele a assiste andar em sua direção. Seus olhos estão brilhando com lágrimas, e isso me faz querer chorar também.

Mordendo o lábio, olho para as fileiras onde estão os convidados e vejo Noah sentado com mamãe e Danika. Ele está observando as costas de Kate no momento em que ela chega ao fim do corredor. E então, ele olha para mim, com uma intensidade nos olhos que me faz sentir que o bolo na minha garganta vai me sufocar. Aqueles olhos estão cheios de emoção e sentimento, como se ele pudesse visualizar nós dois tendo um casamento desses — meu irmão me levando, e minhas irmãs ali comigo para testemunharem meus votos de amor eterno a ele.

Lembro-me da noite passada e desta manhã. É um olhar bem parecido com o que recebi dele quando fez amor comigo, suave e devagar. Aquilo era fazer amor, sem dúvida. Não era nada da foda quente e pesada com a qual eu já estava me acostumando com Noah. Era algo além de sexo. Senti-lo entrando em mim sem nada entre nós foi a última fronteira a ultrapassarmos e, daqui em diante, não quero que mais nada fique entre nós.

O padre dá início à cerimônia e sou forçada a tirar minha atenção do homem que consome meus pensamentos e focar novamente em Zander e Kate.

— Zander, você aceita esta mulher para ser sua esposa, para viver com ela, juntos em sagrado matrimônio? Promete amá-la, confortá-la, honrá-la e respeitá-la, na saúde e na doença; e, apesar de tudo, ser fiel a ela enquanto vocês viverem?

— Aceito — ele responde rapidamente, em um tom alto e determinado.

— E, Kate, você aceita este homem como seu marido, para viver com ele, juntos em sagrado matrimônio? Promete amá-lo, confortá-lo, honrá-lo e respeitá-lo, na saúde e na doença; e, apesar de tudo, ser fiel a ele enquanto vocês viverem?

— Eu... aceito — ela se esforça um pouco para dizer, com a respiração pesada de emoção.

— Agora, os noivos irão recitar seus votos um para o outro. Zander, acredito que você escreveu seus próprios votos para Kate, certo?

— Sim.

Zander olha do padre para Kate, pega a mão dela e a leva até os lábios, beijando os nós de seus dedos antes de soltá-la. Mac, Mia e eu suspiramos audivelmente, o que arranca uma risada coletiva de todos ali presentes.

Meu irmão sorri pretensiosamente e limpa a garganta antes de começar a recitar seus votos.

— Kate, você me deslumbra todos os dias com o seu jeito inspirador de amar e viver. Você me faz querer ser um homem melhor, tanto para mim mesmo quanto para você. Eu quero passar o resto da minha vida começando e terminando meus dias ao seu lado. Quero envelhecer com você, formar uma família com você. Vou dedicar a minha vida a te fazer rir e sorrir, e nunca te dar motivos para duvidar do meu amor. Esse é o voto que faço a você. Agora e para sempre.

Daniel dá um passo à frente e entrega um lenço para Kate, que está com o rosto coberto de lágrimas enquanto sorri para Zander.

— E, Kate, você está pronta para recitar seus votos para Zander?

Ela enxuga as bochechas e funga alto antes de devolver o lenço para Daniel, que sorri para ela e volta para seu lugar ao lado de Zach.

— Zander, eu cresci sabendo que, um dia, encontraria o meu amor verdadeiro. E, sendo a pessoa sonhadora que sempre fui, eu não queria apenas um bom amor ou um daqueles mundanos dos quais ouvia falar. Eu queria aquele tipo de amor sobre os quais te alertam. O tipo de amor que faria o meu coração perder uma batida. O tipo de amor que me faria querer dançar na chuva e engarrafar o pôr do sol, gritando sobre ele a plenos pulmões. O tipo de amor sobre o qual romancistas escrevem, e com os quais amantes sonham. Eu sempre quis a felicidade verdadeira de corpo, alma e coração. E, depois de anos procurando, finalmente encontrei tudo isso com você. Eu prometo passar o resto da minha vida te mostrando todos os dias o quanto eu te amo e te dando de volta tudo o que você me dá.

— Ai, Deus — gaguejo quando as lágrimas tomam conta de mim e começo a chorar feito um bebê.

Sentindo-me honrada por compartilhar um momento tão especial com Kate e Zander junto aos seus amigos, e inundada com toda a emoção que casamentos despertam em uma mulher, no momento em que ouço o padre declará-los marido e mulher, olho para Noah e sussurro as palavras que eu nunca disse a outro homem antes.

— Eu acho que te amo.

E, quando os olhos dele se arregalam em choque, o que fica óbvio para mim mesmo ao longe, me cai a ficha da merda que acabei de fazer.

Capítulo 22
Do jeito que consigo

Noah

Tenho certeza de que minha capacidade de ler lábios está me enganando, porque não é possível que Zoe tenha acabado de dizer que me ama quando não estou perto o suficiente para tocá-la, beijá-la e fazer o que quiser com ela, por *todo* o tempo que eu quiser.

A expressão dela se transforma em "ah, merda, o que eu fiz?", e por mais que eu tente controlar a minha, ela certamente interpretou algo no meu olhar que a fez querer voltar atrás imediatamente. Algo que eu não quero e não deixarei acontecer.

Mas sou forçado a me segurar enquanto ela anda pelo corredor de braços dados com Zach e, fileira por fileira, os convidados saem do salão em direção ao bar, para onde fomos orientados a ir após a cerimônia.

Conduzo a mãe de Zoe e Danika para fora do salão e escaneio o bar à procura de Zoe, mas não a encontro em lugar algum. Parabenizamos Kate e Zander — que aperta minha mão com força extra só para não perder o costume — e pego duas taças de champanhe e uma de suco para nós três.

— A cerimônia foi linda, não acha, Noah? — a mãe de Zoe me pergunta, distraindo-me da minha busca.

— Foi sim. A senhora criou um bom homem, sra. Roberts.

— Oh, me chame de Julie, querido.

Assinto para ela e sorrio. Zoe se parece muito com a mãe — elas têm os olhos da mesma cor e a mesma covinha na bochecha esquerda.

— Você parecia estar olhando muito para a Zoe — Danika provoca.

— Não é difícil olhar para ela. Há algo em vocês, mulheres Roberts.

— Que encantador — Danika replica.

— Gosto de pensar que sou inteligente, mas isso serve também...

As duas começam a rir, e sinto o celular de Zoe vibrar dentro de sua bolsa, que ela me deu para que eu tomasse conta quando saiu do quarto de Zander para terminar de se arrumar.

Pego o aparelho e vejo que há cinco mensagens não lidas. Não sei de quem são, e isso definitivamente desperta minha curiosidade.

— Aí está ela! — Julie diz assim que Zoe volta ao salão e vem em nossa direção.

Ela parece ter se recomposto do seu momento de pânico e abre um sorriso brilhante quando nos alcança. Seu rosto ainda está um pouco corado, e posso ver que ela retocou a maquiagem.

— Oi. Não foi uma cerimônia linda? Eu chorei feito um bebê — ela revela, pegando uma taça de champanhe da bandeja de um garçom que está passando. Olho para ela, que sorri rapidamente antes de retornar sua atenção à família.

— Acho que o Zander chorou também. Vou encher tanto o saco dele por isso.

— Danika!

— Desculpe, mãe — ela murmura contra sua taça ao tomar um gole de suco.

— Não consigo acreditar que um dos meus bebês casou. Logo eles terão os próprios bebês.

— Não espere que isso vá acontecer tão cedo, mãe. Zander quer aproveitar sua esposa por um tempo.

— Aposto que ele quer — retruco sem pensar, e novamente me deparo com o olhar arregalado de Zoe que diz "oh, merda!", enquanto Danika e Julie dão risadas baixinhas.

— Noah. — A voz de Zoe está baixa, com um alerta velado.

— Desculpe, isso foi inapropriado. Eu só quis dizer...

— Nós sabemos o que você quis dizer, Noah — ela reage, o que me faz abrir um sorriso sugestivo para ela.

— Por favor, me explique, Zoe. Acho que ainda não cheguei nesse tópico nas aulas de saúde.

Dou risada de Danika. Parece que Zoe não é a única com senso de humor na família.

— Será que vocês podem nos dar licença por um momento? Eu preciso falar com a Zoe rapidinho — peço ao segurar a mão da minha namorada e levá-la em direção ao corredor do lado de fora.

— Noah, o que diabos...

Eu a interrompo ao empurrá-la contra a parede e esmagar meus lábios nos dela, sem dar a mínima para o batom recém-retocado, que provavelmente ficará todo em mim. Enfio a língua em sua boca e ela agarra meus ombros antes de perder a firmeza e ceder, jogando os braços ao redor do meu pescoço e infiltrando os dedos nos meus cabelos. É o meu tipo de beijo favorito.

Minhas mãos deslizam dos seus quadris para cima, passando por seus seios antes de parar em seu rosto, e eu afasto os lábios aos poucos, encostando minha testa na dela enquanto tento recuperar o fôlego.

— Noah, eu me deixei levar pelo momento e...

Seu corpo tensiona contra o meu, mas não lhe dou a oportunidade de voltar atrás. Porra, de jeito nenhum!

— Não! Não retire o que disse. Espero mesmo ter entendido direito o que você disse, porque eu também te amo. Eu não sabia bem o que eu estava sentindo, mas algo mudou na noite passada. Entrei em pânico quando você disse que tinha que terminar comigo, e mesmo que você estivesse bêbada e não estivesse falando sério, aquilo me fez pensar por que reagi daquele jeito. Eu me apaixonei por você e não quero que retire o que disse, porque eu também não vou. Estou sendo sincero pra caralho.

Ela fica de boca aberta, e como não sou do tipo que perde uma oportunidade, beijo-a novamente, devagar e de maneira delicada, derramando nesse gesto tudo o que sinto por ela.

Perdemos a noção do tempo, nenhum de nós ligando para o lugar onde estamos ou o que quer que esteja acontecendo ao nosso redor. Somos só nós dois, compartilhando esse momento.

Até que alguém limpa a garganta ao nosso lado e viramos para encontrar

Mac com um sorriso sugestivo.

— Por mais que estejam gostando de dar uns amassos como um casal de adolescentes do lado de fora do baile de formatura, Zoe, você precisa vir comigo para irmos até a limusine tirar milhões de fotos, e, Noah, você precisa dar um jeito *nisso* aí, porque está encarregado de entreter as famílias de Kate e Zander até voltarmos. Acho que, por mais que eu aposte que a mãe de Zoe gosta muito de você, ela não vai apreciar o seu *equipamento* como a filha dela obviamente aprecia.

Zoe dá risada e eu sorrio para Mac, incapaz de ficar zangado com seu comentário espertinho quando ela está cem por cento certa. Olho para Zoe e a beijo de novo antes de me afastar suavemente.

— Ela é toda sua. Por enquanto...

— Certo. Tenho certeza de que o Zander vai apreciar muito isso — ela replica maliciosamente. — Tente manter o zíper fechado até depois da recepção, pode ser?

Faço uma saudação para ela, zombando, e entrego a Zoe sua bolsa, roubando mais um beijo antes de observar as duas irem embora até ficarem fora de vista.

Duas horas e algumas cervejas depois, somos conduzidos à entrada para receber os padrinhos e noivos e dar início à recepção.

Primeiro, Mac e Daniel entram com Jared e Riley segurando suas mãos. Todas as mulheres presentes soltam um "awwn!" coletivo quando veem os monstrinhos: Jared parecendo muito inteligente usando um mini smoking e Riley com uma versão infantil dos vestidos das madrinhas. Até mesmo um babaca como eu é capaz de admitir que eles são muito fofos.

Não é que eu não queira ter filhos, porque eu quero. Venho de uma família na qual minha mãe era dona de casa e sempre foi a todas as peças de teatro escolares, eventos beneficentes e jogos esportivos nos quais Matt e eu nos envolvíamos. Eu quero isso para os meus filhos, com alguém que amo.

Alguém que pode muito bem ser Zoe, se as coisas continuarem tão bem como estão indo.

Sinto uma vibração no bolso da minha calça e lembro-me de que esqueci de devolver a Zoe seu celular. Puxo o aparelho e vejo que agora há dez mensagens.

Ou a minha namorada é mais popular do que imaginei, ou algo está muito errado. Diante do fato de que toda a família dela está aqui ao mesmo tempo, imagino que deve ser alguma amiga precisando dela.

Olho para cima e vejo Zoe, Zach e Mia entrarem, com Zach escoltando as duas irmãs Roberts pela passarela improvisada entre as mesas de jantar, em direção à enorme mesa onde todos irão sentar. Julie me explicou que Zander e Kate acharam que seria injusto dividir as famílias em mesas, então todos iremos sentar à mesma mesa comprida ao lado da pista de dança.

Quando Zoe vem para o meu lado, pouso gentilmente a mão na base de suas costas e beijo sua bochecha, ganhando um olhar sexy de recompensa por meus esforços.

— Agora, aplausos para recebermos a noiva e o noivo: sr. e sra. Zander Roberts!

Todos no salão aplaudem quando Kate e Zander surgem. Ele a pega nos braços, fazendo-a dar um gritinho enquanto a carrega para a pista de dança.

— E, mediante pedido especial do noivo, o casal feliz irá agora fazer sua primeira dança porque, nas palavras de Zander, "quem sabe o quão bêbadas essas garotas vão estar depois do jantar".

Risos abafam o som das palmas e Kate dá um tapa no braço do marido antes de descansar a cabeça em seu ombro, a fim de esconder o rosto vermelho.

Never Seen Anything Quite Like You, do The Script, começa a tocar, e faço círculos leves com os dedos na pele exposta do ombro de Zoe enquanto assistimos aos noivos dançarem, com os olhares focados um no outro e em mais ninguém.

— Depois de você, meu bem. — Gesticulo ao puxar a cadeira de Zoe, e ela abre um sorriso enorme antes de sentar-se. Faço o mesmo para Danika e Julie antes de sentar ao lado de Zoe. Coloco um braço atrás dela, sobre o encosto de sua cadeira, e me aproximo, entregando-lhe seu celular.

— Você olhou o seu celular? Estava vibrando enlouquecido com mensagens chegando.

Ela vira para mim com um arfar e arranca o aparelho da minha mão, com os olhos arregalados cheios de uma emoção que não consigo identificar. Tão rápido quanto surgiu, desaparece, e ela se recompõe, ostentando um sorriso enorme ao largar o celular no colo e colocar a mão na minha coxa.

— Obrigada. Deve ser alguma amiga minha — ela murmura, com a voz suave.

— Tem certeza de que não quer conferir? — sussurro em seu ouvido.

Ela tensiona e balança a cabeça antes de recostá-la no meu ombro para assistirmos à dança dos noivos chegar ao fim. O pai de Kate vai até a pista de dança e interrompe os dois, puxando a filha para girarem pelo salão ao som de *Maybe I'm Amazed*, do Paul McCartney. Zander vem até a mesa e move o dedo para Julie, sorrindo largamente enquanto ela balança a cabeça para ele.

— Julie, Julie, Julie! — todos à mesa entoam, e ela ri antes de levantar-se e segurar a mão do filho e o deixar conduzi-la até a pista para juntarem-se a Kate e seu pai.

— Estou ansiosa para dançar com você mais tarde — Zoe diz baixinho.

Beijo seu cabelo.

— Isso definitivamente compensa o último casamento em que estivemos.

Ela começa a rir e ergue a cabeça, ficando com o rosto mais próximo do meu.

— Bom, talvez desta vez eu não vá precisar ir para casa e dar um jeito em mim mesma sozinha.

Acabo me engasgando e começo a tossir, chamando a atenção de quase todo mundo ali. Ergo a mão para sinalizar que estou bem e pego o copo de água à minha frente, virando a bebida até que minha garganta melhore, e olho para a mulher que amo para encontrá-la sorrindo maliciosamente para mim.

— Me fazendo provar do meu próprio veneno, né?

— Nada mais justo. — Ela me lança um sorriso que, porra, faz meu pau se contrair. De novo.

— Você venceu.

— Mas a punição não faz parte da diversão? — ela adiciona com uma piscadela antes de virar-se para Mia, que está sentada do seu outro lado.

Só eu mesmo para me apaixonar pela maior provocadora que existe. E a safada sabe exatamente o que está fazendo comigo.

— Muito sutil, irmão — Daniel diz, felizmente quebrando a tensão sexual.

— Parece que tenho um trabalho extra que consiste em fornecer entretenimento em casamentos.

— Contanto que esse seja o único trabalho que você esteja conseguindo em casamentos, está perdoado.

— Se você soubesse, Winters...

— E essa é a minha deixa para ir dançar com a minha esposa.

Ele fica de pé, pegando Riley nos braços e gesticulando para Mac e Jared se juntarem a ele na pista de dança. *Isso está mais para uma deixa para fazer os ovários de todas as mulheres presentes explodirem.*

Olho novamente para Zoe e a encontro espiando o celular sob a toalha de mesa.

— Quem era? — pergunto casualmente, sem pretensão, mas fico desconfiado quando ela pula no lugar e bloqueia a tela rapidamente.

— Não é nada. Só uma velha amiga, como pensei.

Talvez eu esteja sendo exageradamente desconfiado e injusto. Mas quando uma mulher vai de aberta e honesta — às vezes até demais — para, de repente, cautelosa e nervosa, alarmes começam a soar.

Diferente de antes, quando eu estava apenas curioso, agora preciso saber quem está mandando mensagens para ela.

E mais importante ainda: por quê?

Já é mais de meia-noite quando chegamos em casa, e sei que Zoe está exausta depois de ter passado o dia inteiro para lá e para cá, visto que ela dormiu no carro. Mas essa sensação desconfortável na boca do meu estômago por causa daquelas mensagens ainda não passou.

Tranco a porta da frente e nos conduzo até meu quarto, no andar de cima. Coloco-a na cama e a puxo para sentar no meu colo, começando a retirar as centenas de grampos que estão em seu cabelo.

— Zo?

— Sim — ela responde, grogue.

— De quem eram as mensagens?

Seu corpo fica tenso, mas logo relaxa.

— Ninguém importante.

— Pensei que você tinha dito que era de uma amiga.

— Uma amiga antiga. Não é nada.

— Relaxe, meu bem. Eu percebi que você ficou desconfortável quando checou o celular, então só estou preocupado.

— Eu estou bem. Está tudo bem — ela diz suavemente.

— O seu ex ainda está te perturbando?

Ela não responde de primeira e, depois de alguns instantes, inclino-me para olhar sobre seu ombro e checar se ela ainda está acordada. Ela baixa a cabeça e encara o chão.

— Não é nada, Noah. Eu só estou muito cansada. Acho que vou dormir com o cabelo preso mesmo.

Ela tenta se desvencilhar, mas envolvo sua cintura com meus braços e descanso o queixo em seu ombro.

— Você pode conversar comigo. Espero que saiba disso.

— Claro. Como eu disse, só estou cansada. Foi um dia e tanto.

— Foi mesmo. Mas me responda uma coisa. — Puxo-a para sentar de lado e coloco uma mão em seu rosto para que olhe para mim. — Você me contaria se ele ainda estivesse te perturbando, não é? Porque, quando eu disse que te amo, fui sincero. Eu não vou deixar ninguém te machucar.

— Ele é inofensivo. Só me quer de volta.

Ela deixa a cabeça cair no meu ombro e acaricia meu pescoço com o nariz, o que me parece muito uma tática para me distrair.

— Ele não vai te ter de volta. O prejuízo dele é o meu lucro — murmuro contra sua têmpora.

— Uhum — ela cantarola antes de abrir a boca e tocar com a língua a pele logo abaixo da minha orelha.

— Não comece algo que você não quer que eu termine.

— Nunca — ela diz, sorrindo contra o meu pescoço.

— Então é melhor eu tirar a sua roupa e te colocar na cama, já que vou te foder até não poder mais.

Vejo-a começar a tirar o vestido, com um reforço de energia extraordinário, que faz meu pau endurecer e meu sangue pulsar.

Jogo-me contra ela e puxo-a para a cama, junto a mim, cobrindo seu corpo com o meu e beijando-a com força. Não perco tempo e a faço ficar realmente esgotada, finalizando esse dia de casamento de um jeito muito melhor do que o último.

Capítulo 23
Ciúmes

Zoe

— Pare de se remexer — Noah pede, do banco do motorista.

Estamos em seu SUV, a caminho da festa de Quarto de julho de seus pais. Faz duas semanas que Kate e Zander se casaram, e eles devem voltar da lua de mel na semana que vem.

— Estou nervosa.

— Sabe-se lá por quê. São só meus pais — ele diz, despreocupado.

— *Só* seus pais? Alôôô! Eu nunca os encontrei antes. Você pelo menos disse a eles que iria me levar?

Ele olha para mim e estreita os olhos.

— Claro que sim. Minha mãe já está planejando nosso noivado, o casamento e o batizado do nosso primeiro filho.

— Tá brincando? — balbucio, sentindo meu coração martelar no peito só de pensar.

Ele estica a mão até o console e pega a minha, apertando meus dedos gentilmente.

— Claro que estou brincando. Ela ainda está presa na fase do noivado.

— Você não está ajudando — replico, puxando minha mão da sua e ficando frustrada quando ele aperta ainda mais, recusando-se a me soltar. Lanço-lhe um olhar mortal e ele apenas sorri para mim.

— Você não está mais nervosa, está?

— Ainda não está ajudando.

Passaram duas semanas desde o casamento de Zander. Duas semanas desde o dia em que eu disse a Noah que o amo, e ele me chocou pra cacete ao dizer que também me ama. Desde então, estamos mais firmes do que nunca, e Noah continua a me surpreender com seu jeito atencioso.

Se ele faz um turno muito longo, sempre dá um jeito de me ligar quando tem qualquer intervalo. Durante os dias em que estamos os dois no hospital e ele não está em cirurgia, almoçamos juntos no refeitório.

Também tivemos mais alguns encontros muito bem sucedidos. Uma vez ao cinema, alguns jantares, um jogo de beisebol, e noites juntos no meu apartamento ou na casa dele. Ainda tenho pesadelos, mas tomo muito cuidado para não incomodá-lo quando ele está comigo. Não teve um dia que não começamos ou terminamos juntos, de um jeito ou de outro. Para ser honesta, estou mais feliz do que nunca. Ele tem me mostrado sem parar que o grande Noah Taylor tem várias camadas, e todo novo lado dele que ele me mostra só me faz amá-lo mais.

Mas não tanto esse convencido espertinho de agora.

— Então, me conte sobre a sua ex.

— Epa... por que isso agora?

— Bom, você disse que talvez os pais dela estarão lá. Então pensei, por que não perguntar sobre ela? Tudo o que sei é que as meninas a chamam de Satã e ela transava com você e o Daniel.

— Não ao mesmo tempo — ele murmura.

— Não ao mesmo tempo, eu sei. Agora desembucha.

— Por quê? — ele pergunta, de maneira suspeita.

— Você nunca falou sobre ela. Tipo, *nada*.

— Porque não vale a pena falar dela. — Sua voz é desdenhosa e vazia.

— Você ficou com ela por muito tempo?

Por favor, diz que não. Por favor, diz que não.

— Nós nunca estivemos *juntos* realmente. Ela era a ex-namorada do Daniel.

Faço uma comemoração mental, não consigo evitar. Eu sei que ele me ama, mas isso me faz sentir ainda melhor.

— Daniel e Nikki namoraram durante o ensino médio, e por um tempinho quando terminamos a faculdade.

— Daí ele conheceu a Mac e o resto é história?

— Algo assim — ele responde, seco.

— Então, como vocês se envolveram?

— Só na cama mesmo. — A voz dele é sem emoção, como se preferisse falar sobre qualquer outra coisa no mundo.

— Eu não precisava saber tanto assim — resmungo.

— Está com ciúmes agora?

— Não! Mas nenhuma mulher gosta de ouvir o namorado falar sobre dormir com outra, seja ex ou não.

— Anotado — ele murmura ao parar em um sinal vermelho. Noah então vira-se para mim e pega minha mão, conseguindo minha atenção. — Com ela, era só sexo. Eu achei que queria mais do que isso, mas ela estava se aproveitando de mim enquanto esperava por alguém melhor para poder enfiar as garras. O que sinto por você... — Ele leva nossas mãos juntas até o meu rosto, virando de modo que possa passar os nós de seus dedos pela minha bochecha. — Eu nunca senti uma gota disso por ela. Por isso não tem do que sentir ciúmes, você é uma mulher dez vezes melhor do que ela.

Boom! E, assim, meu coração explode no peito. Ele definitivamente ganhou o prêmio de melhor discurso romântico do dia.

Quinze minutos depois, estacionamos em frente a uma casa com quatro pilares enormes sustentando a entrada.

— Puta merda! — sussurro, com os olhos arregalados diante da mansão gigantesca.

— É demais, eu sei.

Aponto para a casa e o encaro.

— *Isso* não é uma casa. É uma mansão de proporções épicas!

Ele ri e segura minha mão, puxando-me até que eu esteja sentada em seu colo.

— É só uma casa, meu bem.

— A *sua* casa é só uma casa.

— Esta é só um pouco maior. Meu pai trabalhou duro a vida toda para garantir que nós tivéssemos tudo o que quiséssemos.

Ele dá de ombros, mas há um orgulho em sua voz, o que acho adorável.

— Você trabalha duro, também.

— Ele me ensinou muito bem.

— Eu te amo, Noah Taylor.

Beijo seus lábios com força e rápido antes de me afastar, sabendo muito bem que a maioria dos nossos beijos têm o potencial de escalar de inocente para energético em questão de minutos.

— Também te amo, Zoe Roberts — ele diz, em uma voz baixa e rouca que me faz sentir coisas. Coisas nas quais não posso pensar por pelo menos mais algumas horas.

Há uma batida na janela, e nós dois nos viramos para ver Matt, sorrindo como um lunático para nós. Ele abre a minha porta.

— Há quartos no andar de cima, sabiam? Não precisam dar um show para os convidados. Não que eu esteja reclamando.

Isso parece algo que a Mia diria, com certeza.

— Engraçadinho — Noah resmunga ao me soltar, e eu seguro a mão que Matt me oferece, saindo do carro tão graciosamente quanto possível no meu vestido rodadinho azul.

Felizmente, eu pude perguntar qual seria o traje apropriado para esse evento com antecedência, e, há alguns dias, saí de fininho no meu horário de almoço para fazer um estrago no meu cartão de crédito para conhecer os pais do meu namorado.

— Deus, acho que vou passar mal — gemo ao passar as mãos pelo vestido para alisá-lo. Sinto o calor de Noah atrás de mim, sua respiração batendo no meu pescoço no instante em que suas mãos seguram meus quadris. Ele dá um beijo suave no meu ombro.

— Eles vão amar você, porque eu também amo.

E o prêmio de "Cotado Para Transar Esta Noite" vai para...

A tensão deixa o meu corpo, e sei que Noah sente isso, porque me beija mais uma vez antes de vir para o meu lado e pousar a mão na parte baixa das minhas costas.

— Conduza-nos, maninho.

Seguimos para os degraus e eu ofego quando vejo uma versão feminina de Noah na porta da frente, sorrindo largamente para mim.

— Zoe! Estava tão ansiosa para conhecer a mulher que conquistou o meu Noah. Estou tão feliz por conhecer você — ela diz, puxando-me para um abraço e me apertando com força.

— Oi — guincho em resposta.

— Mãe, solte ela, antes que a sufoque até a morte.

— Desculpe, desculpe. A propósito, eu sou a Meredith. — Ela segura meus braços e me olha inteira. — Você é linda.

— Ah, obrigada — murmuro, sem saber o que dizer.

— Oi, filho! — Ela me solta e dá um beijo na bochecha de Noah. — Harry, venha ver a Zoe! — Ela se vira e então vejo o pai de Noah vir em nossa direção. Ele é muito alto e bonito.

— Olá, Zoe. Prazer em conhecê-la. — Ele dá um passo à frente e beija meu rosto, depois estende a mão para Noah. — Bom vê-lo sem uniforme, filho.

— Não acontece com muita frequência.

— Ainda assim, é muito bom vê-lo. Vamos lá para os fundos. Os convidados já estão quase todos aqui.

— Hum, acho que tudo correu bem — sussurro para Noah.

— Te falei.

Ele beija meu ombro novamente — acho que ele gostou do meu vestido — e me conduz pela mansão até o quintal.

Algumas horas depois, estamos sentados a uma mesa próxima à piscina, quando a vejo.

Estou sentada no colo de Noah — escolha dele, não minha, na frente dos seus pais e amigos — e estamos jogando conversa fora com Matt, que tem me feito rir sem parar com as histórias de sua vida amorosa tão movimentada. Se eu achava que Noah era pegador, agora sei que ele não chega aos pés do irmão. Quase sinto pena de toda mulher solteira na cidade com Matt à solta.

— Você deveria nos visitar uma noite dessas. Nós três podemos assistir a um filme e pedir comida, ou algo assim — digo para Matt ao tomar mais um gole do meu martini sem azeitonas, porque azeitonas são nojentas.

Ele abre um sorriso malicioso, do tipo que é marca registrada dos Taylor, o qual aprendi a adorar com seu irmão.

— No meu mundo, quando uma mulher diz "venha à minha casa para assistirmos a um filme", é código para "venha à minha casa e me foda sob a luz da televisão", e eu não sou muito fã de sexo a três quando são dois caras. Mas, se fosse você e a sua irmã...

— Deus, eu mal posso esperar pelo dia em que você vai conhecer a mulher que vai te deixar de quatro — Noah resmunga, empurrando o ombro do irmão.

— Sem chance de isso acontecer, irmão. As mulheres de Chicago ficariam de luto se eu me amarrasse.

— Mas não sentiriam falta desse ego.

— Você só tá com inveja.

— De jeito nenhum. Eu não abriria mão disso por nada no mundo — ele fala e enfatiza apertando um pouco mais o braço ao meu redor.

Coração para, calcinha derrete.

A cria de Satã demonstra sua presença ao caminhar até os pais de Noah e, para o meu horror, abraçar sua mãe e beijar seu pai na bochecha. Os dois sorriem para ela, obviamente não vendo nenhum problema no fato de ela estar aqui e fazendo sua presença ser bem-vinda.

— Noah...

— Sim? — ele inquire, sem olhar na mesma direção que eu. Ele não faz ideia da chegada de Nikki.

— Você não me disse que ela viria — digo baixinho.

— Como assim? — Ele olha para mim e, então, olha em direção aos seus pais. — Porra, isso é brincadeira, não é?

Ele tenta me tirar do seu colo, mas eu o forço a continuar sentado, recebendo um "ai!" e uma careta dele quando minha bunda bate em sua virilha. Com força.

— Foi mal. — Dou uma risadinha.

— Você vai ver como foi mal mesmo quando não funcionar mais tarde.

— Sempre funciona — retruco rapidamente.

— Esse não é o ponto. — A expressão dele se torna preocupada, não pelas bolas esmagadas, mas por mim. — Quer que eu a faça ir embora?

— Você não pode fazer isso! Ela vai achar que estou com ciúmes.

— Você não tem do que sentir ciúmes. É você que está sentada no meu colo. É só com você que eu quero estar.

— Não estou com ciúmes — falo baixinho, irritada por ele assumir que estou me sentindo ameaçada por ela. — Mas você não acha que é estranho ela estar aqui?

Ele suspira, apertando os braços ao meu redor.

— Mamãe deve tê-la convidado. Nossos pais são amigos, infelizmente.

Endireito os ombros, demonstrando minha segurança para a vaca que tratou Noah tão mal que o fez tomar a decisão transformadora que, no fim das contas, o trouxe até mim.

— Posso ser civilizada, se ela também puder.

— Não acho que ela seja capaz disso — ele resmunga, soando irritado.

— Bem, eu vou ser educada se ela falar com a gente.

— Você é uma pessoa melhor do que eu.

— Mas, se ela tentar algo, não posso prometer nada — aviso, vendo-a caminhar até o bar e lançar seu sorriso doce até demais para o barman.

— Porra, que merda eu vi nela? — ele questiona, zangado.

— Todos sabemos o que você viu, e não teve nada a ver com a *ótima* personalidade dela — Matt diz.

Isso quebra a tensão, graças a Deus. Logo minha atenção volta para a festa e a comida maravilhosa, o open bar com coquetéis incríveis, e o aconchego nos braços do homem que amo. A noite não poderia ficar melhor.

Ah, mas não é que fica?

Pouco tempo depois, peço licença ao casal adorável com quem estamos conversando, nos contando seus planos de se aposentar e comprar uma pousada.

— Preciso ir ao banheiro.

— Eu vou com você — Noah oferece, entrelaçando seus dedos nos meus e guiando-me até a porta dos fundos da casa dos seus pais.

— Você não precisa esperar por mim aqui.

— Mas eu quero. Além disso, se eu ficar aqui, você fica longe de problemas. — Ele ergue uma sobrancelha para me fazer entender do que está falando.

— Ah, com certeza! — provoco, fechando a porta do banheiro enquanto ele ri, divertido. Aff, esse cara. Até quando está rindo de mim, ele me faz sorrir.

Faço o que tenho que fazer e me refresco antes de sair do banheiro e me deparar com o corredor vazio, sem avistar Noah em lugar nenhum.

Ouço vozes no fim do corredor e sigo o som, obedecendo meu instinto.

— Ah, vai, gato! Eu estou com saudades. Sinto falta do seu pau dentro de mim.

Continuo andando e encontro Nikki se jogando em Noah, enquanto as mãos dele seguram os braços dela, que está com os lábios a centímetros do rosto dele, tentando beijá-lo.

Ah, não!

— É uma pena ele gostar de enfiar o pau só em mim agora, não é? — comento. Noah arregala os olhos ao empurrar Nikki e vir até mim.

— Meu bem, não é o que você está pensando.

— Ah, é exatamente o que estou pensando, mas o problema não é você. É ela.

Lanço um olhar mortal para a vadia loira que agora está virada para mim, com um sorriso falso enfeitando seus lábios pintados de vermelho.

— Não se preocupe. Eu sei o que Noah quer, e com certeza sei do que ele precisa — ela ronrona, e vejo tudo vermelho.

Vou com tudo para cima dela e lhe dou um soco na boca, chocando a mim mesma tanto quanto choco a ela.

— Vagabunda! — ela grita e vem para cima de mim, com o lábio sangrando, mas, felizmente, Noah se coloca na minha frente. Sacudo a mão, sentindo-a doer pra cacete agora.

— Nikki, eu terminei tudo com você. Desculpe se não quer ouvir isso, mas foi a melhor coisa que já fiz. Fui sincero em tudo o que te disse. Você não vai conseguir ir muito longe na vida se continuar procurando caras mais velhos que te sustentem.

Não resisto e espio, por trás de Noah, para ver o rosto chocado de Nikki, que está de boca aberta enquanto meu namorado a coloca em seu lugar.

— Se eu não tivesse terminado com você, não teria a Zoe, e ela é muito mais do que você jamais será. Agora, se nos der licença, vamos assistir à queima de fogos e aproveitar o resto da noite. Se eu fosse você, sairia quietinha, enquanto ainda pode.

Eu queria muito acertar as contas com ela, mas Noah deve conseguir ler mentes, porque não me dá a oportunidade. Ele segura minha mão e me puxa pelo corredor, empurrando-me para dentro do banheiro, fechando a porta e trancando-a, antes de me empurrar contra ela.

— Por que sempre somos eu, você e uma parede? — pergunto.

— Porra, eu te amo — ele vocifera antes de me beijar, deslizando as mãos até minha bunda e me erguendo, fazendo-me envolver sua cintura com as pernas.

Parece que eu não preciso mais esperar até mais tarde para ele me atacar.

Vitória!

Capítulo 24
Psicopata

Noah

Olho para o relógio novamente, me perguntando onde Zoe está. Combinamos de nos encontrar no refeitório para o almoço, já que não nos vemos desde ontem porque tive que fazer um turno mais longo e estudar para as provas.

Pego meu celular e envio uma mensagem.

Noah: Ei, já estou aqui. Onde você está?

Após cinco minutos sem resposta, mando outra mensagem.

Noah: Ainda estou esperando. Ficou presa com trabalho? Posso levar almoço para você.

Nada de resposta ainda, e sabendo que o meu intervalo está fadado a terminar a qualquer momento quando me chamarem na emergência, decido ir à radiologia ver se a encontro.

Estou olhando para o celular quando saio do elevador e quase derrubo Greta ao esbarrar nela.

— Ei, você viu a Zoe? — pergunto.

— Um amigo dela veio visitá-la, e eles estavam na sala de ressonância magnética na última vez que a vi. É só seguir por aqui e virar à direita no fim do corredor.

— Obrigado, Greta. Ela está atrasada para o almoço.

— Bom, então é melhor você ir encontrá-la. Também diga a ela que pode almoçar com calma, está tudo calmo por enquanto.

— Você é uma deusa, Greta. Não deixe ninguém dizer o contrário. — Inclino-me e beijo sua bochecha, o que a faz corar. *Milagres acontecem.*

Ela me apressa e aperta o botão do elevador.

Vou até o fim do corredor, como ela me instruiu, e viro à direita, ouvindo, ao chegar, um cara falar algo que não consigo compreender bem. Entro na sala da ressonância magnética, esperando encontrar Zoe lá, mas está vazia. E então, as vozes abafadas começam a ficar mais claras.

— Você não queria me ouvir. Não entende o quanto eu preciso de você.

Olho pelo vidro para a sala de imagens e meu sangue congela quando vejo Zoe presa contra a parede por um homem visivelmente zangado, com tatuagens nos braços. Os dedos dele estão apertando os braços dela com força, fincando em sua pele enquanto ele a sacode violentamente.

— O que você está fazendo, Justin? — ela pergunta.

Porra! É o ex dela. O ex aparentemente *inofensivo.*

Saio dali e tento abrir a porta, mas está trancada por dentro e nem ao menos se mexe. Meu coração acelera enquanto o ouço continuar a repreendê-la.

— Você não me respondia, então tive que vir até você! — ele grita.

Desesperado para chegar até ela, bato na porta com o ombro, empurrando-a até abri-la e entrar para salvar Zoe.

— Você irá embora comigo. Entendi o que quis fazer: chamar a minha atenção.

Ele vira a cabeça e olha para mim quando a porta bate contra a parede.

— Justin, não. Você tem que s... sair daqui. Me solta... — Zoe implora, os olhos arregalados de terror.

— Ah, não, amor — ele diz com um sorriso maquiavélico, olhando bem nos meus olhos ao continuar: — Finalmente te encurralei, e você vai me ouvir.

— Ela não vai, não, porra! — grito ao ir para cima dele e empurrá-lo para longe dela, desequilibrando-o e fazendo-o cair no chão.

— Você está bem? — pergunto a ela, assustado pra caralho, mas tentando garantir que o imbecil não chegue perto dela de novo. Ela está tremendo e abraça o próprio peito, fitando seu ex com medo.

— Quem diabos é você? — Justin pergunta, ficando de pé novamente, com um olhar feroz e ameaçador.

— Sou o namorado dela. Você precisa arrumar uma vida e deixá-la em paz, porra. De uma vez por todas.

— Vai se foder, filho da puta!

Ele vem até mim, preparando-se para me socar, mas prevejo seu movimento e o bloqueio, desviando do golpe e socando-o com força na barriga.

Ele se curva imediatamente, sem fôlego. Aproveito a oportunidade para pegar Zoe e tirá-la do alcance dele.

— Vá apertar o botão de emergência, meu bem.

Ela olha para mim e assente, correndo até o painel perto da porta e apertando o botão vermelho para chamar a segurança.

— Noah...

— Zo, saia daqui até os seguranças chegarem.

Mas ela não se mexe.

— Zoe... — Justin chia, erguendo a cabeça para olhar para ela. — Eu te amo. Nós pertencemos um ao outro.

Ela olha para ele e respira fundo, retomando sua segurança ao endireitar os ombros e se recompor.

— Eu terminei com você há meses, Justin. *Meses!* Você me seguiu, invadiu o meu quarto, e mesmo depois de ser ameaçado pela polícia, você não me ouviu, *porra!*

— Zo... — ele choraminga.

— Você não consegue entender? Eu não te amo, Justin. Nunca te amei. Agora sei o que é amor, e você não está apaixonado por mim. Você está obcecado por mim. Isso tudo precisa parar. As mensagens, as perseguições, os presentes, as flores...

Fico paralisado ouvindo suas palavras, percebendo que ela tem escondido muitas coisas de mim durante os últimos meses. Ela me olha em choque, ponderando o que acaba de revelar. Mesmo assim, ela volta a atenção para ele no instante em que dois seguranças entram correndo pela porta.

— Doutor?

— Ele a agrediu e a segurou contra a parede, e ainda tentou me socar — explico.

Eles se apressam e seguram Justin, um em cada braço, e ele começa a lutar contra eles, tentando se soltar.

— O que quer fazer? Quer que chame a polícia?

Abro minha boca para responder, mas Zoe é mais rápida.

— Sim, eu preciso prestar queixa. Tenho um detetive acompanhando esse caso. Preciso dar meu testemunho.

— Zoe, meu amor... — Justin choraminga enquanto os guardas o levam para fora.

— Esperem! — ela pede, ficando na frente dele. — Eu preciso dizer uma coisa.

Coloco a mão em seu braço.

— Zoe, eu não acho que...

— Você precisa me deixar em paz. Eu vou conseguir uma ordem de restrição contra você, e você *vai* ter que me deixar em paz. Sem contato, sem visitas, nada. Justin, você precisa seguir a sua vida e me esquecer, porque eu conheci um homem que eu amo mais do que tudo na vida e sei que isso te machuca, mas eu segui em frente, e não vou voltar atrás.

E, caralho, o cara começa a chorar.

— Vocês podem levá-lo agora. Eu vou levá-la para a delegacia para prestar queixa — digo aos guardas, que o arrastam dali, até ficarem fora de vista.

Antes que eu possa dizer qualquer coisa a ela, Zoe corre até mim e me envolve com força, caindo no choro. Puxo-a com mais força ainda, sentindo meu coração acelerado por pensar no que estava acontecendo antes de eu chegar aqui, e o que poderia ter acontecido se eu não tivesse vindo procurá-la.

— Acabou, meu bem — murmuro contra seu cabelo, acariciando-o conforme os tremores que sacodem seu corpo desaparecem aos poucos.

Ela se afasta e olha para mim.

— Noah, eu...

— Você está bem? Deixe eu te examinar. — Analiso seu rosto, seus braços, tudo, buscando qualquer sinal de lesão.

— Estou bem, Noah. Eu sinto muito mesmo. — Sua voz vacila conforme seus olhos se enchem de lágrimas novamente.

Não quero fazer as coisas piorarem, nem mesmo para tentar compreender o que acabou de acontecer, então passo o braço por seu ombro e a puxo para mim.

— Vamos sair daqui, meu bem. Você pode deixar um bilhete para Greta e vir comigo. Vou te levar para prestar queixa.

— Ok — ela responde rapidamente, enfiando a cabeça no meu peito conforme saímos da sala. Preciso ficar de olho nela, porque seu corpo trêmulo e a respiração rasa são claros sinais de que a adrenalina está se esvaindo de seu corpo e a ficha está caindo.

— Ele estava muito zangado. Desesperado — ela murmura. — Eu nunca o vi com tanta raiva assim. Ele nunca me machucou fisicamente antes.

— Ele está desequilibrado, amor. Acho que agora ele entendeu a mensagem claramente.

— Espero que sim.

— Vamos encontrar esse detetive do qual você falou. E o seu irmão.

Ela para de repente e arregala os olhos.

— Ah, não, Noah! Não podemos contar ao Zander. Ele vai surtar — ela implora.

— Ele vai descobrir de qualquer jeito. Melhor descobrir por você do que ouvir falar por aí.

Porque Deus sabe que saber que alguém que você ama não confia em você o suficiente para te contar a verdade te faz sentir na merda.

Zoe

Eu estava certa.

Zander tem uma expressão assassina no rosto ao entrar na sala onde estou dando meu depoimento. Jeremy abre a boca, provavelmente para repreendê-lo por entrar assim e interromper, mas fecha quando vê o olhar de Zander.

— Zoe, eu poderia te esganar agora! — ele sussurra ao me puxar e me abraçar com força.

— Me desculpe — respondo com dificuldade.

— Falaremos sobre isso depois. Aquele cara precisa entender que tem que ficar longe de você. Então, você vai terminar de dar a sua declaração e depois o Taylor vai te levar para casa. — Ele olha para Noah e assente. — Quando eu terminar meu turno, Kate e eu iremos até o seu apartamento. Ok?

— Ok — respondo fracamente, sentindo os eventos do dia começarem a cobrar seu preço. Estou exausta, cansada pra caralho, aliviada e ainda preocupada, só que não é mais com Justin.

Noah foi incrível. Quando ele invadiu a sala e tirou Justin de cima de mim, apenas fiquei ali assistindo-o tomar o controle da situação e colocar o Justin no lugar dele. Mas agora que o choque está começando a passar e conforme conto tudo para o detetive, a culpa por ter escondido o que estava acontecendo de todo mundo nos últimos meses está se fazendo *muito* mais presente.

Achei que poderia lidar. Pensei que Justin iria desistir, já que eu não respondia suas mensagens, não atendia suas ligações e quando comecei a enviar de volta as flores que ele me mandava. Mas eu estava errada, tão errada, e olha no que deu: fui empurrada contra a parede e presa contra a minha vontade.

Olho para Noah, sentado ao meu lado, e sorrio para ele, que apenas assente em resposta.

Há algo de errado com ele. Está aqui e está me apoiando, segurando a minha mão e me encorajando ao apertá-la delicadamente enquanto conto a

Jeremy tudo o que aconteceu desde que cheguei em Chicago, até mesmo antes de eu ir embora de Indiana, mas seus olhos estão vazios. Ele está vazio. Não há nada do seu lado convencido, nenhum sorriso, e arrisco até a dizer que não há nenhum sentimento ali.

Esperei uma reação, uma explosão. Mas não há nada.

Assino meu testemunho e Noah me conduz para fora da sala, enquanto seguro o cartão de Jeremy, que me assegura que Justin não chegará perto de mim de jeito nenhum.

Andamos até seu carro e Noah abre a porta para mim, fecha, e dá a volta. Ele entra e vira a chave, ligando o motor, depois pega o trânsito e segue para o meu apartamento.

— Você está bem? — pergunto com cautela.

— Aham.

Sua voz é rasa, sem emoção. É de partir o coração, mas não é menos do que estou merecendo, mesmo.

— Ok — respondo, porque o que mais posso dizer? Eu menti, omiti a verdade, mas nunca, *nunca* quis magoar ninguém. Nem o meu irmão e muito menos Noah.

Então, descanso a cabeça contra a janela do carro, olhando a cidade passar por mim, e tento me preparar para a bomba-relógio que está prestes a explodir.

Só posso torcer para que Noah e eu continuemos juntos depois da explosão.

Capítulo 25
Homem por um fio

Noah

Estou dormente. Cheio de raiva. Estou perdido, me perguntando como voltei à estaca zero, com uma mulher que não está disposta a se entregar completamente a mim. Zoe não é Nikki; não é o que quero dizer. É o fato de que eu amo a Zoe, mais do que tudo na minha vida.

O homem com a reputação de ter um pau grande e saber usá-lo já era. Eu encontrei a mulher com quem quero ficar. Não quero outra pessoa na minha vida, na minha cama, ou na porra do meu coração.

Mas aí, o ex obcecado dela entra no hospital, a maltrata e eu a salvo, para então descobrir que ela tem escondido tudo o que tem passado de mim, do irmão dela, da mãe e das irmãs... de todo mundo. Não sei se quero torcer o pescoço dela ou abraçá-la e nunca mais soltar.

Estaciono e saio, dando a volta para abrir a porta do passageiro para Zoe.

— Me dê as suas chaves para subirmos — peço, estendendo a mão para que ela as coloque na minha palma.

Ela ficou quieta durante todo o caminho, provavelmente pensando demais em merdas, assim como eu. Precisamos conversar sobre isso. Preciso saber por que ela escondeu tudo de mim. Porra, por que ela escondeu de todo mundo, ao que parece? Por que não confiou em mim o suficiente para me contar o que estava acontecendo e tudo pelo que estava passando? Porra, eu sabia que ela estava se contendo com alguma coisa. Eu deveria ter insistido mais, exigido respostas.

Os pesadelos, a relutância e a cautela sempre que ela recebia mensagens, e o jeito como era evasiva, no geral, sempre que eu perguntava se precisava de ajuda. Tudo agora parece óbvio. Pelo que ouvi em seu testemunho, ela tem vivido um inferno há meses, até mesmo depois de vir para Chicago para ficar longe daquele idiota. Ele era persistente, estava desesperado, e seu comportamento irracional continuou a piorar, até culminar na merda que aconteceu hoje.

Ela está com hematomas nos braços devido ao jeito como ele a agarrou e a prendeu contra a parede. Eu nunca vou esquecer do medo em seu olhar.

Estou zangado com ela.

Estou zangado comigo mesmo.

Meu problema é honestidade. A falta dela.

Mac e Daniel têm isso. Zander e Kate acabaram conseguindo. Até mesmo Sean e Sam resolveram as merdas dele assim que foram finalmente honestos um com o outro após anos evitando seus problemas.

— Noah?

Viro-me para olhá-la, percebendo que tenho andando no piloto automático, perdido na minha própria mente, e agora estamos diante da sua porta.

— Desculpe — digo ao abrir a porta, colocando a mão na base das suas costas para entrarmos. — Você quer alguma coisa? Água, café, gin? — Isso arranca dela um sorriso sem graça.

— Estou bem assim. Olha, eu acho que nós precisamos conversar... — ela diz ao chegarmos à sala de estar.

Nesse momento, todas as minhas emoções colidem e a ficha cai. Se eu ficar aqui com ela esta noite, vou acabar falando ou fazendo algo do qual vou me arrepender quando as coisas se acalmarem.

— Já que você está bem, eu preciso ir embora. — Beijo sua bochecha e olho em seus olhos. — Te ligo mais tarde, ok?

Sinto-me um babaca por não explicar melhor, mas preciso dar logo o fora daqui.

Seus olhos arregalados quase me fazem ficar, mas a necessidade de ir e ter tempo para pensar melhor nas coisas acaba vencendo.

— Ok. Até mais tarde.

Há derrota em sua voz, como se ela já estivesse esperando isso de mim. Ou esperando mais de mim. Sabe-se lá o que ela está esperando agora, porque eu nem sei como deveria agir ou reagir. Me sinto estranho, e preciso de espaço para voltar ao normal.

Assinto e vou até a porta da frente. Ligo para Zander assim que saio do prédio.

— Oi. Zoe está bem? — ele pergunta ao atender.

— Oi. Sim, acho que está. Ela está em casa agora, mas eu precisei sair de lá. Será que você ou Kate podem ir ficar com ela agora? Queria que alguém estivesse com ela, caso a ficha caia de uma vez, ou ela tenha lembranças ruins ou algo assim.

— E por que você não vai ficar?

— Eu preciso de espaço para pensar. Ela escondeu isso de mim por meses. Já perguntei antes sobre o imbecil, e ela disse que ele era inofensivo.

Estou me chutando mentalmente por não ter insistido mais no assunto.

— É, eu dei um esporro no Jeremy por não ter me contado antes também. Mas ele só estava honrando os desejos dela.

— Estou indo para a casa da Mac e do Daniel para pensar melhor. Eu sabia tanto quanto você, e isso está ferrando a minha cabeça.

— Tudo bem. Mac está em casa e Kate também, então vou ligar para elas e pedir para irem direto para o apartamento da Zoe.

— Valeu, cara. Eu gosto demais dela para arriscar foder tudo por dizer merdas que não são sinceras.

— Te entendo, cara. Kate e Mac logo estarão lá.

— Diga a ela que vou ligar mais tarde, ou amanhã, e peça a Mac que me mande mensagem para dizer se ela está bem.

Espero que ela ainda queira falar comigo mais tarde.

— Pode deixar. Até mais.

Finalizamos a ligação e eu entro no meu carro.

Vinte minutos depois, estaciono em frente à casa de Mac e Daniel. Mandei uma mensagem para Daniel, avisando que viria, para me certificar de que ele estaria em casa.

Ao passar pela porta, sou atingido pelo cheiro de alho e logo encontro

Daniel na cozinha, mexendo em uma panela.

— Querido, cheguei! — anuncio dramaticamente da porta da cozinha.

— Esse pessoal se acha tão engraçado. Não é, Jared? — ele diz para seu filho, que está usando uma camiseta maior que ele que diz "Eu sou um mini super-herói".

— Onde estão as meninas?

— Mac recebeu uma ligação de Kate há dez minutos para dizer que o Zander está preso no trabalho e elas precisavam ir ficar com a Zoe. Riley está na casa da minha irmã brincando de chá das cinco, pelo que me foi dito.

Apenas assinto para ele, incerto sobre o que ou como dizer. Tudo o que sei é que preciso conversar.

— Cerveja? — ele oferece, colocando uma garrafa aberta de Millers diante de mim.

— Valeu.

Sento-me no banco alto do outro lado da bancada, observando Daniel cozinhar e Jared fazer de conta que o está ajudando.

— Então, o que você fez? — Daniel pergunta, olhando por cima do ombro.

— Não fui eu, dessa vez.

Ele pega Jared e o segura contra o quadril antes de dar a volta na bancada com sua cerveja na mão e senta ao meu lado.

— O que aconteceu? — ele insiste, sem pegar no meu pé, algo que aprecio mais do que ele possa imaginar agora.

— Alguém te contou sobre o ex da Zoe?

— Ouvi as meninas comentarem que ele ficou abusivo depois que terminaram.

Tomo um gole de cerveja e coloco a garrafa de volta sobre a bancada, encostando meu corpo na superfície de aço.

— Bom, ela veio para cá para ficar longe dele, e todos achamos que era coisa do passado. Ela ainda recebia mensagens dele, mas não era nada alarmante. Pelo menos, foi o que pensamos...

— Ficou pior? — ele pergunta, e Jared, obviamente entediado com a nossa conversa, desce do colo de Daniel e vai em busca de brinquedos para entretê-lo.

— Parece que ela escondeu *muita* coisa de todo mundo, incluindo a mim. Ele a encurralou no hospital hoje, e eu a encontrei presa contra a parede enquanto ele gritava com ela. Ela está até com hematomas que aquele imbecil deixou.

Pego a cerveja, precisando ter algo na mão para me impedir de socar uma parede.

— Puta merda, Taylor! Você deu um jeito nele?

— Eu o empurrei de cima dela e, quando ele tentou me acertar, eu o soquei na barriga. Enquanto ele estava incapacitado, Zoe apertou o botão para chamar os seguranças.

— Então, por que você está aqui? Deveria estar com ela.

Bato minha garrafa sobre a bancada.

— Eu não sabia de merda nenhuma, Dan. Eu perguntei sobre ele para ela. Perguntei sobre as mensagens que ela recebeu no dia do casamento do Zander. Ela teve muitas chances de me contar tudo o que estava aguentando, o que ele estava fazendo com ela. Ele mandava umas vinte mensagens por dia, ligava com a mesma frequência, e mandava presentes. Ela até contou para a polícia que ele a estava perseguindo, porra!

Deixo minha cabeça cair nas mãos, sentindo-me ser dominado pelo medo do que poderia ter acontecido com ela.

Olho para Daniel.

— E se eu não tivesse ido procurar por ela? E se ele a tivesse levado, ou a machucado *pra valer*? O que eu faria se isso tivesse acontecido?

Ele arregala os olhos diante da minha confissão. Esse é o cara que me conhece por mais da metade da minha vida. Se eu não pudesse desabafar tudo com ele, com quem mais eu poderia?

Com a Zoe, eu pensava. Mas aí aconteceu o que aconteceu.

— Merda — ele diz, massageando a nuca. — Isso é mais do que eu achei que você fosse dizer.

— Nem me fale.

— Então, você a deixou sozinha na casa dela?

— Eu tinha que dar o fora dali. Precisava de espaço. Precisava ajeitar a minha cabeça antes de ficar com mais raiva, ou irracional. Ou as duas coisas.

— Bem pensado.

— Mas eu liguei para o Zander e disse a ele que alguém precisava ir ficar com ela. Ela me disse que estava bem quando vim embora, mas não sei se vai continuar assim quando começar a assimilar tudo.

— E agora, você teve tempo para pensar.

— Eu quero saber por que ela escondeu tudo de mim, da família dela. Ela sabia que iríamos querer ajudá-la, mas, quando ela precisou, decidiu esconder e sofrer sozinha. — Expiro devagar, sentindo meus ombros curvarem quando olho para o meu melhor amigo. — Eu fiquei assustado pra caralho. Isso poderia ter terminado mal de tantas maneiras.

— Mas não terminou mal.

— Você está certo, não terminou. Mas não posso perdê-la. Eu acabei de encontrá-la.

— Talvez você deva dizer isso a ela.

— Você acha?

— Vou te contar um segredo que as mulheres não querem que a gente saiba. Elas querem saber o que estamos pensando e como nos sentimos, mesmo que elas não precisem ouvir. Elas precisam saber se estivermos irritados com elas, com razão ou sem razão, ou se estamos felizes, ou o quanto gostamos de acordar com o pau na boca delas pela manhã...

— Informação demais.

— Você bem sabe — ele retruca, com um sorrisinho debochado.

— Só para você saber, fui acordado assim recentemente também.

Ele estende o punho para mim e eu bato o meu no dele.

— Falando sério, eu sei que essa merda de estar apaixonado e em um relacionamento é novidade para você, mas se você disser a ela como se sente e o que você pensou quando a viu ser machucada...

— Eu quis arrancar a cabeça dele.

— Então *diga* isso a ela. Ela deve estar se perguntando se te perdeu por causa disso, e você só está aqui bebendo cerveja e se acalmando.

— Merda! — Passo a mão pelo cabelo. — É melhor eu ir.

— Nada disso. É melhor você se sentar, terminar a sua cerveja e comer espaguete comigo e Jared. Mac e Kate estão com tudo sob controle. Mandei uma mensagem para Mac para avisar que você estava vindo para cá, assim a Zoe vai saber onde você está.

— Valeu, cara.

— Sem problema. Mas, na próxima vez que eu quiser sair com a minha esposa, você vai ficar de babá para ficarmos quites.

Viro o rosto e olho para Jared, que está batendo seu caminhãozinho vermelho repetidamente em uma torre de blocos. Bate, derruba, reconstrói, repete.

— Ei, Jared. Posso brincar? — pergunto. Ele me olha e inclina a cabeça para o lado, como se estivesse considerando meu pedido, e finalmente assente, dando tapinhas no tapete ao lado dele.

Bem, aí está um jeito certeiro de me fazer esfriar a cabeça.

Zoe

Depois que Noah vai embora, fico olhando para a porta pelo que parecem horas. Eu entendo por que ele foi, mas, mesmo assim, dói para caramba.

Quando tudo o que eu queria era que ele me envolvesse em seus braços e me abraçasse, ele precisa de espaço. Sua mandíbula ficou tensa durante todo o caminho para casa e seu corpo estava rígido, cheio do que só posso assumir ser raiva da cena que ele teve que apartar. Ficou ainda pior quando ele sentou ao meu lado enquanto eu dava meu depoimento a Jeremy, contando tudo o que vinha acontecendo durante os últimos quatro meses, desde que me mudei para Chicago.

Depois, enquanto subíamos até o meu apartamento, parecia que ele estava em outro lugar. Ele estava se movendo em piloto automático — acho que nós dois estávamos — , e depois de se certificar que eu estava bem, foi embora, dizendo que iria me ligar mais tarde. Não que voltaria logo, ou que ia tomar um pouco de ar fresco para clarear a mente — mesmo que eu saiba que por isso ele foi embora. Tudo o que ele disse é que me ligaria.

Meu celular vibra sobre o braço do sofá ao meu lado.

Kate: Mac e eu chegaremos aí em cinco minutos com vinho e comida. Prepare-se para abrir a porta.

Suspiro, sabendo, de alguma maneira, que um dos dois homens que mais amo na vida chamou reforços.

Elas batem na porta e eu espio pelo olho mágico — velhos hábitos e tal — , abrindo a porta para encontrar os olhares complacentes de Kate e Mac, que estão com os braços cheios com comida chinesa e garrafas de vinho.

— Você nos deve algumas explicações, mocinha! — Kate diz, indo direto até a cozinha, fuçando meus armários à procura das minhas taças. — Bingo! — ela fala, triunfante, quando encontra o que busca.

— Ainda não sei se estou pronta para falar sobre isso — respondo honestamente.

Mac pega alguns garfos da gaveta e prende meu braço no seu, arrastando-me para a sala de estar e me sentando no sofá antes de colocar a comida sobre a mesinha de centro diante de nós. Kate junta-se a nós e me entrega uma taça de vinho branco.

— É hora de desembuchar. Zander me contou a versão resumida quando ligou para pedir que viéssemos para cá.

Afundo-me no estofado, derrotada. Amo o fato de o meu irmão ter feito isso, mas estava meio que esperando que Noah tivesse algo a ver com essa intervenção feminina.

— Achei que ele viria direto para cá pra comer o meu cu.

Mac cospe seu gole de vinho e olha para mim, com os olhos arregalados.

— Acho que te amo! Essa deve ser uma das melhores expressões que já ouvi.

— Pode usar, contanto que signifique que eu nunca tenha que passar por isso.

Ela olha para Kate.

— Consigo pensar em algumas pessoas com as quais eu gostaria de fazer isso. Não é, Kate?

Kate sorri e assente, e bem quando começo a pensar que escapei da missão de fazer confissões, ela me lança um olhar e fica esperando.

Bufo de frustração, mas puxo minhas pernas sobre o sofá, com Kate sentada na outra extremidade e Mac no chão, do outro lado da mesinha. Já que o meu irmão e Noah já sabem de tudo, decido que não há razão para esconder mais nada de ninguém.

— Justin, meu ex, estava me perseguindo há um tempo. Mas eu meio que escondi *o quanto* ele estava me perseguindo.

— Por que você faria isso? — Kate pergunta, com curiosidade na voz.

— Porque eu sabia que Zander iria até o fim do mundo e faria algo estúpido, que provavelmente colocaria o emprego dele em risco, e Noah... — Minha voz fica suave. — Estava começando a dar certo com o Noah, e eu não queria que ele tivesse que lidar com a minha bagagem indesejada.

— Querida, Noah não gostava da bagagem da Nikki porque ela era apaixonada pelo melhor amigo dele. A sua bagagem está mais para uma mala enorme e irritante cheia de veneno tóxico. Você deveria ter nos contado, contado a ele, o que estava acontecendo — Kate diz.

— Eu sei disso. E sabia enquanto tudo estava acontecendo. Mas, depois de um tempo, eu já estava lidando com isso há tanto tempo, e tinha tanta certeza de que Justin ia acabar seguindo em frente e me esquecendo, que fiquei presa nesse redemoinho, sem querer contar a ninguém. Agora, Noah se mandou sabe Deus para onde, e nem sei se ele vai voltar para cá esta noite, ou amanhã, ou qualquer outro dia.

— Agora, com *isso* eu posso ajudar. Daniel conhece Noah desde sempre, tipo desde quando eles eram crianças, e eu o conheço há pelo menos seis anos, então, posso te dizer duas coisas. Primeiro, ele está lá em casa com Daniel e

Jared, e, segundo, aquele homem está tão apaixonado por você que não sabe como deveria se sentir sobre tudo isso.

— Ele estava tão irado quando atacou Justin, mas foi tão doce comigo logo depois. Daí, ele simplesmente foi embora. — Minha garganta está apertada e as palavras saem com dificuldade.

— Bem, vamos encarar assim. O seu irmão é muito protetor com as garotas dele, incluindo a mim, e já teve que intervir uma vez, quando eu também fui agarrada contra a minha vontade, e ele levou algumas semanas para deixar de se sentir culpado por isso — Kate explica.

Eu suspiro.

— Mas não foi culpa dele, foi?

— Não, mas, na cabeça dele, ele é um policial, e deveria ter impedido aquilo de acontecer, ou alguma merda assim.

Mac assente, concordando, e parece querer dizer alguma coisa.

— O quê? — pergunto, com os olhos grudados nos dela.

— Noah se sente culpado também. Ele deve estar imaginando o que poderia ter acontecido se ele não tivesse chegado lá a tempo. É um cara muito protetor também, então acho que deve estar pensando que não sabia o que estava enfrentando.

— Eu sou tão idiota.

— Por que você escondeu?

— Porque eu não queria ser um fardo — choramingo. — E não queria dar ao Noah um motivo para perder o interesse.

Aí está a verdade.

— Ah, querida, isso é até injusto com o Noah. Você precisa dar uma chance a vocês dois. — Kate se remexe no sofá e se aproxima para colocar o braço em volta de mim.

— Tem mais uma coisa — Mac diz, com os olhos cheios de compreensão. —Noah odeia mentiras, e mesmo que você não tenha feito por maldade, tudo o que a Satã fazia era mentir para ele e enganá-lo. Talvez ele precisasse de espaço e tempo para pensar esta noite por isso também.

— Merda.

— Ele vai voltar. Eu nunca o vi olhar para alguém como ele olha para você, Zoe. Ele mudou, talvez tenha até amadurecido...

— Ele é mais velho do que eu! — afirmo.

— Ele é mais velho que todos nós — Mac fala com uma risada. — Não significa que ele sempre agiu com maturidade.

— O seu casamento... — Kate sugere.

— Sim, teve isso. — Mac curva os lábios. — Mas foi você que fez isso com ele. Você mostrou a ele algo pelo qual ele obviamente está disposto a lutar, e ele vai, assim que superar a mágoa que está sentindo agora.

Nós todas ficamos quietas enquanto minha mente acelera a milhões de quilômetros por hora.

— Mas ele vai voltar, não vai? — verbalizo meu maior medo.

Kate olha para mim, com um sorriso sugestivo crescendo em seus lábios.

— Se a Mac pode fugir duas vezes e voltar para o Superman no fim das contas, é impossível Noah Taylor não voltar para você. Você só tem que estar pronta para ele quando isso acontecer.

Aí está algo que eu *posso* fazer.

As meninas foram embora depois que o vinho acabou e terminamos de assistir Missão Madrinha de Casamento em DVD. Em um timing perfeito, Zander chegou assim que elas estavam de saída.

Kate balançou a cabeça, acho que em uma maneira de dizer silenciosamente para ele pegar leve comigo, antes de beijá-lo — com muita vontade — e sair pela porta.

Preparei-me, esperando que ele começasse a brigar comigo, mas ele não disse nada. Ele foi até a geladeira, pegou uma cerveja — divertindo-se quando eu disse que era de Noah — e voltou para a sala de estar, ficando à vontade no sofá. Colocou as pernas sobre a mesinha de centro e olhou para mim, inclinando a cabeça para o lado, pedindo-me para sentar com ele, como se nada estivesse errado.

— Pelo que vi do Taylor hoje, acho que ele vai poder dizer mais do que eu, e provavelmente será mais efetivo vindo dele. Então senta essa bunda aí e relaxa, Zo. Vou dormir no seu sofá até o sol nascer, ou até o Noah se resolver e voltar. De um jeito ou de outro, vai ter que me engolir por enquanto.

É por *isso* que eu amo tanto o meu irmão. Ele me entende perfeitamente. Sempre foi assim, e provavelmente sempre será.

— Então, como foi a lua de mel? — pergunto, esforçando-me para quebrar o silêncio.

Ele vira para mim e me lança um sorriso sugestivo.

— Você quer mesmo saber?

— É, agora não — murmuro, voltando minha atenção para a televisão.

Uma hora depois, quando sinto que estou começando a cair no sono com a cabeça encostada no ombro de Zander, levanto-me e vou para a cama, ponderando se devo enviar uma mensagem para Noah, mas lembro-me do que as meninas disseram sobre como ele deve estar se sentindo. Meu último pensamento antes de adormecer é que, pelo menos, eu sei onde ele está.

Capítulo 26
A pessoa certa

Noah

Pouco depois das onze da noite, entro no condomínio de Zoe, usando o código que ela me deu, e subo até o apartamento dela. Dizer que tive muito em que pensar é um eufemismo, mas Daniel conseguiu colocar tudo em perspectiva para mim. Sem contar a Mac, que entrou pela porta, me deu um tapão na orelha e me disse para voltar logo para a casa da Zoe e conversar com ela.

Eu pretendo fazer isso — e muito mais — , mas, primeiro, preciso seguir o conselho de Daniel e ser honesto com ela sobre por que reagi daquela maneira, e como me sinto por saber que ela escondeu aquelas merdas de mim, especialmente quando eu nunca escondi nada dela desde que a conheci.

Quando chego à porta, bato algumas vezes, mas percebo que, se ela estiver dormindo como normalmente dorme — como se estivesse morta — , então provavelmente não vai me ouvir. Então, mando uma mensagem.

Noah: Toc, toc. Me deixe entrar, amor.

Alguns minutos se passam e, então, ouço passos virem em minha direção e duas fechaduras serem destrancadas. A porta se abre lentamente e Zoe fica ali diante de mim, usando um robe preto de seda e pantufas da Mulher Maravilha.

Seus olhos estão cautelosos, cheias de uma ansiedade óbvia. E depois de tanto pensar em tudo o que eu queria dizer, acabo deixando escapar a primeira coisa que me vem à cabeça.

— Eu sou um idiota.

Ela fica de boca aberta e arregala os olhos.

— Bom, eu não esperava que você fosse dizer isso.

— Posso entrar?

— Ah, sim. Que bom que você *quer* entrar.

Graças a Deus! Se o Winters estiver certo sobre essa coisa de honestidade, então eu devo ao cara engradados de cerveja para durar um ano, no mínimo.

— Não há outro lugar onde eu queira estar agora, Zo.

Que tal essa? Honestidade, certo?

— Exceto pelas últimas quatro horas, quando você não pôde estar aqui?

Se qualquer outra pessoa que não fosse Zoe dissesse isso para mim, eu sentiria o deboche de longe, mas, já que estou olhando para ela quando diz, posso ver que ela se sente mal por eu ter ido embora.

Avanço e coloco a mão na sua barriga delicadamente, empurrando-a devagar até poder fechar a porta atrás de mim. Incapaz de resistir, envolvo-a com meus braços, mantendo uma mão em sua cintura e deslizando a outra por suas costas, até descansar entre suas escápulas. Ela cede contra mim e enterra o rosto no meu peito, conforme seu corpo começa a chacoalhar.

Beijo seu cabelo e apenas a abraço enquanto ela põe tudo para fora.

Ouço passos se aproximando pelo corredor e olho para cima, encontrando Zander com os cabelos bagunçados, vindo em nossa direção. Ele franze a testa ao ver Zoe chorando em meus braços, e eu apenas assinto para ele, assegurando-o de que está tudo bem.

Ele se aproxima por trás dela e a toca nas costas. Ela ergue a cabeça e sorri com carinho para ele, que se inclina e sussurra em seu ouvido, recebendo um assentir da irmã.

— Tchau, Zan — ela murmura e ele sorri para ela, olha para mim e me dá um aceno de cabeça antes de ir embora.

— Você acha que ele vai me perdoar? — ela pergunta, trêmula, voltando a descansar a bochecha no meu peito.

— Parece que ele já perdoou. Você fez o que achou que era o certo, e ninguém pode te culpar por isso. Mesmo que tenhamos vontade de torcer o seu pescoço por causa disso.

Ela se afasta um pouco e me olha.

— Está falando sério?

— Que tal você voltar para a cama para conversarmos? Isso se você quiser que eu fique, é claro.

Nem tento esconder em minha voz o medo que tenho de ela dizer não. Se eu quero que ela seja honesta sobre tudo, então preciso mostrar que também posso ser.

— Claro que eu quero.

— Certo. Vou trancar tudo e te encontro no quarto. Você precisa de alguma coisa?

Ela dá um passo para trás e começa a se afastar, mas para e se vira, andando para trás enquanto me olha nos olhos.

— Só de você. Sempre.

— Porra, que bom saber disso — murmuro contra a porta ao fazer o que falei antes de seguir para o quarto dela.

Ela está sob as cobertas quando chego, e eu quase perco a determinação em conversar ao invés de tirar nossas roupas e resolver isso de outra maneira.

— Você queria conversar — ela diz suavemente, vendo-me ir até sua janela e ficar de costas para ela. — Você não vai ficar?

Viro-me e a encaro.

— Vou ficar, com certeza. Eu só preciso de motivação para dizer o que preciso, e só vou conseguir se ficar longe da tentação.

Ela franze a testa e me olha como se eu tivesse um parafuso a menos, mas acaba assentindo.

— Eu sinto muito. Por esconder tudo.

— Sei que sente. Só não tenho certeza se você acabaria contando para alguém, algum dia. E essa é, provavelmente, a parte mais frustrante nisso tudo.

— Eu... — Sua voz desaparece e ela desvia o olhar do meu. — Só estava tentando fazer a coisa certa.

— A coisa certa? Lidando com tudo sozinha, Zo? — rosno. — Espero que você tenha se tocado do quão idiota isso foi.

Ela ergue a cabeça e encontra meu olhar novamente. Dessa vez, há uma nova determinação no seu.

— Eu fiz o que achei que era certo na hora. Nunca vou me desculpar por tentar cuidar de mim.

— Mas você não tem que fazer isso! — Por mais que eu tente não levantar a voz, não consigo. — Acho que você não entende que Zander e eu te amamos e queremos te proteger.

— Eu sei disso.

Respiro fundo para me acalmar e sento na beira da cama, perto dela. Pego sua mão.

— Você não nos deu chance quando escolheu não nos contar.

— Sim, eu sei disso.

— Mas significa mais do que isso para mim. Eu fiquei assustado *pra caralho*. Eu o vi te machucando, e imediatamente quis te deixar a salvo e destruí-lo ao mesmo tempo. — Luto para controlar minhas emoções, lembrando da expressão aterrorizada no rosto dela. — Fiquei com medo de ele ter te machucado. Não posso te perder, eu acabei de te encontrar.

Os olhos dela enchem de lágrimas conforme se senta e segura minha mandíbula, destruindo a última gota de resistência que tenho. Puxo-a para mim e a envolvo com os braços, segurando seu corpo o mais próximo possível do meu.

— Não chore, Zo. Está tudo bem.

— Eu... eu... pensei que você não ia voltar. Você... você não me ligou, e estava tão... tenso, e quieto, e fora do ar. Eu tive certeza de que ia terminar comigo.

Puxo sua cabeça para trás gentilmente por seu rabo de cavalo e a fito.

— Você ainda não entendeu, não é? — pergunto, balançando a cabeça e abrindo um sorriso. Ela franze as sobrancelhas.

— Você estava com raiva. Mal falou comigo depois de ouvir o meu depoimento, e eu sei que você odeia pessoas mentirosas, então juntei dois mais dois e deu quatro.

— Você juntou dois mais dois e deu mil, meu bem. Então, vou esclarecer para você.

Eu a solto por um instante, apenas para tirar minha camisa de botão e levantar as cobertas, deitando na cama e me movendo para prender seu corpo sob o meu. Ela se mantém quieta, observando cada movimento meu.

Meus quadris ficam entre suas pernas conforme me ergo sobre os cotovelos, um de cada lado do seu corpo. Coloco as mãos em sua mandíbula e aproximo meus lábios dos seus, mas resisto à vontade de beijá-la.

Sinto seu sopro de frustração contra o meu rosto, e sorrio porque ela fica tão linda quando não consegue o que quer.

— Eu estava com raiva. Estava com medo de te perder. Fiquei aterrorizado pela possibilidade de você se machucar, e perdi o juízo de preocupação. Você teve seus motivos para se conter comigo. Mas o que é mais importante é que você me ama e eu te amo, e acredite em mim, eu nunca amei outra mulher na minha vida.

— Mas você foi embora assim que chegamos aqui...

— Eu tive que ir, por causa da bagunça que a minha cabeça estava, e eu não queria dizer ou fazer algo do qual poderia me arrepender. Nunca quero fazer nada para te magoar ou nos prejudicar.

Os olhos dela suavizam e ela tenta eliminar o último centímetro de distância entre nós, mas a seguro firme.

— Noah...

— Mas, em minha defesa, eu liguei para o seu irmão assim que saí, e sabia que alguém viria para cá. Eu nunca te deixaria daquele jeito sem saber que você ficaria bem.

Ela me olha bem nos olhos e vejo uma miríade de emoções passar por sua expressão antes de ela erguer a cabeça delicadamente para sussurrar "ok" contra os meus lábios. Apoio-me em um dos meus lados e minha mão livre passa por seu corpo até descansar em sua bunda.

— Eu fui direto para a casa do Daniel e ia procurar saber sobre você... espera, o quê?

— Eu disse ok. Eu estava assustada e me sentindo culpada, e você estava zangado e assustado e não sabia como agir, então você foi embora para poder pensar direito.

— Sim. Então, você não está zangada comigo?

Ela afasta um pouco a cabeça e me encara.

— Noah Taylor, você acha que eu te deixaria deitar na minha cama enquanto mal estou vestida e colocar a mão na minha bunda se eu estivesse zangada com você?

— Bem... — Meus olhos passeiam por seu corpo, absorvendo sua blusa de alcinhas branca que eu sei que fica transparente na luz certa.

— Noah? — ela rosna de frustração.

— Sim? — respondo, distraído, erguendo meu olhar para encontrar o dela.

— Tire a roupa e me beije — ela exige. Levo minha mão à nuca para puxar minha camiseta pela cabeça, mas ela agarra meus ombros para me impedir. — Na verdade, me beije primeiro, *depois* tire a roupa, *depois* me beije de novo.

— Porra, eu te amo.

— E eu te amo. Então, cale a boca e me beije.

E é exatamente isso que faço, nessa exata ordem, e depois sigo meu próprio plano de ataque.

Algumas horas depois, estou deitado de costas, com o corpo mole e suado de Zoe sobre o meu.

Em determinado momento, depois das rodadas dois, três e, na manhã seguinte, a quatro, percebo que Daniel Winters deve mesmo ser o Superman, e se não for, é o Yoda dos relacionamentos de Chicago, porque ser honesto e direto com Zoe foi a melhor coisa que eu poderia ter feito.

Mas é claro que não vou dizer isso a ele.

E é isso. Fui de idiota perdido para homem apaixonado em menos de seis meses. Alguns podem dizer que foi rápido; outros podem dizer que foi apenas o destino.

Eu digo que foi as duas coisas.

Estou feliz por ter ficado bêbado no casamento do meu melhor amigo e não ter prestado atenção por onde andava. Estou em êxtase por ter quase derrubado Zoe, e ainda ter conseguido segurá-la.

E, para finalizar, estou exultante por ter olhado para ela uma vez e lhe tascado um beijão.

Eu nunca tive dúvidas de que conheceria a mulher que seria a minha alma gêmea. Só não esperava que ela viria na forma de Zoe, uma mulher sexy e atrevida que não se acanha em me responder à altura e me repreender quando estou sendo um babaca. Ela me enxerga como realmente sou, não pelo que ou com quem fiz. Ela me fez lutar por ela, a princípio, e poder chamá-la de minha, no fim de tudo, é a melhor recompensa.

Espero ansiosamente por uma vida inteira de brigas e sexo de reconciliação, ouvi-la me dar esporro e me fazer admitir que estava errado, fazê-la corar e depois ser colocado no chinelo das melhores maneiras e, por fim, passar o resto da minha vida fazendo-a sorrir, rir e, melhor ainda, começando e terminando meus dias com ela e somente ela.

Era isso que eu estava procurando e, em Zoe, encontrei.

Felicidade.

A propósito, quer saber um segredinho? Eu me lembro daquele beijo.

Consegui me recordar de toda a sua glória visual e física quando a beijei pela primeira vez, na porta da frente de sua casa.

Que bom que eu sempre luto pelo que quero.

Epílogo
Tudo o que vai... volta

Um casamento (o meu), dois anos, e três bebês felizes (nenhum meu) depois...

Noah

Estou penetrando fundo a minha esposa — sim, foi o que eu disse, minha *esposa* — quando o celular ao lado cama começa a tocar.

— Deixa pra lá e traz essa boca de volta aqui — Zoe geme e eu volto para cima dela, enfiando a língua bem fundo, do jeito que ela gosta.

Mas assim que o toque cessa, recomeça alguns segundos depois.

— Puta que pariu. Eu estou tentando gozar aqui! — Zoe grita, fazendo-me arregalar os olhos antes de abrir um sorriso malicioso enorme.

— Sério? — pergunto, parando no meio de uma estocada para encará-la com uma sobrancelha erguida.

— Sim! — Ela ofega. — Não para!

— Mandona você, hein?

— Eu sei que você adora — ela murmura contra os meus lábios, puxando meus cabelos e fechando o espaço entre nós, erguendo os quadris para encontrar os meus. Porra!

E então, o maldito celular começa a tocar novamente. Quem está me ligando no meio da minha lua de mel, porra?

— Se você não jogar essa porcaria no mar, eu vou — resmungo antes de sair de dentro dela e sentar na beira da cama. — O que é? — atendo à ligação.

— Ora, ora, parece que temos um rabugento aqui. Daniel, por que Noah não está feliz por falar comigo?

— Talvez seja porque ele está em lua de mel e, provavelmente, no meio do sexo — ele responde.

— É isso mesmo, Noah? Estava mandando ver com a sua esposa? — Mac pergunta.

— E ele estava me fodendo com força! — Zoe grita sobre o meu ombro.

— É a minha irmã, puta que pariu — Zander grunhe, e ouço sua filha Rose fazer sons de bebê ao fundo.

— Ela também gostou — retruco com um sorriso.

— Cala a boca, Taylor.

Agora Zoe está rindo.

— Bom, todos nós sabemos de uma coisa que sabíamos que vocês iriam querer saber — Mac anuncia alegremente.

— Winters encaçapou de novo? Sério, gente. Três já é o bastante. Fechem a fábrica e comprem uma televisão, pelo amor de Deus! — rebato.

Ouço várias risadas, que parecem vir de pelo menos umas seis pessoas.

— Não é isso, não, muito obrigada! Mas valeu pela dica contraceptiva. Consideraremos seu conselho, dr. Taylor. Vou garantir que Mason saiba que o padrinho dele o acha o máximo.

— Faça mesmo isso — replico. — Mas quem mais está nessa ligação? Porque parece que estamos em um campo de soldados.

— Estão aqui Mac e Daniel, Sam e Sean, e Zan e eu, para compartilhar a novidade com você — Kate diz, animada. — Não conseguimos esperar vocês voltarem. Quem tira duas semanas de lua de mel?

Estou segurando o aparelho entre Zoe e mim, e aproximamos as cabeças para ouvirmos nosso amigos malucos ao telefone.

— Mas todos vocês tiverem luas de mel longas — Zoe aponta.

— E a nossa foi mais ainda — Sam diz, falando pela primeira vez. — Aliás, oi.

— Oi — Zoe a cumprimenta. — O que Megan achou da notícia de que vai ser irmã mais velha?

— Digamos que estamos trabalhando nisso — Sam admite. Sam e Sean estão esperando o segundo bebê, dezoito meses depois do nascimento do primeiro, e dessa vez é um menino. Dizer que Sean está feliz é um eufemismo.

— Deixe o cara voltar para a esposa dele, Mac — Sean ordena, com a voz profunda e autoritária.

— Uhh, o papai dominador está te repreendendo, Mac — Sam provoca.

— Ele não me chamou de boneca, então não conta — Mac manda de volta.

— Eu não posso te dar uns tapas, boneca, mas o seu marido pode.

— Ela iria gostar até demais disso, Sean — Daniel anuncia.

— Dããã! — Mac diz com uma risada. — Enfim. Noah, quer saber da novidade?

— Tudo bem. Anda logo, quero voltar a foder minha esposa. — Abaixo o celular rapidamente para beijar a boca de Zoe com força antes de erguê-lo novamente.

— Sério, Taylor. Já tá demais.

Isso me faz rir.

— Ok. Manda logo as boas novas.

— Então, a sua mãe contou para a minha mãe, que contou para o Daniel, que me contou...

— Estou brochando aqui, Mac.

Os caras dão risada e as garotas arfam de choque antes de darem risadinhas. Zoe, no entanto, olha para o meu pau e me lança um sorriso malicioso, sussurrando "mentiroso", o que me faz sorrir.

— Nossa, isso seria uma tragédia — Mac replica, seca. — Enfim. O marido da Nikki a deixou no segundo dia de lua de mel. No segundo dia! Dá pra acreditar? Bom, eu sei que dá, porque quem seria louco o suficiente para se envolver com a Satã... ok, você e o Daniel se envolveram, mas eu gosto de me referir àquela época da vida de vocês como seus anos loucos. De qualquer forma, parece que Nikki está devastada, mas o marido sumiu do mapa.

Se eu fosse capaz de me sentir mal por ela, eu provavelmente me sentiria.

Mas era o que ia acabar acontecendo com a Satã — como todos carinhosamente a chamamos — , mesmo. Ela adiantou o casamento dela para o fim de semana antes do nosso só de birra. Não que nos importássemos, mas, para ela, era melhor casar antes de nós para esfregar na nossa cara. Uma pena para ela que isso não funcionou.

— Então, era isso? Foi por isso que você nos interrompeu?

— Bem... — Mac começa a dizer.

— Ela achou que Zoe ficaria muito feliz em ouvir isso, e também achou que seria engraçado interromper vocês no meio do vuco-vuco — Daniel explica.

— Ok, eu amo todos vocês, e normalmente não encurtaria uma ligação tão prazerosa, mas a minha esposa está me olhando como se eu fosse café da manhã, almoço e jantar e ela estivesse em jejum há dias, então vou voltar a mandar ver por aqui. Alguma reclamação?

Zander resmunga, mas, além disso, só o que ouvimos são risadas.

— Não? Ótimo. Maravilha. Vejo vocês daqui a sete dias.

Zoe está gargalhando no momento em que encerro a ligação. Ela pega o aparelho da minha mão e o joga no chão, bem a tempo de eu me deitar de costas, colocá-la sobre mim e preenchê-la por completo.

Perfeito pra caralho.

Fim

Prólogo – Midnight Memories - One Direction
Capítulo 1 – Problem - Ariana Grande feat Iggy Azalea
Capítulo 2 – Cool Kids - Echosmith
Capítulo 3 – Wasted - Tiesto feat Matthew Koma
Capítulo 4 – Really Don't Care - Demi Lovato feat Cher Lloyd
Capítulo 5 – Drunk - Ed Sheeran
Capítulo 6 – Complicated - Avril Lavigne
Capítulo 7 – Wasn't Expecting That - Jamie Lawson
Capítulo 8 – Someone New - Hozier
Capítulo 9 – Good Life - One Republic
Capítulo 10 – Light Me Up - Birdy
Capítulo 11 – Want to Want Me - Jason Derulo
Capítulo 12 – What I Like About You - 5 Seconds of Summer
Capítulo 13 – Ass Like That - Eminem
Capítulo 14 – Talking Body - Tove Lo
Capítulo 15 – My Heart is Open - Maroon 5 feat Gwen Stefani
Capítulo 16 – We Are Family - Sister Sledge
Capítulo 17 – Lover of the Light - Mumford & Sons
Capítulo 18 – Marvin Gaye - Charlie Puth feat Meghan Trainor
Capítulo 19 – Girl You're Alright - Paul Otten
Capítulo 20 – Lie a Little Better - Lucy Hale
Capítulo 21 – Never Seen Anything 'Quite Like You' - The Script
Capítulo 22 – Like I'm Gonna Lose You - Meghan Trainor feat John Legend
Capítulo 23 – Jealous - Nick Jonas
Capítulo 24 – Psycho - Rozzi Crane
Capítulo 25 – Man on a Wire - The Script
Capítulo 26 – The One - Kodaline
Epílogo – What Goes Around... Comes Around - Justin Timberlake

Entre em nosso site e viaje no nosso mundo literário.
Lá você vai encontrar todos os nossos
títulos, autores, lançamentos e novidades.
Acesse www.editoracharme.com.br

Você pode adquirir os nossos livros na loja virtual:
loja.editoracharme.com.br

Além do site, você pode nos encontrar em nossas redes sociais.

 https://www.facebook.com/editoracharme

 https://twitter.com/editoracharme

 http://instagram.com/editoracharme